乙女のための
源氏物語

吉屋信子

下

国書刊行会

乙女のための　源氏物語　下

装幀
長井究衡

カバー装画
京極あや

乙女のための　源氏物語　下

目次

松《まつ》風《かぜ》

——花のあとの若葉が庭に照《て》って、日が長くなり、夕餉《ゆうげ》のあとも、まだ一きわ明るい座敷だった。

教室には、彰が第二回目の聴講生として、すでに銀行から帰って、長い間、藤子が大切にしまっておいたのであろう、少しナフタリンの匂《にお》いのしそうなセルの単衣《ひとえ》に、絞《しぼ》りの兵《へ》児《こ》帯《おび》で、灰皿と煙草《たばこ》の箱をつかんで、廊下伝いに現われた。

刀自は単衣の黒縮緬《くろちりめん》のお被布《ひふ》に講師としての威儀《いぎ》を正して床《とこ》の間の前に——お茶筅《ちゃせん》の髪も一糸みだれず束《たば》ねてある。

「——今日は松風《まつかぜ》の巻にかかりましょう」

松風絶えず響く鎌倉山のこの源氏教室に、源氏物語はようやく松風の巻にうつって来たのである。

千年の昔、紫式部が松風の名を冠《かん》したこの巻には、いかなる思いを作中の人物によせて、描いているのであろうか。

松風

「さて源氏の君は、御自分の二条院の本邸の東に、亡き父帝から拝領《はいりょう》の土地がある、ここに東の院、つまり東御殿とでも名づけるべき別殿を御造営になりました。二条院には、紫《むらさき》の上《うえ》がおられますが、ここにはその他の夫人たち、源氏が愛された女たちをお住まわせになろうというおつもりなのです。まずその西の対《たい》に、あの花散里《はなちるさと》の君を移らせてお住まわせになりました。この方は、なにも源氏が夢中になっている方ではありませんが、古い御馴《おな》染《じみ》の善良な女性で、寄辺《よるべ》のない方ではあり、源氏は何かと心を配って保護してお上げになるわけなのでした。

それから東の対には、あの明石《あかし》の上《うえ》と姫君、御自分の御落胤《ごらくいん》の小さい姫君をもろともに引取って住まわせたいという御計画なのでした。

さて東の対、西の対という言葉は、前に、平安朝の貴族の住居の様式で申し上げましたが、その頃の建築は、中央に南面して、寝殿と称《たた》える正殿があり、その東と西に、渡殿《わたどの》、つまり長廊下によってつづく一棟《ひとむね》ずつの、人の住まえる建物があります。この東の離れが東の対、西の方が西の対というのだとお思いになれば御想像がつくでしょう。

さて、御殿が出来てから、明石へ、姫をつれて上京するようにといっておやりになりますが、明石の上ははかばかしい御返事をなさいません。明石の上は、いつも自分の身分が、源氏の地位にふさわしくないということをひけ目に思っていますので、この様な自分が都《みやこ》に出て、源氏のきらびやかな愛人たちに立ちまじってけおされ、かえって姫君の恥になる

こともありはすまいか、また源氏のいつものなさり方、薄情に捨てるというような事はないが、また冷淡でなくもないといったようなお扱いで、ごくたまの源氏のお成りを待ち侘《わ》びて歎《なげ》くといった生活だったら、かえって物思いも増し、人の笑い者にもなるだろう、などとたゆとうのでした。といってまた姫君が、こんな浜辺の漁村に育って世の中へお出になる折もないとしたら、それもお可《か》哀想《わいそう》だと、とつおいつなかなか決心がつかないのでした。

明石《あかし》の入道《にゅうどう》もその妻の尼君《あまぎみ》も、明石の上の心配を無理からぬことに思って一緒に歎くばかりでございました。

さて入道がふと思い出しましたのは、妻の祖父《そふ》に当る中務親王《なかつかさしんのう》という方が昔嵯峨《さが》近くの大井《おおい》川《がわ》のほとりに邸《やしき》を持っていたのが、その方が亡くなり後を受けつぐ人もなく荒れるままになっていたことで、そこへ明石の上と姫君を移し住まわせたら、京の郊外のことゆえ、源氏がお通いになる便《べん》もあろうと思いついて、早速留守番の者を呼んで、費用を与え、その邸に手入れすることを命じました。

するとその留守番がいうのには〈この春の頃から、源氏の大臣《おとど》が嵯峨の御堂《みどう》を御造営になるので、あのあたりは沢山《たくさん》の人が入り込んで騒がしくなり、別荘におつかいになるのにはもう静かな場所とも申されません〉ということでした。入道は源氏の君の御造営になっているその嵯峨の御堂に近いのこそかえって願ったり叶《かな》ったりなのですから、〈いや、そ

んな事は心配ない、その御堂に近いのこそかえって好都合なのだ〉といいます。

留守番の者は、今まで、その邸に我《わが》もの顔に住み所領の土地まで自由にしていたのを、急に召上《めしあ》げられるかと恐慌を来《きた》していたのですが、その話はどうやら源氏の君と関係のありそうな様子なので、修繕費を受取ってともかく邸を修復することになりました。

源氏の君の方では明石入道がそういういろいろ裏面工作をしていることは御存じないので、明石の上がなかなか上京したがらないのを不思議に思われ、御自分の血を受けたあの小さい姫君をそんな浜辺の村に打ち捨てておくことは、姫の将来にもかかわるがと心配していられますと、やがて大井川のほとりの別荘の大体の修理が出来上って、明石の上から〈大祖父の持っていた住居を修繕して私と姫と移り住むことにいたしました〉と知らせて来ました。

さてはそういう計画をしていたのかと、源氏の君もうなずかれ、それならば此方《こちら》からもいろいろ移り住むについての世話をさせたいと、お気に入りの惟光《これみつ》が、そういう忍ぶ恋路の秘書役としてかかせない人ですから、早速、明石の上の邸というところへ行ってみました。

そして帰っての報告には〈まことに周囲は風雅で、ちょっと海辺のような景色でございます〉と申上げましたので、源氏は明石の上の住居としては、そうした風景もふさわしいだろうと思われるのでした。

源氏の造営された嵯峨《さが》の御堂《みどう》というのは大覚寺《だいかくじ》の南にあたってなかなかこれも趣《おもむ》きのある寺でした。明石《あかし》の住居となる処《ところ》は川のほとりの松蔭《まつかげ》に目立たぬほどに建てられた山里の趣きをみせた邸《やしき》で、源氏はその室内の装飾などにもいろいろと心をお配りになるのでした。

やがて出京の日取もきまり、源氏は人眼を忍んで明石の上を京都へ迎えるために腹心《ふくしん》の御家来を明石までお遣《つかわ》しになりました。

さて、いよいよ明石の上は、生れてから育った明石の浦辺《うらべ》に別れ、父入道一人をそこに残して母と共に姫君を抱いて京都に上ることになったのでございます。

明石の上の両親はすでに仏道に入って、入道も妻もそれぞれの庵《いおり》に住み、夫婦離れ離れに住んでおりましたものの、今その良人《おっと》を浦辺に残して自分のみ娘と共に孫の姫を守って京へ上って行く尼《あま》の身になれば、良人の上にも心は残り、忘れ難い明石の海の景色をいつ再び帰って見る日があろうかと、寄せ来る波に袖《そで》が濡《ぬ》れる思いでした。

この時丁度《ちょうど》秋でしたから、別れの淋しさはいとど身に沁《し》みて、出立の日の暁《あかつき》は、秋風に虫の音《ね》もまだ聞こえ、明石の上はきょう別れ行く海をあかず眺め、入道は鼻水をすすりながら、夜中から起き出て仏前に勤行《ごんぎょう》して居りました。

源氏を父とする幼い姫君は珠《たま》のように美しく、入道はその見なれた姫を手離すことがいかにも惜《お》しいのです。この姫を片時も見ないで、これから先どうして暮せるだろうかと思うと、門出《かどで》には忌《い》むべき涙が出て仕方がありません。

行くさきを遥《はる》かに祈るわかれ路《ぢ》に
　たへぬはおいの涙なりけり

入道はかく詠《えい》じて涙を拭《ふ》きます。この歌の意味はそのままですから、説明しないでもおわかりになりましょう、すると妻の尼君も、

もろ共に都は出《い》できこのたびや
　ひとり野中の道にまどはむ

といって、これも衣の袖に女の涙をつつみます、すると娘の明石もまた、

生きてまた相見むことをいつとてか
　かぎりも知らぬ世をば頼まむ

これも故郷と父への別離に涙ぐみます、まことに哀れ深い親子三人の有様です。
そして入道は娘に、〈こうしたやんごとない方を父とする姫君がこの家に誕生されたの

も宿世《すくせ》の頼もしさである。だからこういう浜辺に月日を過してお育てすることは勿体《もったい》なく、都《みやこ》にお送りする、もうこれから姫君を見ることが出来ないという悲しみは慰《なぐさ》め難《がた》いが、自分はすでに世を捨てている、だが娘や姫はこれから世を照す光を持っているのだから、そのつもりで、わしは今日永久にお別れする、わしが死んだという事が伝わっても法事などはすることはない、ただわしは煙になるその刻まで姫君の御無事を祈って勤行《ごんぎょう》しています〉と、歎《なげ》きながら申します。

さて明石の上の旅立ちは、あまり人眼につかぬよう、辰《たつ》の刻といえば今の午前八時、船で立つことになりました。明石の浦の朝霧《あさぎり》にやがて隔《へだ》たり行く船を見送って入道はいつまでも眺めつくして居りました。妻の尼君とて同じこと、いつまで、船上から浦辺《うらべ》を見返っていたことでありましょう。

さて船は幸《さいわ》い順風に送られて、予定したように、無事京都につきました。何事も人眼につかぬようにと途中もひそやかな旅でした。

さて明石の上の一行の到着した大井川のほとりの家の有様は、長く暮した明石の浦の浜辺の景色にも似通っているようで、かえって別れて来た故郷が思い出されて感傷的になるのでした。

源氏の君は御家来に命じて、その歓迎の御馳走《ごちそう》をおつかわしになりましたが、御自身では、だんだん重くなって来る御身分柄御自由がなくて、なかなか当分はいらっしゃれない

ままに日数が経《た》ってしまいます。

明石の上は、わざわざこうして京都に住みついても、すぐ源氏に会うことも出来ず、離れて来た、家や父の入道も恋しく、やはり物思いは絶えません。かつて源氏が明石をお立ちになる前に形見《かたみ》に残して行かれた琴を掻《か》き鳴らしながら、せめて思いを紛《まぎ》らわせています。

人里離れた場所で、きく人もないので、思いのままに弾き出す琴に松風も和《わ》して鳴りひびきます。母の尼君もやはり淋しそうに伏《ふ》していたのが、その琴の音《ね》に起き出《い》でて、

身をかへてひとり帰れる山里に
聞きしに似たる松かぜぞ吹く

と一首詠《えい》じられます、これがこの巻の松風と名づけられたところでありましょう、この歌もやさしいからわかりますね。

明石の上はこうして母と姫君と三人、勿論《もちろん》姫君のあの乳母《めのと》を始め女房達はたくさんいますが、やはり、たまさかに弾く琴の音に松風を合せるばかりの淋しい生活でした。

源氏の君も訪ねていらっしゃりたい、明石の上が寂《さび》しがっているだろうと思うと心も落着きません、また紫《むらさき》の上《うえ》が、どこからか明石の上の出京を耳にすることもあろうかと思わ

れて、何げなく御自分の口から話してお置きになるつもりで、〈桂《かつら》の院――源氏の別邸――に用があり、その近くには、訪ねて行かねばならぬ処《ところ》もあって、向うも待っているだろうと思うと心苦しいのです。その近くの嵯峨《さが》の御堂《みどう》にも仏造りのあとの祀《まつ》りもしたいので、二三日はあちらに滞在することになるでしょう〉と予《あらかじ》めおっしゃっていらっしゃいます。紫夫人は源氏がそのあたりに新しく別荘を持ったときき、さてはそこに明石《あかし》の上《うえ》を姫君もろともお迎えになったのではないかと疑ってさすがに面白くございません。

そういう紫の上の御機嫌を直したり、また暇《ひま》どって、源氏がやっとの思いで、腹心の御家来だけをお連れになって、大井川のほとりの明石の上の邸にお着きになったのは黄昏《たそがれ》時でした。

それをうれしく出迎える明石の上――自分の故郷に流離《りゅうり》の日を送っていらっした頃の源氏の君の狩衣姿《かりぎぬすがた》も世にまれな貴公子と思われたのに、今は宮中にときめく御方として身づくろい美しい直衣姿《のうしすがた》はまた眼も眩《まば》ゆいばかりで、いままでの淋しかった心も一度にはればれと、待つ甲斐《かい》あった心地がいたします。

源氏の君も心に忘れることのなかったその姫君に対面なさるるにつけ、今まで長い年月、相会う折もなく別れ住んでいたことが、今更《いまさら》に残念に思われるほどでした。わが児の姫君のすぐれて美しくみどり児《ご》らしく笑う顔には何ともいえぬ愛嬌《あいきょう》があって匂《にお》うばかり、源氏の君はわが子ながらまことに可愛《かわい》く美しいと御覧《ごらん》になるのでした。

それにつけても、こんな辺鄙《へんぴ》なところに住んでいては淋しい、やはりここでは都から遠くてたびたび来ることも出来ないから、予定したように東の院にお移りなさいとおっしゃるのですが、明石の上は、〈まだ都の生活に慣れませんからもう少し経ちましてから〉などと言っていられます、その夜お二人は隔《へだ》たっていた長い年月を一夜に取り返すように契《ちぎり》を交《か》わし、何かと語り明かされました。

翌日はこの家や庭の、修繕させるところを留守居の者や、新しく明石の上の為につけた御家来に命じていられます、近くの源氏の別荘桂の院においでを待っていた御領地の人々などもみな此方《こちら》へやって来ます。

明石の母の尼君はそうした源氏の君を覗《のぞ》き見して、娘を訪ねて来て下すったその晴れやかなお姿に老いの歎きも忘れるようにほおえむのでした、源氏の君が明石の上のために遣《やり》水《みず》の流れを変えさせるとて小袿《こうちぎ》のつくろわぬ平常着《ふだんぎ》のお姿で庭に立っていらっしゃるのを見れば、わが娘の許《もと》に来て、そのように寛《くつろ》がれる御様子をまたうれしく思っているのです。仏前に奉《たてまつ》る水入れの閼伽《あか》桶《おけ》などの置かれているのを見て、気付かれ、〈ああ明石の尼君が此方《こちら》に御一緒だったのだね、これは少ししどけないなりをしていた〉などと、源氏は、直衣を上に召《め》されて、尼君の几帳《きちょう》の下に寄って、〈姫がすこやかに育ったのもあなた方の仏への勤行《ごんぎょう》のお蔭《かげ》だと思っています。明石の庵を捨てられて、こうして浮世の都にまでついて来て下すったことは有難《ありがた》い、また明石には入道一人残っていられて、さぞ此方のこと

をいろいろ案じていられるだろうと思うと気の毒です〉と、愛人の母をなつかしむように優しく言葉をかけられました。

尼君は〈いったん捨てた浮世にまた娘と姫のために帰ってまいりました、心の内をお察し下さいませ〉と答えられ、かつてその祖父の宮の住んでいられた頃のこの邸《やしき》の有様などをしっとりと物語られます。

やがて、源氏の君も、昨日からの明石の上との対面に心満ちてその邸を出《い》で立たれました。そして嵯峨《さが》の御堂《みどう》に赴《おもむ》かれ、堂の飾りや、仏の御具などをいろいろ割りあててお命じになり、やがて、月が昇ってから再び明石の邸に帰られました。

そうして明石の上と二人の夜――とかく思い出されるのは流離の明石での御生活でした、明石の上はその折を外《はず》さず、あの記念の琴を差し出されますと、源氏もまたそれを思い出されて、御自分でも掻《か》き鳴らされました。明石で二人を結んだ恋の思い出が、その琴の音《ね》によみがえって来るようです。

契りしに変らぬ琴のしらべにて
絶えぬ心のほどは知りきや

と源氏がお詠《よ》みになると、明石の上はその御返しに、

かはらじと契りしことをたのみにて
松のひびきに音をそへしかな

と詠み交《かわ》されます。そういう明石の上の振舞《ふるまい》が、今をときめく源氏の君の愛人として、けっして見劣りせず、むしろ似つかわしく見えます。美しい姫の母として、女の姿、心も成熟されたのですね、またその人を母とする姫君の姿も美しく源氏は眼を離すことも出来ぬようにうち眺められています。

このような処《ところ》において、この姫を日《ひ》蔭《かげ》に育てるのは残念である、二条院に引取って、紫の上の姫として育てたならば、後に妃に奉《たてまつ》る場合にも世の非難を蒙《こうむ》ることは少かろうとお思いになるのでしたが、それを明石の上にいい出すことは可哀想で、ちょっと出来ないのでした。

姫君は初め父君の源氏の君にはにかんでいらっしゃいましたがこうして滞在なさるうちに、だんだん馴《な》れ親《した》しんでゆかれるので、なお一しおに愛らしく可憐《かれん》にお思いになります。

翌日は源氏は京へお帰りにならねばならないのですが、少し朝寝をなすって、いよいよお立ちという時には、近くの桂の院においでときいて御後を慕って来た殿上人《てんじょうびと》らがここまでまた押し掛けて来てしまいました。それでとうとう愛人明石の上の隠れ家も見付かって

しまったわけです。〈これはどうもはずかしいことだ、何もこう騒いで見つけるほどの隠れ場所でもないのに〉と仕方なく出ておいでになりますが、明石《あかし》の上《うえ》の心を思いやって、さりげなく立ち止られた戸口に例の乳母《めのと》が姫君を抱いてお見送りに出てまいります。

源氏の君は姫をいとしくてならぬ御様子でお髪を撫《な》でながら〈もう今日から姫を見ないでいる日はどんなに苦しいだろう〉とおっしゃると、利口者《りこうもの》の乳母は、〈明石に離れて居りました今までよりも、この後のお仕向けが冷淡でございましたなら、どんなに心配な事でございましょう〉と釘《くぎ》を打ちます。

父君とのお別れに楓《かえで》のような手を差出されて慕《した》われる姫君に源氏はまた坐《すわ》り直して〈どうも自分は物思いばかりさせられる身だ、ここを出て束《つか》の間《ま》の別れも淋しいのに、明石の上はどこにいられるのです、どうして一緒に出て見送って下さらないのです〉とおっしゃるので乳母はさっそく女君にいいにまいります、明石の上はわずか二日、つきぬ思いに会ったばかり、今日からはまたしばらくの別れと思うと、心も乱れてお見送りどころでなく、几帳《きちょう》の奥に悲しんでいらしったのが、人々に言われて少しいざり出ながら几帳の陰に身を隠すようにしていらっしゃるお姿はまた優雅に気品があります。源氏は几帳を引きあけて明石の上に別れの言葉を優しくささやかれます。いざお立ちとなってお振返りになると、明石の上も今は几帳から出てお見送りになっています。

明石の不遇時代にはやつれてほっそりとしていられた源氏の君が今は御地位の進むのと共に貫禄《かんろく》も備わり、今を盛りとみえる御姿に、女房達もしみじみお見上げしてお見送りしています。

お帰りは、桂《かつら》の院に寄られ、そこで集ってきた人々と共に管絃《かんげん》の遊びが始まりました。帝のお使いもあって、それにかずけ物をなさるとて明石の上の邸に何かと、取りにおやりなったりもなさいます、こうして近くの別荘に客をなさって騒いでいらっしゃるのを明石の邸の人々は淋しく思っているかも知れぬなどと思われましたが、人眼もあり、消息もなされずに、源氏の君はお心にかかって居りました。

そしてその翌日、源氏は二条院をお出になってから四日目の朝、今日こそは帰らねばというので、朝霧の中を秋草を分けて桂の院を出で二条院に向われました。そこに四日の間留守をされていた紫の上に、嵯峨《さが》でのお話をなさいます。〈どうも風流の遊び友達が、桂の院に追って来たものだから、すぐ帰れなくなったのですよ〉といわれるのですが、紫の上にはやはり面白くない表情があります。

あとを追って来た遊び友達の貴公子らはだしで実は明石の上と日を過されてと怨《うら》めしいのです。

〈あなたと比較にならない人を競争者に思って苦しむなどはつまらないことです。あなたは自分に誇《ほこり》をもって落着いていらっしゃればいいのですよ〉

と源氏はおさとしになります、そして源氏は宮中にお出かけの前に、紫《むらさき》の上《うえ》に見せたくないように何か文《ふみ》を書かれ、侍臣《じしん》を呼んで小声で何かいいつけていられるのは、どうも大井川のほとりの明石《あかし》の上《うえ》への御消息と思われるので、紫の上づきの女房達までそれを嫉《ねた》ましく思うのでした。

その夜は源氏は内裏《だいり》の宿直《とのい》の夜でしたが、ずっと家をおあけになったあとで、紫夫人の気持の平《たい》らかでないのを思うと気懸《きがか》りで、宿直をやめての御帰宅です、するとそこに明石の上からのお使いが、御消息の御返しを持って待って居ります。こうなってはいまさら隠すことも出来ません。明石の上の返し文には何も夫人の気持を悪くするような事は一行も書いてないので〈これをあなたの手で捨てて下さい、こんなものがそこらに置きすてられているという事はもう私の年齢には似合わしくないことだ〉とおっしゃって、紫の上の方に差出されながらも、源氏の心中には、ひそかに明石の上の家で馴染《なじ》まれたあの小さい姫のことが忘れ難く、恋しく思い出されているのです、正直に源氏は小さい姫のことを紫の上に話さずにはいられません。

〈可愛《かわい》い姫を見て帰ったのですよ、その子を見ると、前世の縁があればこそ、自分の子となったのだと思うけれど、世の中に表向きに私の子として扱うことは憚《はばか》り多くて出来ない、どうしたらいいかと悩んでいます、あなたも私と一緒に考えて下さい。いっそここに引取ってあなたの子として育てて下さらないかな、もう三つで、ほんとうに可愛い美しい子で

す、このままにはしておけない気がするのです、あなたの手許《てもと》で育てば、あの子の将来にもどんなにいいか知れないのです〉

と源氏は明石の上の家で考えていたことを打明けられます、すると紫の上も少し御機嫌が直ってほおえまれて、

〈私、小さい姫のお相手は出来ますわ、どんなに可愛いひとでしょうね〉

と言われます、それが口先《くちさき》だけでなく、紫の上は心からの子供好きでしたから、良人《おっと》のよそに出来た子供をいっそ自分が貰《もら》い受けて傍《そば》において大事に育ててみようとお考えになるのです。とはいうもののあの明石の上から、母子のつながりを切り離してこの邸に引き取り終《おお》せるかどうか、源氏の君はそこにまた悩まれます。

こうして大井のこと、明石の姫のことは常に源氏の胸中にゆききしていましたが、そうたびたびあすこへいらっしゃるということは、なかなか出来《でき》難く、わずかに嵯峨《さが》の御堂《みどう》の御念仏の日に当る月に二度だけより、明石の上の邸をお訪ねになることは出来ないのでした。

明石も、月に二度ではさぞかし淋しく、姫を抱えて待ち侘《わ》びたことでしょう……これで松風の巻は終ります」

この日の刀自《とじ》の講義は終った。聴講生のみんなの心は、松風ひびく千年前の嵯峨のほとりの明石の上が姫を抱いて源氏のお成りを待つ舞台を見詰《みつ》めていたのから、やっと解き放

されたように現実に帰ったのである。

「お祖母《ばあ》さんのお講義はうまくて、息つくひまもなかったですね、もっとも僕は煙草《たばこ》を三本喫《す》って大人しくきいていた」

と彰がいった。

容子はノートを閉じ、鉛筆をおいた。

薄《うす》雲《ぐも》

今宵《こよい》は雨だった。青葉に注《そそ》ぐ雨はもういささか五月雨《さみだれ》めいていた。湿気を払うように、刀自《とじ》が香炉《こうろ》に焚《た》きしめた香――といっても、それは〈梅ヶ香《か》〉という鳩居堂《きゅうきょどう》で一番安い香だが、それでも座敷に仄《ほの》かに匂《にお》うて、源氏の講義にふさわしい雰囲気を漂《ただよ》わす。

聴講者はきょうは女性ばかり、三人の姉妹と例の大貝夫人――

刀自の声はしめやかながら、なかなかお腹のすわったたしかさで、少い聴講者には惜《お》しいくらいだ。

薄雲

「この巻は〈薄雲《うすぐも》〉でございます。これは源氏が三十一歳の冬から翌年三十二歳の秋ごろまでの物語、つまり源氏の男盛《おとこざか》りでもありまたもっとも勢力のあった時代ともいえましょう。さて源氏三十一歳の冬を迎えます頃、あの洛外嵯峨《らくがいさが》の大井川《おおいがわ》のほとりの明石《あかし》の上《うえ》の住居はあたりの眺めが蕭条《しょうじょう》としてきたせいもあって、頼りにする源氏の君――それも時折お忍びで見えるだけの方をお待ちする明石の上もこの母の尼君《あまぎみ》もまことに頼りない気持でご

ざいます。源氏には、その女達のあわれな気持がよくわかるものですから〈こんな処《ところ》より
は、私の言っている京の私の住居の傍《そば》にお移りなさい〉と、しきりにおすすめになるのですが、明石にはたゆたわれてそれが出来ません。離れているからこそ、たまにしかお見えにならないのも無理がないと思って諦《あきら》められるけれども、もし近くに移ってそういう歎《なげ》きをくり返すようでは更に心辛《こころづら》さはますだろうと思うのでした。

〈では、あなたがいやなら姫君だけでもそうしたら――このまま置くことはこの子の行末の運命にもかかわるでしょう、私はこの姫の将来についてはある望みをかけているのだから、ぜひ、そうしたい、紫《むらさき》の上《うえ》ももうこの小さい姫のことは知っていて、見たがっているのだし、いっそあの人に預《あず》けて、袴着《はかまぎ》の式なども私の子として天下晴れて立派にしてやりたいと思う〉

と、源氏はいろいろにおっしゃいます、明石の上は、源氏がそう思っていらっしゃるのではないかと想像していたことであるだけに、はっと胸が轟《とどろ》くのでした。袴着の式というのは、小さい人が三つの歳にする祝いで、貴族の女の児《こ》は紅の袴を初めて穿《は》く、いまでいう七五三のようなものですね。

〈たとえ御立派な奥様の子にして戴《いただ》きましても、実情を知って居ります人々の手前はなかなか繕《つくろ》い難く、かえって何かと噂《うわ》さなど立っては折角《せっかく》の御親切を仇《あだ》にするような事になりはしませんでしょうか〉

と、明石《あかし》の上《うえ》は姫を手離し難い様子です。

〈小さい人を継母の手にかけるなどと心配することはいりません。あの人は自分の子がないのを淋《さび》しがって、前斎宮《ぜんさいぐう》――これは源氏の親代りになって帝《みかど》の女御《にょうご》に奉《たてまつ》った方ですね――いくつも年齢の違わぬ方をも、たって娘として世話していらっしゃるくらいだから、ましてこんな可愛《かわい》い姫を、憎《にく》もうたって憎めるものではない、私はその点では十分信用しています〉

と、源氏は紫の上がどんなに善良な心を持った優しい女性であるかを、明石の上の前をも憚《はばか》らず熱心にお説きになります。

明石も源氏夫人のすぐれた心ばえの人であることは想像していました、あんなにもたくさんの女性と問題を起した源氏が、その人を本邸に迎えて、今までの浮かれた恋愛沙汰《ざた》から遠ざかってすっかり家庭に落着かれたというのは並々の方ではないと思っています、明石自身この紫の上と競い合おうとは思っておりません、ですから、京に迎えられてこの夫人から目触《めざわ》りなものに思われたくないのですが、これから先長い女の一生を持つわが子にはいつまで日蔭《ひかげ》の生活をさせたくはない、いっそ、そうした夫人の手許《てもと》に差上げてしまう方が姫のためには仕合《しあわ》せなのだと、だんだん決心はついて来たのですが、しかし掌中《しょうちゅう》の珠《たま》のようなこの子を手離してしまったらその後の淋しさをどうして紛《まぎ》らしていたらよかろう、ましてこの子のために源氏もたまさかにでも立寄ってくれているのではあるまいかなどと

思い返しては悲しんでいます」

「ほんとうに子はかすがいといいますものね、二号さんが旦那《だんな》の子を持っているのは強味《つよみ》なんでしょうしねえ」

　大貝夫人が突如《とつじょ》として、まことに現実的な卑俗《ひぞく》な事によって同感の意を表した。

「さて、明石の母の尼は、娘の気持も察しながら、自分の孫娘が、やんごとない方の血を引いているだけに、その行末の仕合せを考えると、娘をいさめ励まさねばなりませんでした。

〈生みの母が子供を手離すまいとするのはよくわかるけれど、あなたは母として姫君のもっとも仕合せになることを考えなければ――源氏の君も深いお考えでおっしゃることでしょうから無条件で信頼してお渡しなさい。お腹次第で皇子でも差別が出来るのです。源氏の君があれほどの御方でありながら臣下でいらっしゃるのも、御母が今一《ひと》きわ尊《とうと》くなくて、更衣《こうい》で終ったからです。まして私たちの身分では、もし源氏の他の夫人に姫君でも出来たら、当然肩身の狭《せま》いことになります。いったい女というものは親から大切に扱って貰《もら》うことで将来の運も開けるものです、袴着《はかまぎ》の式だってどんなにしたところでここでするのと御本邸で盛大にして下さるのとでは比べものにならないのですからね、何事も万事あの姫のために我慢して〉と、しきりにすすめますので、明石の上もようやく心を定めて一思いに姫を二条の院の紫の上に托《たく》することにいたしました……」

大貝夫人はそっと涙をふいたような声で、

「ほんとに母性愛は辛《つら》いものですね。明石《あかし》の上《うえ》の心も今の世の女の心も同じでしょうね。脇腹《わきばら》の子が本邸へ引き取られる時、そうしたことがよくあるものです、新派の芝居に出て来そうなところですね」

と大貝夫人はひどく明石びいきになっている。三人の若い姉妹は、人妻の藤子とてまだ子を持たぬので、大貝夫人ほど感動はしないようだった。

「源氏は明石の決心をきいて、明石の気持もあわれと思召《おぼしめ》しましたが、姫君の為《ため》ゆえ、承知したのを幸《さいわ》いに日取りなどもおきめになってその準備をおさせになります。

その年は雪が多くて……その降る雪を見ながら、明石の上は、やがてわが子を手離すのだと思うと、一《ひと》しおに思いがまさるのでしょう、姫を愛撫《あいぶ》しながら、ともすれば涙がこぼれ落ちるのでした。

その嵯峨《さが》に積《つも》った雪がややとけた頃、源氏は明石を訪れながら、姫を迎えに来られました。いつもなら雪道をわけて恋しい人が訪れて来られるのですからどんなにか嬉しいでしょうのに、今度は姫を連れて行かれるのかと思うと、明石は胸がせまるのでした。

自分がどうしてもいやだといえば無理にとはおっしゃらないのだと思っても、いまさら軽々しくそんなことも明石には出来ないのでした。二人の前に坐《すわ》っている美しい可愛《かわい》い姫をみるにつけ、源氏にも、明石との因縁《いんねん》は並々ならぬものに思えて、この可愛い人を手離

す明石の心中をあわれんで、源氏は一晩がかりで、いろいろといい慰《なぐさ》めていらっしゃいます。

　わが子の将来のためにそれがいいのだと、理性の上ではよくさとっていながら、わが子が今日以来傍《そば》にいなくなるのだという現実の悲しみはどうしてもとどめられないのでした。

　しかし、いよいよ源氏が姫をつれて行く朝になりました。小さい姫には、今までついていた乳母《めのと》と少将という若い侍女《じじょ》がお供《とも》をして行きます、乳母も、明石の心中はよくわかっていますから、〈今日お供をしてあちらへ参《まい》りましても、年頃の御親切を決して忘れはいたしません、暫《しばら》くのお別れも悲しゅうございます〉といって居ります。

　生みの母の明石の涙をあとに、まだそうした母の悲しみのわからぬ姫は、父の源氏に連れられ、乳母や少将に守られて日暮れ方、父の本邸の二条院に入りました。

　明石の浦辺《うらべ》、嵯峨の川のほとり、いつも鄙《ひな》びた処《ところ》に住まいつけた乳母も少将も、二条院の豪奢《ごうしゃ》なはれがましさの中に入っては気怯《きおく》れがするようでした。すでに姫君の居間は定められてお道具も揃《そろ》い飾付けもすんで居りました。乳母の部屋もきめてありました。

　姫は乳母から抱き下《おろ》されて、ちがった処にきても、子供心にさほど驚きもせずに、紫の上の部屋で美しいお菓子など食べていましたが、そのうち、母の姿のないのに気づいて可愛い泣顔になるのを乳母を呼んで気を紛らせたりさせながら、あの大井川の畔《ほとり》の家では、今頃どんなに明石が、この姫にもまさる悲しい思いで打ち沈んでいるだろうなどとお考え

になると、源氏は自分はよくよく女に罪をつくるものだという気がなさるのでした。しかしこれから最愛の夫人と共にこの可愛《かわい》らしい子を思うように育ててゆくことは、家庭も賑《にぎ》やかになり、父としての仕《し》合《あわ》せであると、いろいろに子供を得た家庭の幸福に浸《ひた》ろうとなさいます、それにつけてもこんなに可愛い姫が、明石《あかし》の上《うえ》に生れたのに、なぜ申し分のない紫《むらさき》の上《うえ》に生れないのであろう、と残念に思われるのでした。

小さい姫は二条院に来られて、しばらくは生みの母やあの祖母の尼君《あまぎみ》、そして見なれた人達の顔の見えないのにむずかることもありましたが、小さいながら素直にききわけのいい姫でしたから、いつの間にか、まことの母同様、自分を愛しいつくしんでくれる美しい紫の上にすっかりなついてしまいました。

紫の上もわが子というものは一人もないだけにこの小さい姫を得て何よりも喜ばれ、心から可愛がっていられます。そうした紫の上に、姫の乳母《めのと》もいつしか心からなびいて行きます。

乳母はいま一人、いい階級の出の女が添《そ》えられました、やがて袴着《はかまぎ》の式は大がかりに行われました。式には宮中の高官連もたくさん列席いたしました。姫君が初めてお穿《は》きになった緋《ひ》の袴の紐《ひも》を、襷《たすき》十字のように胸にかけて結んだ姿が、たいへん可愛らしかったといいます。

この華やかに賑やかな二条院の明るい喜びにひきかえて大井の川のほとりの淋しい家で

は手離したわが子恋しく明石は眼を泣きはらして居ります。姫の祖母もやはり娘の悲しみを分ちこれも涙の日々でした。しかし姫君の大事がられていることは伝わってきて、この人々のせめてもの喜びでした。

源氏は姫君を取上げてしまったから足遠くなったと思わせるのは気の毒と、年内にわざわざ訪ねていらっしゃいます、そしてその後も、始終文を送って慰《なぐさ》めておやりになります。

紫の上も明石の上の胸中を思いやり、またその小さい可愛い姫に免《めん》じて、源氏のお文の繁《しげ》く行くのを嫉《ねた》むことも少いのでした。

新しい年がまいりました。その新年は二条院には可愛い姫がふえて、さらに華やかな明るいお正月でした。

その東の院の対《たい》に居られる花散里《はなちるさと》の君もきれいにいい趣味の生活をされ、仕《つか》える女房や童女まで都風《みやこふう》に洗練されたものでした、何といっても、すぐ隣りの別殿《べつどの》に居られることは、花散里の幸運で、源氏も時折お暇《ひま》があればお立寄りになり、お泊りになるような事はないのですが、一番気楽なお相手になさっています。

この人は善良で邪気がなく、御自分はこれほどの運と分を知って落着いて居られますし、源氏の方でも、紫の上ともあまり劣《おと》らないお扱いをなさるので、軽蔑《けいべつ》する人もありません。

それにしても大井川畔《かはん》の明石の家の事を源氏はお忘れになりません。お正月の宮中の儀式やら何やらすんだあと、特に装《よそお》いをこらして、桜色の直衣《のうし》の下に美しい衣《ころも》を重ね、香《こう》を

焚《た》きこめて大井へお出かけになるお姿が明るい夕陽の下に一しお美しくみえたので、紫の上もさすがに一寸《ちょっと》嫉妬を覚えられましたが、つつしみ深くだまって見送っていられますと、すっかりこの邸《やしき》の姫になりきってしまわれた明石《あかし》の姫君が出かけられる父君の裾《すそ》にまつわります。わが生みの母の許《もと》を今日訪《と》う父と知ってか知らずにか……」

「ほんとうにねえ」

大貝夫人はそれこそ新派の舞台でも見ているように、そっと涙を拭《ぬぐ》うのだった。

鮎子などはおかしそうにその大貝夫人の横顔をみている。

「私はねえ、自分で事情のある子を貰《もら》ったものですから、今さら思い当ることがあるんでございますよ、今のあととりの養子の康雄は、ある華族さんが、いわば今の世の明石の上に生ませたような子を、親知らずで私の処《ところ》に貰い受けたのでございますよ……さぞ、その時、康雄の生みの母は、明石のように悲しかったろうと思うと、なんだか哀《あわ》れでしたね、でもそれでも自分の子の幸福のためと思って手離したんでしょうから……でも今は康雄に嫁《よめ》も貰い、子供も出来、まあ私もその人にも酬《むく》いるところがあったわけなんですがねえ、でもなんだか身につまされて……」

と、大貝夫人は、とうとうハンケチを眼にあてた。

楓《かえで》刀自《とじ》も三人姉妹も、大貝夫人がこの巻をきいて涙ぐむ心境がわかって一同感じ入った。

今更《いまさら》に大貝夫人が多情多感な人であると知って、今までなんだかおかしそうにしていた鮎子も、今はうなずいて尊敬の気持で見ているようだった。

「さて大井の家へ行かれると、今までと違って小さい姫のいない家はたしかに淋しい母と祖母の生活でした。しかし源氏は明石を見るにつけ、この人はどこへ出しても見劣《みおと》りのせぬ品格の備《そなわ》っている美しい人だと思われるのでした。たとえ姫はいなくとも、源氏はこの人を見捨てることなくいつまでも愛してゆかずにはいられないのでした。

それにつけても思い出すのはあの明石の浦辺《うらべ》の生活、二人の馴《な》れ初《そ》めの頃でした、思い出の十三絃《げん》の琴を引きよせ明石の浦を偲《しの》んで掻《か》き鳴らしていられます、明石の上にもたって御所望《ごしょもう》で琵琶《びわ》をお弾《ひ》かせになって〈どうして、こう何事もよく出来るひとなのだろう〉と源氏はいまさらに感心なさいます。

源氏はこの家に来るとこの家の空気に溶《と》けいって家庭的に食事も召上《めしあが》ります、ほかの女の家に行ってはなさらぬことで、なみなみならぬお打解け方だということは尼君にもよくわかるのでした。

さて――あの父親の明石の浦の入道は、妻も娘も孫も京都へやって一人庵《いおり》に暮していましたが、始終心配で、様子をききに使をよこしていましたから、いろいろ喜んだり悲しんだりしていました。

こうして明石のことや姫君の袴着《はかまぎ》のことなどいろいろと事のあった後、源氏にとっては

かつての舅《しゅうと》、亡き葵《あおい》の上《うえ》の父の太政大臣《だじょうだいじん》が老衰《ろうすい》で薨去《こうきょ》されました。

太政大臣といえば国家の政治の柱ですから宮中の哀惜《あいせき》も一しおでした、帝《みかど》はもとより、源氏もひどく惜しまれました、これまでは政事《まつりごと》をすべてその人に押しつけて、閑《ひま》のある位置におられた源氏は悲しみのほかに、それだけの将来の責任をお感じにならないわけにはゆかないのです。

さて若い帝はお年がまだ十五なので、聡明な方ながら誰か一人の後見者《こうけんしゃ》はぜひ必要です。源氏はかねがねその華やかな生活のかげにかえって無常を感じられ、その物のあわれから、いずれは御出家のお志《こころざし》があったので、今太政大臣の死によってよけい打撃をお受けになったわけなのです。

源氏はもとの舅君の葬儀や法要《ほうよう》は、その遺族の息子達にもまさって心をこめて行われました。

その年は、何か凶兆《きょうちょう》のある年らしく、天の星や、月、太陽の光、雲のたたずまいなどに妖《あや》しい兆《きざ》しがあると、その当時の天文や陰陽《おんみょう》の道の博士達がしきりとそうした意見書を宮中に呈出《ていしゅつ》します。

その当時としては、そうした迷信はありがちのことでしたろう、現代でも、太陽に黒点の現われる年は、など申すのですから、まして、何にも科学的の思想など発達していなかった当時としては月蝕《げっしょく》も、日蝕も、星の流れるのも、皆何か妖しい兆しと思われたのも、

無理がありません。

しかも陰陽師の言ったとおり、藤壺《ふじつぼ》の女院《にょういん》つまり若い帝の御母でいうまでもなく源氏の初恋人の美しい御方——今は仏道に入って居られますが、まだ女の年増美《としまび》の三十七の御年だのに、その春の初めから病気になられたのが、三月になって重《おも》くなられました。

〈今年は、私の死を免《まぬが》れない年と思って居りました〉などと帝にもおっしゃいます。

帝にとっては母君ながら、帝位におありになれば御看護《ごかんご》などもお心のままにはなされない、それだけにお心をつかって母君の恢復《かいふく》を祈って居られます。

わが子は帝位に上り、わが身は最上の后《きさき》の位にも上った、故帝には愛され、女としての幸福は残りなく受けて、何も世に思い残すことはない藤壺の宮にとって、ただ一ついまわの際にも心に残るのは、帝がわが母が源氏との道ならぬ恋によってわが身が生れたのだとはつゆさら御存じないことでした、それだけが、仏道に入ったこの女性の深い罪業の悩みでした。

一方、源氏にとって、わが初恋人がこの世を去るかも知れぬという悲しみは非常なもので、神にも仏にも縋《すが》って、その人の御寿命を延ばそうと祈られました。忘れ得ぬ初恋が今もなおそのままに源氏の心を占めていることをもはやその人に告げ得ないという事は堪《た》え難《がた》いことでした。

源氏は女院の御見舞に伺《うかが》い、御病室を隔《へだ》てる几帳《きちょう》の前で古くからいる侍女達に御容態《ごようだい》な

ど委《くわ》しく聞かれます、源氏のお見舞に対してお答えするようにと侍女におっしゃっているお言葉が几帳越《きちょうご》しに仄《ほの》かに聞こえて来るのです。

〈故院の御遺言《ごゆいごん》どおり、若い帝の御後見《おんうしろみ》を今までして戴《いただ》きましたこと、ほんとうにうれしく存じます、いつかそのお心にお報《むく》いする日もあろうと思っていましたのに、今となりましては……〉

その幽《かす》かなお声をきくにつけても、源氏は何とお答えしてよいか男泣きに泣くばかりでございました。

〈微力な私ではありますが、気のつくだけは十分に心をつけて御後見をいたしましたが、太政大臣の亡くなられたことで中心を失い、その上女院《にょういん》がこのような御重患《ごじゅうかん》で、私も心が乱れて、この世に生きながらえることも、長くないような気がいたします〉

と、涙ながらにお答え申上げているうちに、女院は灯の消えるように息をお引取りになりました。

源氏の悲しみはいうまでもありません。亡き女院はお美しいばかりでなく御人格も高く、富や権力のあるために、つい大衆の困苦《こんく》に思い及ばないというような事なくまことに御功《ごく》徳《どく》深い方でした。曾《か》つて源氏とのあやまった若き日の恋以外には、何一つあやまちのないお心ばえの方でした。仏事をなさるにも目を驚かすようなことはなく何事も質素に、その他は慈善《じぜん》のためと仏家の寄附《きふ》にお費《つか》いしているという風だったので、しがない山伏《やまぶし》も世の

人も女院の崩御《ほうぎょ》を悲しみ歎《なげ》きました。

その哀《かな》しい春——やがて花が咲き、二条院の桜を眺めても源氏はただありし日の藤壺《ふじつぼ》の宮のことのみ偲《しの》ばれ、古今集《こきんしゅう》の一首——深草の野べの桜し心あらば、今年ばかりは墨染《すみぞめ》に咲け——という古歌を口ずさまれるという有様で、人々の前であまり涙を流しては見咎《みとが》められようかと持仏堂《じぶつどう》にこもりがちの御日常でした。

春の日の夕陽がはるかな京をめぐる山々の頂上を照らす中に、薄雲《うすぐも》の流れゆくのを御覧《ごらん》になると、何の景色も眼に入らないようなお気持の頃ながら、こればかりは源氏の心にしみて涙の思いも深まり、

入日さす峰《みね》にたなびく薄雲は
物思ふ袖《そで》にいろやまがへる

夕陽さす峰のあたりにたなびくあの薄雲は悲歎《ひたん》にくれる自分の喪服《もふく》の色にも似ている——このお歌からこの巻の名は、〈薄雲〉と名づけられて居ります。

御葬儀後のさまざまの仏事も終るとかえって淋しくなるものですが、若い帝にはなおその思いが深いのでした。

帝は、亡き藤壺の母君の時代からの御祈禱《ごきとう》の僧として、引きつづいて藤壺の女院の御信

頼と尊敬もあつかった七十ほどの年老いた僧都《そうず》が、この度の崩御《ほうぎょ》に京へ出てきたのをお召《め》しになって、ずっとお傍《そば》にお仕《つか》えするようにと仰《おお》せられ、源氏の君からもおすすめになりましたが、

〈この年齢では、夜の勤行《ごんぎょう》も堪《た》えられないと思いますが、亡き女院《にょういん》様のお志のためにも暫《しばら》くなりとお勤めさせて戴《いただ》きましょう〉と、夜居《よい》の僧として若い帝《みかど》のお傍に侍《じ》しました、夜居の僧とは、帝の夜の御殿の次の間に、僧が終夜、寝ずに勤行してお仕えすることです。

――ある静かな夜明け、丁度《ちょうど》今までいた人も退出して誰もお傍にいぬ時間に、老僧は老いの咳払《せきばら》いをしながら、帝に世の中の事など申しあげていたついでのようにしていい出しました。

〈まことに申上げ難《にく》いことで、申上げたら、かえって我が身の曲事《きょくじ》にもなりましょうかと思い憚《はばか》るのでございますが、この年月、陛下《へいか》が何も御存じないのが罪深く、天の照覧《しょうらん》も恐ろしい思いがいたしますのに、それを拙僧《せっそう》が知りながら、胸の奥に隠《かく》して死にましては、何の役に立ちましょう、仏もさぞかし私を卑怯者《ひきょうもの》と思召《おぼしめ》しましょう〉

といい出しながら、その後の言葉を出しかねている様子なのです、帝はいったい何事であろうかとお怪《あや》しみになります。

〈幼い時から私は貴《き》僧《そう》を少しも隔《へだ》てなく思っているのに、御身の方ではそんなにかくし立てをしていたのか〉とおっしゃられて、

〈勿体《もったい》ないことでございます、陛下の御為《おんため》には仏がみだりに洩《もら》すことをお禁じになった真《しん》言《ごん》の道をもお伝えいたしました。私の心にわけ隔てのあるような事がございましょうか、ただこの事はおかくれになった桐壺《きりつぼ》の帝、藤壺《ふじつぼ》の女院《にょういん》、また只今《ただいま》の執政《しっせい》のお役の源氏の大臣にひろくかかわりのある事で、隠しておいてはよくない、かえって世にも洩れないとも限りません、私はこの事を奏上《そうじょう》したために罪咎《とみとが》を得ようとも後悔するところはございません。これは御仏のお勤めによりまして申上げるのでございます、陛下が御胎内《ごたいない》にいらせられた時分から、母宮藤壺の女院が私に祈禱《きとう》をおさせになるわけがございました。出家の身のよくもわかりませんでしたが——不慮《ふりょ》の災厄《さいやく》によって源氏の君が失脚され須磨《すま》明石《あかし》に流《る》浪《ろう》遊ばす眼におあいになった時の女院は、非常な恐怖をお抱きになってまたまた私に御祈禱を仰《おお》せつけられまして、それをお聞きになった源氏の君が重ねて私にまた御祈禱を仰せつけられ、陛下の御即位の時まで御祈禱をつづけました。それで私の承《うけたま》わって居ります次第はかようかよう……〉

　遂に僧都はその夜明けの一とき、藤壺と源氏の過ぎし日の秘事《ひじ》を奏上し、陛下の父君こそは、実は異母兄にあたらせられる源氏の大臣であるという事実にふれてしまったのです……」

「まあ、ね、とうとう……」これはまた大貝夫人の歎声《たんせい》だった。

「お聞きになった若き帝は、あまりのことにお心乱れて何の御言葉もありません、老僧は

ひたすら恐縮《きょうしゅく》して居りました。ややあって帝は悲痛なお声で〈こんな一大事を知らずにすんだら、死後の罪障《ざいしょう》になったであろう、今まで隠して知らせてくれなかったのをかえって恨《うら》みに思う、しかしこの事を知って世に洩《も》らすような者がほかにいるだろうか〉とおききになります。

〈左様《さよう》な者は決して居りません、この僧と侍女王命婦《おうみょうぶ》以外にこの秘密を知ったものはございません、けれどもこの隠れた秘密のために、天変《てんぺん》があり世間が穏《おだ》やかでないのでございます。陛下がまだ御幼少で何事も御存《ごぞん》じない間こそ何の異変もございませんでしたが、この様に御成人遊ばされ、万事おわきまえになるべき時期に至《いた》って、天譴《てんけん》が示されたわけでございます、陛下が、何の咎《とが》めによってこんな事が起きるのかと御存じないのが恐《おそ》ろしゅうございますので、一旦口外《いったんこうがい》すまいと決心して居りましたことを思い切って申上げたわけでございます〉

と泣く泣く申上げて、やがて世が明けて、僧都《そうず》は、宮中を去りました。

帝は夢のように思いもかけぬ事をおききになってお心は乱れにみだれました。そして日が高く昇《のぼ》ってからも御寝所をお出にならないので、源氏の君が驚ろいて参内《さんだい》してお見舞申上げますと、そのお顔を御覧になるにつけても堪《た》え難《がた》くおなりになったのでしょう、帝は涙をこぼしていられます。

源氏はそれも、母君のことをお慕《した》いになってと思って居りましたが、偶然その日は式部《しきぶ》

卿親王《きょうしんのう》の薨去《こうきょ》が奏上《そうじょう》されてまいりました、これは桐壺帝《きりつぼてい》の御弟の宮です。帝はいよいよ天の咎めがわが御代《みよ》にふりかかって来たというお気持がなさるのでした。

こんな風に帝はその日御心悩んでいらせられるので、源氏は二条の院にも退出せず一日宮中に伺候《しこう》していられました。そしてお二人でしんみりとお話の間に、帝がおっしゃるのには、

〈自分の世も終りなのではなかろうか、天下の人心もこう不安になっては私の心も落着きません、今迄《いままで》は母宮の思召《おぼしめし》も考えて譲位のことなどいい出せなかったけれど、私はもう退位して責任の軽い身になりたく思う〉

源氏はそのお言葉に驚かれて、

〈それはあるまじき事です。世の中の静かでないことは必ずしも政事の曲直《きょくちょく》にのみよるとは申せません、賢明な君主の御代にもずいぶん不祥《ふしょう》な事が起ったことがあります。況《いわ》んや、定まる命数がきて亡くなる人のことをそんなにお歎きになることはありません〉とさまざまおいさめになります。

そうお語りになる源氏と帝の、黒い喪服姿のお顔はいまさらによく似てほとんど同じもののようにみえました。

帝は前から鏡の中の御自分のお顔が源氏に似ている事は御存じでしたが、僧都のお話をお聞きになった後は、しみじみと源氏の顔を打ち守られなつかしくお思いになるのでした

が、口に出しておっしゃれることではございません。

帝は、またわが父を臣下として御自分が帝位にある事はどうしてもお気が咎《とが》めて、折をみて、源氏に帝位を譲りたいと思い立たれるのでした。

その秋の叙任《じょにん》に、源氏を太政大臣《だじょうだいじん》にと内々のお話の折、帝はあのとき以来の思召《おぼしめし》で、源氏をやがて帝位にとのお志《こころざし》をお洩《もら》しになると、源氏は眼もくらむばかりに恐れを抱き、あるまじき事とお答えして、〈桐壺帝《きりつぼてい》は特に私をお愛しになりながらも御位をお譲りになることはお考えにもならなかったのでございます、その父帝の思召通りに私は一臣下として政事《まつりごと》をとり、やがて老年に入りましたら、出家いたしたいと存じます〉と申上げました。

それにしても源氏は帝がそういう態度をお取りになる事を苦になさって、これは誰か帝のお耳に秘密を洩したものがあるとお思いになり、王命婦《おうみょうぶ》に疑いをかけて、ひそかに問われましたが〈女院《にょういん》は最後まで陛下《へいか》が秘密をお知りになる事を恐れておいでになったのでございますから……しかしまた陛下がそれを知らぬために御仏のお咎めを受けようかとお苦しみでございました〉と答えました、勿論《もちろん》、王命婦が陛下のお耳に入れたのではございません。

それにしても若い十五歳の帝が、母と源氏の秘密を知り、御自分の御出生の因果《いんが》をお知りになっての御悩みは容易なものではなかったでしょう、そしてその秘密に一生悩みながら、わが子に打明けかねて、三十七歳の生涯を終られた美しい母君の胸中も察して、若き

帝はどんな御感慨だったことでしょう」

楓《かえで》刀自《とじ》はそこまでで、今日の講義を終った。

「夜居《よい》の老僧は、よけいなおしゃべりをしたようですけれど、やはり仏罰を恐れたんでしょうか」

珍らしく容子がノートをとじながら、歎声《たんせい》を洩した。鮎子などには少々扱いかねる問題なのであろう、むっつりとしている。

外にはしとしとと青葉の雨が夕暮の庭に降っている。

朝《あさ》顔《がお》

おいおいに日が長くなって、今までの時間に始めたのでは、源氏の講義も明るいうちになるので、誰いうとなく——

「源氏物語のお講義はやはり灯の下の方がしめやかで、物のあわれとやらがあるわね」

多分それを言い出したのは、今もなお少々病身の容子だったろう。彼女が一番その講義の雰囲気《ふんいき》をたのしんでいるのだから。

それに一同も賛成して、ともかく、お講義は灯《ひ》ともし頃に始まることになった。

灯といっても、この物語の中の燈火《とうか》とちがって、といって、徳川時代の燭台《しょくだい》でもない、要するに電燈の灯だが、渇水期《かっすいき》の冬のあの停電もその時節にはすっかり解消して、つけようと思えば昼の灯もつくが……。

広い庭に暮色がせまって、座敷の中がほの暗くなったのを頃合いに、灯の下にみな集るのだった。

——それまでに高倉家の姉妹はお風呂もすまして、夕化粧もし、お祖母《ばあ》様の老刀自《ろうとじ》の前に畏《かしこま》る。

大貝夫人は東京へ出ても、ゆっくり帰れるわけだ。

こうして夕餉《ゆうげ》後の一ときを夜《よ》更《ふ》けまででも、ゆっくりとお講義をきき、そのあとをお茶

を飲んで談笑するのも、みな楽しい一夜だった。

　ジャバから帰国した当座《とうざ》、彰は歓迎会や何やらで、遅く帰りがちだったが、この頃はわりにきちんと帰れる。

　――ところが、源氏の講義のある日に限って彰はどうも帰りがおそくなりがちだった。勤先《つとめさき》の宴会があったり、友達のつきあいで遅くなったり、――勿論《もちろん》土曜日のせいでかえってそうなるのかも知れぬ、この前も欠席だった。

「お義兄《にい》様ずるいわ、源氏のお講義、窮屈《きゅうくつ》だからサボるんでしょう」

　容子も鮎子も、この怠《なま》けものの生徒を攻撃する――義兄さんはあわてて手を振って、

「いや、そうじゃないんだ、折角《せっかく》の源氏の講義に、僕が出なくちゃ、光源氏の生きたモデルがなくて困るだろうと思ってね、是非《ぜひ》出席したいんだが、どうも偶然用事が出来るんでね」

　と、弁解これつとめる。

「ほんとう？」

　と、顔見られて閉口《へいこう》したのか、

「今度は出るよ、何しろ途中から飛び入りだから、前後がよくわからないんだがね」

「あら、そんな事ないわ、あの物語は一巻一巻が短篇を構成したようなものだから、聞いていらっしゃればわかるのよ、それにお祖母様、なかなかお上手《じょうず》にお話しになるでしょ

う」

「今度は出る、万障《ばんしょう》を排《はい》して！」

と、いったとおり、その日は帰るかと待っていたのに、灯がついて、お講義の始まる時間になっても、まだ彰の姿は見えなかった。

妹たちよりも、藤子の方が気のせいか浮かぬ顔をしている。

「彰を待ちましょうかね、折角《せっかく》ききに帰って来るのに気の毒だから」

刀自《とじ》自身も、お婿《むこ》さんに自分の講義をきかせるのが嬉しいらしい。

「そうですね、彰さんも折角、私たち生徒の中の唯《ただ》一人の男生徒ですから、はぐぬけにしないように、お待ちしましょうよ」

大貝夫人も男生徒の彰を待つことに異議はなかった。

しかし藤子が反対した。

「お待ちにならないでお始め下さいな、いつ帰るかわかりませんわ」

と、やや投げやりの口調だった。

その姉の顔を眺《なが》めて、妹たちがまた冷やかしそうだった。しかし藤子はそれを寄せつけぬように、にこりともしなかった。

大貝夫人がその藤子の顔をちらと見た。

良人《おっと》の帰りの遅いのは、妻はたいてい気に入らないものだと、ほおえましかった。しか

しそれだけに夫婦仲は、蜜《みつ》のようなのだろうと思った。

「それでは始めましょう」

刀自はここで咳《せき》を一つした。但《ただ》し風邪ではない、あらたまって緊張の刹那《せつな》、老刀自の咽喉《のど》に、咳が合図《あいず》のように鳴ったまでである。

朝顔

「今日は朝顔《あさがお》の巻ですが、これはまた、〈槿《あさがお》〉とも書きます、しかし朝顔の花のことですから、普通のこの文字を使ったほうが親しみやすいでしょうね」

「そういえば、朝顔の種《たね》、そろそろ蒔《ま》かなくちゃ――」

小さい声で容子が思い出したようにつぶやいた、家に引きこもったきりの彼女は、一番わが家の庭を愛しているのだ。

「この巻は朝顔の斎院《さいいん》と呼ばれる姫君と源氏との交渉が主《しゅ》でこう名づけられていますが、原文の文章に一々こだわらずに――つまり何といいますかね……」

「お祖母《ばあ》様、つまり逐字《ちくじ》訳《やく》を避《さ》けて、アウトラインをお話しになるということね」

鮎子がしたり顔にいった。

「そうそうアウトラインだかピケラインだか知らないけれど、ともかく朝顔の斎院を中心

としてお話しましょう、というのは、この姫君のことは、今までの巻にもちょいちょい出て来ていたのです。たとえば帚木《ははきぎ》の巻、葵《あおい》の巻、賢木《さかき》の巻あたりに——しかし本筋《ほんすじ》に遠いので、私は一切《いっさい》略しておきました、いったい源氏物語の一つの巻ごとに原文どおり委《くわ》しく一行も略さずにいっていますと、かえってごたごたしてなかなかのみこみに困難ですから、私は失礼ながら、みな様のお頭《つむ》をそう悩まさないために、極《きわ》めて一筋に、一本の線のように中心を貫《つらぬ》いてお講義をして来ました」

「それで助かります」

と、座中誰やらの声あり。

「もう一つ、この姫君は源氏物語の中でもまことに珍らしい人なのです。大抵《たいてい》の女は、源氏に口説《くど》かれると、すぐに靡《なび》いてしまって、今度は自分の方から、棄《す》てられはせぬかと物思いをし、源氏の通《かよ》う夜が遠のけば悩み、ヒステリカルになったり、嫉妬《しっと》に苦しんだり、あわれなものです、そこへゆくと、この朝顔の斎院《さいいん》はいくら源氏が思いを寄せても靡かない、身体《からだ》の交渉などは勿論《もちろん》ない、精神的にも打ち解けていかない、さすがに心の中では源氏を好ましいと思っていても、そういう下心を覗《のぞ》かれるのもいやなのです……一口にいえば源氏を失恋させた物語中の唯一《ゆいいつ》の女性とでも申しましょうか」

「まあ、えらい！」

「誇《ほこり》が高いのね」

「私、その朝顔の斎院が一番好きだわ！」

まだ、お講義を聞かないうちから、朝顔の斎院に対する人気が高まった。物語の中のほかの女性への反動からか……。

この三つの言葉はそれぞれ誰がいったか、賢明なる読者諸姉《どくしゃしょし》の御推察に任《まか》せるとして、刀自《とじ》の講義をすすめよう。

「この朝顔の斎院に源氏が思いを寄せたのはいつ頃からだったでしょう。源氏が十六ぐらいの時、つまり空蟬《うつせみ》との物語の中に、女房どもがそのお噂《うわ》さをしているのが見えております。この姫君の父君は、桃園式部卿《ももぞのしきぶきょう》といわれた桐壺帝《きりつぼてい》の御弟、つまり源氏の叔父上《おじうえ》にあたります」

「それじゃ、従兄妹《いとこ》同志ってわけですね」

「いとこ同志であろうが何であろうが、源氏は遠慮せず、恋をなさいます」

刀自が諧謔《かいぎゃく》を弄《ろう》したので、皆笑い出した、もっとも今でも従兄妹同志で恋をしないわけでもないから仕方がない。

「女性について、常に敏感で、見逃しのない源氏ですから、従妹の朝顔の君にもいつしか思いを寄せていらしったわけです。

ところが朝顔の君の方では、源氏が有名な女色家《じょしょくか》で、六条《ろくじょう》の御息所《みやすどころ》との浮名が立ったり、その他さまざまのゴシップをきくにつけても、自分はそんな女性のお仲間入りをして、源

氏のお相手はすまいと深く思っていらっしゃるので、源氏のお文《ふみ》などにもほとんど御返事もなさいませんでしたが、といって恥をかかせるようなお取扱いもなさらないので、源氏もこの姫君は他の人と違うと思っていらっしゃいます。

例の葵《あおい》の上《うえ》と六条御息所《ろくじょうのみやすどころ》との車争いのあった、賀茂《かも》の祭の日の御行列には、姫君も父宮と共に桟敷《さじき》で御見物になり、源氏の光り輝くばかりのあまりの美しさに、父宮が〈天魔《てんま》が魅入《みい》らねばよいが――〉と嘆息《たんそく》なさるのを聞くにつけ、姫君もまた年頃、文をおよこしになる御当人の源氏の姿をまのあたり眺めて、ただ世にいう女漁《あさ》りの軽薄な男とも思えず、たとえ源氏ほどの美男でなくても、女はなびくのが普通、ましてどうしてこうもお美しいのかと眼を瞠《みは》るのですが、だからといって朝顔の気質は、その世に名高い美男の貴公子に、近づいて愛されようとは更《さら》に思わないのでした。

朝顔はやがて、賀茂の斎院《さいいん》になられました。

斎院と申すのは、――六条の御息所の御娘、今、冷泉帝《れいぜいてい》の中宮《ちゅうぐう》になられた方が、かつて少女の頃、伊勢《いせ》の大廟《たいびょう》に奉仕する斎宮《さいぐう》となって下られたと同じように、賀茂の神社に奉仕なさる高貴の処女の姫君のことで、朝顔はその賀茂の斎院として選ばれたのですから、もう神前に仕える神聖な女性として、源氏の手の届かない高嶺《たかね》の花になりました。

けれども源氏は思い切りません、その若く美しい斎院に、侍女《じじょ》を通してやはりお文は繁《しげ》く書き送られました、それが人の口の端《は》にかかって斎院としては御迷惑なさったこともあ

ります。

そして七年――、神前に奉仕なさる斎院としての単純な淋しい御境遇の間も、むろん姫君は源氏の文に心を動かされることはありませんでした。

やがて父、桃薗式部卿《ももぞのしきぶきょう》の訃《ふ》のために、姫君は斎院のお役目をお退きになりました。源氏は例の思い初《そ》めた初一念はいつまでも忘れられない御性質なので、その御弔問《ごちょうもん》にことよせて、しげしげと御慰問《ごいもん》になりますが、姫君は昔の煩《わずら》わしかったことを思って打解けた御返事もなさいません。ここらからがこの朝顔の巻に入って、源氏は丁度《ちょうど》その時三十二歳になっておられます。

源氏の君も、今まで会った、ほかの女性とは違った、朝顔の前斎院《ぜんさいいん》のつめたい素振《そぶ》りはいかにも残念でしたが仕方がありません」

「源氏様も、初めて振られたわけですね、さぞ口惜しかったでしょうホホ……」

と大貝夫人はどうやらいい気持そうに笑った。

「前斎院の姫君は、やがて、亡き父君の桃薗の邸に移り棲《す》まれます、ここには父君の御妹、つまり叔母君《おばぎみ》の女五《おんなご》の宮《みや》がおられて、一緒に棲まれることになりました。この叔母君は未婚のいわばオールドミスで、葵の上の母君の御妹でもあり、源氏にとっても叔母様です」

「あら、わからなくなった、どうして葵の上のお母様の妹が叔母様ですの」

容子がノートの手をとめて疑問を発した。
「つまり、桐壺帝《きりつぼてい》――源氏の父帝と、桃園式部卿《ももぞのしきぶきょう》、葵《あおい》の上《うえ》の母君、女五《おんなご》の宮《みや》はみな御兄妹なのです、むろん御異腹かも知れませんがね――桐壺帝が御弟妹を大事になすったので今も源氏はその方々と親しくしていらっしゃるので、その叔母君女五の宮のお見舞にかこつけて源氏はその邸《やしき》に訪ねていらっしゃいます。

さて叔母君は邸の寝殿（正殿のことです）の東側にすまわれ、西面《にしおもて》には若い朝顔《あさがお》の姫君が棲《す》んでおられます。式部卿が亡くなられて間もないのに、もう気のせいか邸内はどこか荒れたようで淋しくもの哀《あわ》れでした。

源氏がこの老いた女五の宮を見舞われるのは表面の形式で、それこそ敵は本能寺《ほんのうじ》にあり、よそめにぜひ見たい方はほかにあるのですが、そうとも知らず、この年老いた独身の叔母様は、美男の高位にときめく源氏の訪れを喜んでいつまでも長話をなさるのでした。この女五の宮は、御姉妹でもあの葵の上の母君の老いても美しい風情《ふぜい》のあるのとは似げなく、ごつごつして年よりくさく、声も男のように太く、なんとなくごつい感じの人でしたが、それだけに単純だったのでしょう、甥《おい》の源氏の美男ぶりを露骨《ろこつ》に褒《ほ》めそやしたり、姉が、源氏のもとの夫人の葵の上の母として源氏につながっていることを羨《うらや》んだり、はては、亡くなった兄の式部卿が、源氏を婿《むこ》に出来なかったことつまり朝顔の姫君と源氏との縁を結ばなかったことを残念がっていたなどとくどくどとお話しになるのでした。浮《うわ》の空で、心

はもう西面に飛んで行っていた源氏の耳にもその話だけは入って、

〈もしそうなっていたら、私はどんなに仕合《しあわ》せだったでしょう、しかし前にはうとうとしくなすって――〉

と怨《うら》めしげにおっしゃるのでした。そして西面の方を見やると、枯れ枯れになった庭の趣《おもむ》きにも、今、浮の空で叔母君と対坐《たいざ》しているやるせない自分の気持も知らずに、それを眺めてなどいられるだろう姫君の姿がすぐ想像されて、なつかしく、また父を失った人の哀れさも思いやられて、

〈叔母様の許《もと》で、こう長座《ちょうざ》して、お寄りしないのも心ないわざでございますから、彼方《あちら》へもちょっとお伺《うかが》いいたしましょう〉

と、気がさすのか弁解らしいことをいって源氏は、縁伝《えんづた》いに、朝顔の姫を訪れられます。初めから訪問の目的はむろん此方《こちら》にあったのですものね……。

もう暗くなりかけて、喪《も》にこもって鈍色《にびいろ》の御簾《みす》に黒い几帳《きちょう》が立て添えられ、薫物《たきもの》の香《こう》が風について吹きかよっている床《ゆか》しいお棲居《すまい》です。縁側というのもあまり失礼と女房たちが南の端《はし》の座敷に源氏をお迎えしました。そのお取次でお話をなさるわけです。源氏にとって今になってまだ御簾を隔《へだ》てて、取次でお話しなさるというのも物足りないのですが、仕方がありません。

〈ずいぶん長いこと、あなたと隔てなく会われることを待って居りましたのに〉

と怨《うら》みがましい言葉も出ます、そして歌一首——

人知れず神のゆるしを待ちしまに
　こころつれなき世を過《すぐ》すかな

この歌の意味は、神聖な神の御前《みまえ》に奉仕する斎院《さいいん》のお役目では、恋の語らいもならぬと自由の身になられるのを待っている間、よくもその心を隠して平静に、何年もいられたものですとでも申しましょうか。すると姫は——

なべて世の哀《あは》ればかりをとふからに
　誓ひしことと神やいさめん

これは、おしなべて世の中の物の哀れを男女がいい交《かわ》すだけでも、一旦《いったん》神に捧《ささ》げたわが身には神のお咎《とが》めを受ける気がいたしますという意味です、これでは源氏の君も取りつく島がございません。

なにも、つれなくは扱われないのですが、さすがの源氏もつけ込む隙《すき》のない、あまりにさっぱりとつつましく清浄な姫には、まったく源氏も歯の立たない形でした。

しおしおと源氏は二条の自邸に帰られましたが、美しい恋女房の紫《むらさき》の上《うえ》のいられるにもかかわらず、やはり源氏の心は、この手に取れぬ、手折《たお》りえぬ花に思いを焦《こ》がして、寝覚《ねざ》めがちに夜を過されました。

翌朝、わが庭のはれてゆく朝霧《あさぎり》の中に、秋をすがれた朝顔が、あちこちに蔓《つる》を延ばして、おいおいに小さくなった花をまだ咲き残らせているのを御覧になって、昨夕、御簾《みす》越しに話を交されて、はかない対面をなすった、つれない人の許に、その花を手折って贈られ、歌を一首添えられました。

見し折の露《つゆ》忘られぬ朝顔の
花の盛《さか》りは過ぎやしぬらむ

以前相見《あいみ》た折の風情《ふぜい》の、片時も忘れられないあなたのお姿は、今がお美しさの絶頂と思います。早く見ないと盛りが過ぎてしまうのではないでしょうかという意味——幾年も幾年も思いつめて果さぬ恋を歎《なげ》き、思いの達せぬうちに朝顔の花のように、盛りがすぎてしまったらと、源氏の君も気が気ではなかったのでしょう。

そういう源氏の趣きのあるお文にまで、知らぬ顔もなさりかねて、前斎院のお返しには、

秋はてて霧《きり》のまがきに結ぼほれ
あるかなきかに移る朝顔

それに一行の文章がついていました。

私にふさわしい花のお譬《たと》えにつけても涙ぐましく——と、しかもそのお歌の意味はなんと皮肉なことに……秋もくれゆき朝霧の流れる垣根《かきね》に蔓《つる》もつれながら、もうあるかなきかにすがれている朝顔の花のようなお婆《ばあ》さんの私でございますというわけです。

こうなると、まことにつかず離れずの朝顔と源氏の君の間柄で、おそらく源氏はその女心に、靴《くつ》をへだてて掻《か》くようなもどかしさだったでしょう。

やがて冬になって宮中の祭事その他もすみ、身辺にお暇《ひま》が出来ると、源氏はまたもや叔《お》母《ば》君《ぎみ》の女五《おんなご》の宮をお訪ねになります。

雪がほどよく降って、なにか心なつかしい夕方でした。お召物《めしもの》に香《こう》を焚《た》きしめ、念入りにお洒落《しゃれ》をなすってどんな女でも振るいつきたくなるようなお姿でお出かけになるのを見るにつけ、紫の上の御機嫌のいい筈《はず》はありません。しかし源氏はさほど恐妻家《きょうさいか》でもないとみえ、そのままお出かけになってしまいます。

〈もう、おいおい外へ出歩くのもおっくうな年頃になったが、何しろ桃薗《ももぞの》の邸の女性二人が心細い淋しい生活でお気の毒だから〉などと、言訳《いいわけ》は立派ですが、まわりの人々はそう

は信じません、ことに家臣たちは、下郎《げろう》は口のさがなきもので、蔭口《かげぐち》をささやき合っています。
〈どうも御主人の、今だに色好みの趣味を捨てられないのは玉に瑕《きず》だ、何か忌《いま》わしいことにならねばよいが――〉などと――。

さて桃薗の邸へ着かれると、思いもかけぬ、こんな雪の降る夕方の御訪問なのですから、驚ろいて門番があわてて門を開けようとするのですが錠《じょう》が錆《さ》びついてなかなか開かないというような騒ぎです。やっと中へ入って、ともかく叔母君御見舞の名目なのですから最初は例の如《ごと》く女五の宮と御物語です、相変らず心は、寝殿の西面の美しい人の上に飛んで行っています。

女五の宮もいいお年ですから、長話をしているうちにさすがに疲れて欠伸《あくび》をなさる、その内にはいびきを立てられてのうたたねです。源氏の君はまるで叔母様を寝せつけに雪の夜を訪れたようなものですね……私のお講義もうっかりあなた方を寝せつけるのじゃありませんか」

くすくす笑い声が一座に立ったが、さすがに誰も、いびきを立てて、この講義に睡気《ねむけ》を催《もよお》したものはなかった。

「源氏は叔母君が寝入られたので、喜び勇《いさ》んで、西面の朝顔の姫君を訪れられました。黄昏《たそがれ》かけての薄雪の積ったのに、折からの月がさして、まことに風雅な夜景でした。

源氏はそうした美しい雪に月かげのさす今宵《こよい》こそは姫の本心を確めたいとばかりに、ひどく真剣にいわれました。

〈ただ一言、私が嫌いだとでも直接に御返事を伺《うかが》って、あなたを諦《あきら》めてしまいたいのです〉

姫の方ではそういわれても——まだ若くて、父君がこの世に居《お》られ、源氏と結ばれる事をひそかに望んでいらしった時でさえ、源氏にいろいろ女性との評判がやかましかったせいもありますが、靡《なび》きかねていたものを、年を経《へ》て、自分の女の盛りも過ぎた頃に、今更にあるまじき事と恥じられて、そよともお心は動かないのです。

源氏の君は、あまりに固い女の心に失望され、

　つれなさをむかしに懲《こ》りぬ心こそ
　　人の辛《つら》さにそへて辛けれ

と、涙を押し拭《ぬぐ》っておられます。そしてまた、これもわが心がらであるから仕方がないと御自分にいい慰《なぐさ》めていられます。歌の心は、あなたの無情に懲《こ》りもせぬ自分の心に腹が立つという意味ですね、それをきく侍女達は、〈まあこの御美男がお可哀想《かわいそう》に——〉と翕《きゅう》然《ぜん》と同情が集ります、恐らく侍女達は、そんな心ない姫に思いをお寄せになるより、自分

の袖《そで》を引いて下すったらいいのにと思ったかも知れませんね」

今宵の刀自《とじ》はなかなかお口が軽い。

「ほんとに、そう思ったでしょうね腰元《こしもと》たちは――」

大貝夫人は大真面目に同感する。

「すげない御返事に傍《そば》の侍女達の方がはらはらと気を揉《も》んで、〈まあ勿体《もったい》ない、あれほどの方を何故《なぜ》こうもつれなくおもてなしになるのだろう、お気の毒で見ていられない〉などと言い合っています。


姫君は何も源氏の人柄の面白さ、恋のあわれがわからないわけではないのですが、たとえ自分が今源氏を理解して心を打ちとけさせてみたところで、要するに今までのたくさんの女性がその人になびいたと同じことと思われるだけだろう、それに自分がやはり源氏の魅力は知っている心の内を軽々しく見透《みす》かされるのはいやだ――そんな風の感情が、源氏をめぐる女性の仲間入りをさせないのです。それよりも年頃、斎院《さいいん》として神に仕《つか》え、仏事を怠《おこた》った償《つぐな》いをとおいおいに勤行《ごんぎょう》の方にのみ心を向けていらっしゃるのです。しかし仕えている人々にしてみれば、邸のうちの次第に心細くなって行くにつれて、姫君が源氏に結ばれることを願わぬ者はありません。姫君はまたそういう周囲の者にはうっかり心を許すこともお出来にならないわけです。

源氏の君としては、是《ぜ》が非《ひ》でもという御執着《ごしゅうちゃく》というわけではないのですが、あまり無情

な朝顔の様子が心外《しんがい》なのと、女に負けてやめることも口惜《くちお》しく、ことに今はいろいろ経験も積まれ、世の信望もあつい御身で今更《いまさら》の浮気はと、世の非難にお気をかねられながらも、またこうまでして女の心を得られないのも世の物笑いになるだろうなどと、さすがの源氏にもそれは打撃なのでした。その物思いのために紫《むらさき》の上《うえ》の許《もと》へ夜もいらっしゃらない日がつづくのでございます。

そうなると紫の上も朝顔のために心を奪われている源氏を怨《うら》まずにはいられません。

雪の深く積った夜でした、涙をおみせになった紫の上を宥《なだ》めながら、源氏は、〈それはあなたの思い過しです、従妹《いとこ》の斎院《さいいん》は以前から浮いたお心のない方なのですよ、ただ淋しい生活だから時々無駄言を書いて文《ふみ》をあげているだけで、彼方《あちら》も暇《ひま》のある方だから、たまには返事も来ますが、何も恋などにはふれてもいない〉などいい紛《まぎ》らしながら、周囲の女の人たちの品定《しなさだ》めなどしんみりと今昔のお話に夜をお更《ふ》かしになっています。

月が澄んで静かな美しい夜でした、外を覗《のぞ》いて少し首を傾《かし》げていらっしゃる紫の上の御様子はいかにも美しく、初恋人の藤壺《ふじつぼ》の面影《おもかげ》をそのままに思い出させるほどなので、朝顔の方に牽《ひ》かれていた源氏のお心も少しは引戻されるようなお気持でした。

とはいうものの源氏は自分の知る多くの女性の中でも、朝顔こそは淋しい時に何ということはなくとも物語をし、自分でも心遣《こころづか》いをされるような床《ゆか》しいと思うただ一人の人だなどと考えて居られます。恐らくそれは高嶺《たかね》の花に対する憧《あこが》れと、自分のものとして全部を

知らない未知の女性の持つ魅力が、源氏をしてそう思わせるのでしょう、そして、神前に仕えた清らかな身のままに、男に靡《なび》かぬ床しさにかえってお心牽かれたのだと思います。

叔母君の女五の宮は源氏の君の失恋にやはり同情されて、

〈あれほどの方の並々ならぬ志《こころざし》を受入れられた方がいい〉としきりに勧《すす》められるのですが、姫君は頑《がん》として応じられません。

〈亡き父上にも強情な娘と思われて過したのでございますから、時節が変ったからとて今更世に靡くようなことは私に似つかわしくございません〉と、恥しげにお断りになるのでどうすることも出来ません。

源氏の君も心をつくし、切ない恋を打ちあけて、姫の心の動くのを待ちこそすれ、強《し》いて無理強いにどうしようとはなさらないのでした……朝顔のことはこの後にも出て、やがて出家なさる方ですが、この巻ではこれで止めます……」

刀自《とじ》は手許《てもと》のぬるくなったお茶を一口飲んで、吻《ほ》っとされたようだった。

「やれやれ、光源氏もたまには振られるのがお身のためですわね……」

これは言わずと知れた大貝夫人である。

「朝顔は、後で出家するんですって、なんだか、アンドレ・ジッドのアリサを連想するわね、日本版のアリサかな」

これは鮎子である。

「藤子、お祖母《ばあ》さんに玉露《ぎょくろ》でも入れて上げたらどうだい、お疲れだろう」

突如《とつじょ》として彰の声がしたのでみんな吃驚《びっくり》して見返ると、隅《すみ》の柱にもたれて、帰ったまま背広姿《せびろすがた》の彰が、いつの間に来ていたのか、どこからお講義をきいたか、そこに坐《すわ》っていた。

乙《おと》女《め》

庭の青葉は気がつけば驚くほどに成長して梅雨《つゆ》には少し早い雨がしとしとと降っていた。

今宵《こよい》も生徒は早くから揃っていたが、それは女生徒ばかりで唯一の男生徒の彰の姿はなかった。

「お義兄《にい》様ったら、やっぱり駄目ね、口ばっかりでいつだって遅刻よ」

鮎子が不満がる。

「忙しいのよ、仕方がないわ」

藤子は良人《おっと》などを、無理に源氏の聴講生にしようとは、あてにしていないようだった。

それでみんな笑った。そのおいそがしい藤子の旦那《だんな》様を待ってもきりがないというので講義は始まった。

もともと源氏物語は、女生徒で始まったので男生徒はとかく――ジョー葉村はアメリカへ飛んで行ってしまうし、彰はお忙しいし、要するに〈光源氏とそれを巡る女性〉の研究は、女生徒が一番忠実ということになった。

「私もこの講義を始める時は、どのくらい続くか、その内には皆が倦《あ》きて沙汰《さた》止《や》みになるかと思っていましたのに、なかなか熱心にきいて戴《いただ》いて、物語もとうとう〈乙女《おとめ》の巻〉までまいりました」

と、楓刀自《かえでとじ》がその日の最初に言われたのは講者としてもうれしい感慨《かんがい》だったのだろう。

「今迄《いままで》に幾《いく》つの巻、すんだのかしら」

鮎子が言った。

「桐壺《きりつぼ》、帚木《ははきぎ》、空蟬《うつせみ》、夕顔《ゆうがお》、若紫《わかむらさき》、末摘花《すえつむはな》、紅葉賀《もみじのが》……」

と、容子がノートをめくりながら、

「もう二十巻よ、乙女の巻は二十一巻めですわ」

「まあ、源氏物語を二十巻も——私も大した学者ですねえ」

大貝夫人がうれしげな様子をして皆を笑わせた。

「そう、もう巻も二十一まで進んできました。思えば源氏が少年の頃、父帝の後添《のちぞ》えの妃《きさき》、藤壺《ふじつぼ》を恋い初めてからお話はすすみ、今夜お話する乙女の巻では、何とまあ、源氏と亡き葵《あおい》の上《うえ》との間の御子《みこ》夕霧《ゆうぎり》と、葵の上の兄君元の頭《とう》の中将《ちゆうじよう》の姫、雲井《くもい》ノ雁《かり》、この二人の少年少女がいつしか恋を語るというところまで来ました、源氏もすでに三十三歳、あの薄倖《はっこう》な藤壺の宮の御《おん》一周忌《いっしゆうき》にもなっています——思えば物語の上でも月日は経《た》ち、皆が年齢をとりましたこと」

楓刀自はそう言った。

「まあなんともう、光源氏のお子さんが、恋を語る時になりましたかねえ」

大貝夫人は感慨無量の声だった。

「源氏の若君《わかぎみ》夕霧《ゆうぎり》は、葵《あおい》の上《うえ》の実家太政大臣《だじょうだいじん》邸で生れ、すぐに母を喪《うしな》い、そのまま祖母君《そぼぎみ》の手で愛育されました。念のため申しますが、この大宮《おおみや》と呼ばれる祖母君は故太政大臣の北の方であり、故桐壺帝《きりつぼてい》の妹君にあたり、その間に、葵の上と頭《とう》の中将《ちゆうじょう》とを儲《もう》けられ、葵の上には故桐壺帝の愛子光源氏を迎えられて、その間に若君夕霧が生れられたわけです。
雲井《くもい》ノ雁《かり》という姫は、兄頭の中将の娘で、つまり夕霧とは従姉弟《いとこ》になります――なかなか源氏物語の中の系図は入り組んでいてのみ込み難いのですが――」

楓刀自《かえでとじ》がそう注意された時、容子が、

「お祖母様、私その系図かいて皆様にのみ込んで戴《いただ》きましょうか」

容子はもっとも熱心にノートを取り、ふだんも、読み返し、自分でこの物語を頭に入れているだけに、楓刀自の源氏教室での助手ぶりを発揮する。

わが孫ながら、天晴《あっぱ》れの助手ぶりにうれしくてならないという祖母の笑顔に、うなずかれて、容子はノートの一頁《ページ》に系図を大きく書いて、

「はい、御覧下さい、御参考に――」

と、姉妹や大貝夫人の前に差し出した。そこにはこういう風に書いてあった。

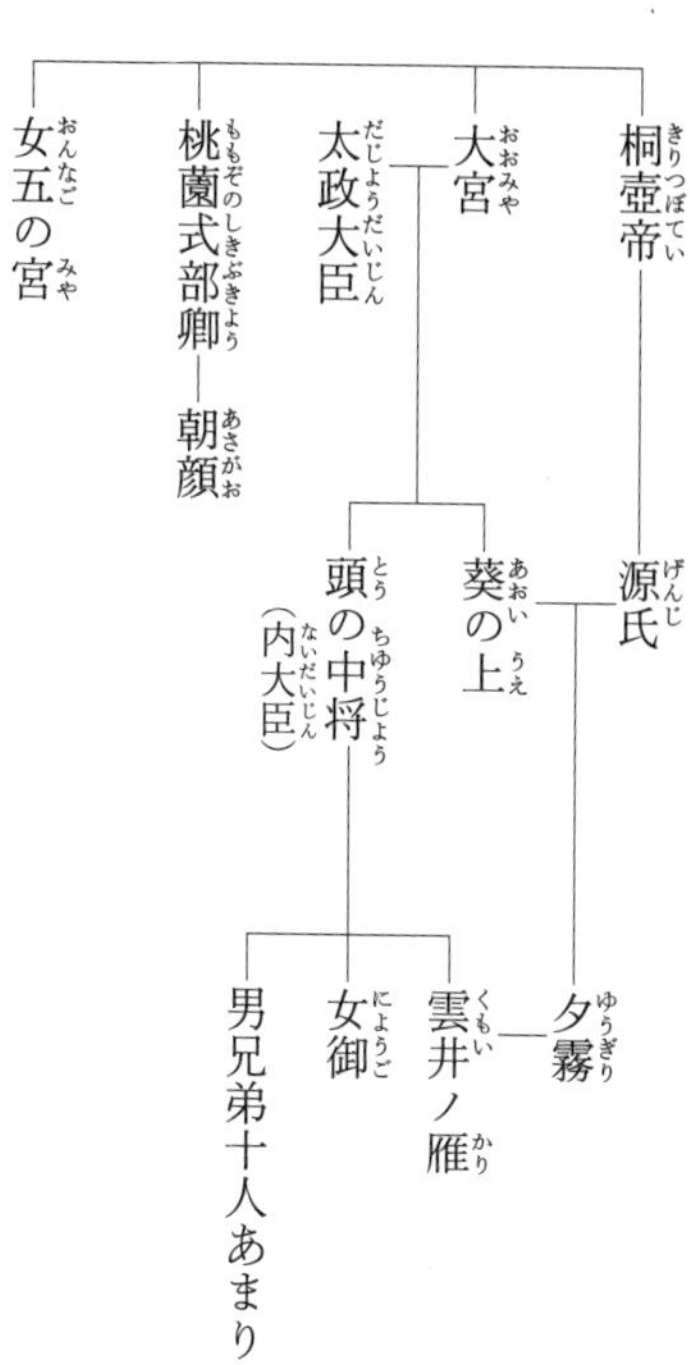

乙女

「さて、この夕霧が元服《げんぷく》の式をあげる時になりました、十二歳です、父源氏の二条の院で盛大にあげたいのですが今までお育てになった祖母君の大宮の意志を尊重してやはりその大宮の三条の邸で挙げることになりました。なかなかに大した御準備です。

元服と同時に位階《いかい》を戴き昇殿《しょうでん》することになるのですが、いかに源氏の思うままの世とは

いえ、そんな幼い者にいきなり四位というのもとお考えになり、六位に叙《じょ》せられました。

六位といえば浅黄《あさぎ》色《いろ》の袍《ほう》の式服です、祖母の大宮は大事に育てたわが孫のそんな姿をあまりひどいと御不満に思われます。源氏は御説明なさいます。

〈父としてわが子を特に低い位につけるのを不思議に思召《おぼしめ》しましょうが、あの子はまだ暫《しばら》くは大学寮に学問を学ばせてここ二三年はなかったものに致《いた》そうと思います、やがて学問をし物の役に立つ者になれば、位などは自然に一人前になります。父の権力によって努力せずに官位も思うままになり驕奢《きょうしゃ》になれては、学問などに精進することは莫迦《ばか》莫迦しくなりましょう。努力せずに親の光りでよい位についていては当人もそれでよい気になり、傍《そば》の者は心の中ではその不条理を嘲《あざ》けりながらも追従することになれば、一旦《いったん》親に死に別れでもした暁《あかつき》には、他の人々から一度に見放され、なんら自分に力のない哀れな者となりましょう、それよりやはり当人が学力と見識を持つことです、父の私がついていることですから、たとえ六位の大学生でも、侮《あな》どられることもありますまい〉

源氏は父としての一見識をもった言分《いいぶん》でしたから、大宮はもっともとは思いながらやはり吐息を洩《もら》しておっしゃるのです。

〈ただ自分よりも身分が低いと思っていた、従兄弟《いとこ》達にも追い越されて、自分は浅黄の袍を着ていねばならぬのは当人としても気がひけることでしょう〉

ですが、源氏は敢然《かんぜん》としておっしゃいました。

〈あの子が学問を身につけ、物の理解が出来れば、そんな事はなんでもなくなりましょう〉と。

それで大学寮で夕霧《ゆうぎり》が学び始めてからも、源氏はその教授の博士達に向って〈どうか私に憚《はばか》りなく、掟《おきて》通り厳しく教え込んで下さい〉と頼まれました。

その入学式その他掟通りに行われ、若君の大学生としての書斎は、二条院の東の院の中にしつらわれました、この東の院には花散里《はなちるさと》がいられます、まあ、そこへ母代りにお世話をお頼みになったわけです。

それは眼に入れても痛くないほど若君を溺愛《できあい》される祖母の大宮の処《ところ》ではあまりに甘やかされて勉学の妨《さまた》げと源氏は思われ、若君の勉強生活の場所を別のところに定められたのです。そして月に二三度は祖母君の許を訪れてもよいと、そんな事までお定《さだ》めになりました。

甘やかされた祖母君の許を引き離され、学問生活の中に押し込められた若君は、最初は父君の厳しい仕打に戸惑いされたでしょうが、もともと優れた性格の、まじめな少年だったので、その厳しい学問生活に堪《た》えて、やがて世に役立つ人になりたいという希望に燃えて、非常に学力もつき試験をされてもよい成績でした。夕霧はその点、大学寮の秀才になられたのです」

「源氏もわが子には、なかなかスパルタ式の教育をなさるんですねえ、感心しました」

大貝夫人がにこりともせず感動したようだった。

「さて、その頃いよいよ立后《りっこう》の儀が行われることになりました。つまり幾人かいらっしゃる女御《にょうご》達の中から皇后《こうごう》をお定めになることになったのですが、源氏はむろんあの亡き藤壺《ふじつぼ》の宮のお心をかけていられた前斎宮《ぜんさいぐう》の女御のかねて後楯《うしろだて》となっていられるのですから、皇后に御推薦なさるお気持です、ところが、また頭《とう》の中将《ちゅうじょう》の姫、弘徽殿《こきでん》の女御は一番早く帝の御傍《おそば》に女御として入内《じゅだい》なすったので、先任者として当然皇后の位に昇格なさるべきだという説もあり、今一人元の兵部卿《ひょうぶきょう》の宮、つまり紫の上の父君の本腹の姫が女御に入られたのも有力な候補者となって、三つ巴《どもえ》の競い合いとなりましたが、結局はやはり源氏の支持なさる前斎宮の女御が立后された。人々は皆その方の御幸運に眼をみはりました。

同時に、源氏は新しく太政大臣《だじょうだいじん》にすすまれ、頭の中将は内大臣に昇進されました。源氏はその内大臣に世の政《まつり》ごとをお委《ゆだ》ねになりました。

この内大臣には男の子は十人あまりもいて、それぞれに、よい官職に就《つ》いていますが、姫は皇后になられなかった弘徽殿の女御と、その他にいま一人異腹の姫があるだけでした。

この女御の異母妹が雲井《くもい》ノ雁《かり》です。その姫の母君の身分は劣《おと》りませんが今は他に嫁《とつ》がれたので、その生母から雲井ノ雁を引き取って、内大臣は自分の母君、雲井ノ雁には祖母にあたる大宮の許へお預けになっていたのです。

ですから大宮は二人の男女の孫をお手許に置いてお育てになったわけです、男の子は源氏の子夕霧《ゆうぎり》、そして女の子はその雲井ノ雁です。

内大臣――もとの頭の中将は帝のお傍に差し上げた姉の女御ほどには雲井ノ雁を大切になさらなかったのですが、それはやはり気質も姿も貌《かたち》も美しい姫でした。

こうして夕霧と雲井ノ雁は、同じ祖母君の傍で育てられましたが、十をすぎてからは、男女七歳にして席を同じゅうせずとの躾《しつけ》で、同じ邸とはいえ、離れた場所に置かれました。

姫の父君は姫に親しい身内とはいえ男にあまり親しすぎてはいけないと注意されます。

しかし夕霧と雲井ノ雁は従姉弟《いとこ》同志ではあり一緒に育てられたのですから、いつしか睦《むつ》み合い、侍女や乳母《めのと》もこの従姉弟同志の少年少女の無邪気な遊び友達にそう厳しい眼を向けるわけにはゆきません。

少女は十四で少し年齢《とし》上ですが、まだ異性に対しての恋情などには熟《じゅく》してはいられなかったのですが、少年の感情は進んでいて、いつしか美しい少女の雲井ノ雁に幼い恋を持っていられました……」

「まあ、さすがに、お父様の血統ですわ」

大貝夫人は我《わが》意を得たりとばかりに肩をゆすって笑った。

「大学寮に学び、そのために東の院に書斎生活をするようになった時も、この事が夕霧を苦しめました。離れた雲井ノ雁への恋情に悩んで、まだ幼い筆蹟《ひっせき》ながら文を度々送られ、いつしかお互いに恋文を交し合う少年少女となってゆきました。

若君の乳母や姫君づきの女房達はそれに気づいて居りましたが、そうした細《こま》やかな秘密

は隠しておくより仕方がありませんでした。

やがて宮廷のいろいろのお祝事もすんで、秋の時雨《しぐれ》の後の露《つゆ》を葉末においた萩《はぎ》の叢《むら》に夕風のわたる頃、内大臣はわが娘を預けてある母の大宮の許を訪れました。

そして姫を早速大宮のお居間にお呼びになり琴など弾《ひ》かせてきいておられました。大宮もすすめられて〈琴柱《ことじ》を抑《おさ》える手つきなどもすっかり初心者らしくなってしまいましたが〉などとおっしゃりながら、久しぶりで弾かれました、やがて内大臣と大宮との間には大人同志の話が始まりました。

わが娘の弘徽殿《こきでん》の女御《にょうご》が予想を裏切って、前斎宮《ぜんさいぐう》の女御にけおされて、皇后の位を得なかったことや、皇太子の御元服が近いので、せめてこの雲井《くもい》ノ雁《かり》を皇太子に奉《たてまつ》りたいと思うが、源氏が明石《あかし》の上《うえ》に生ませた明石の姫君がやはり皇太子の女御として強敵になりそうだなどと語って歎《なげ》いていられるのでした。

けれども雲井ノ雁にとっては、それは大人の世の中の話でした、無心に琴に向っていられる姫の黒い髪の下り具合なども品よく艶《なま》めいて、父君に見《み》詰《つめ》られて恥しげに少し横を向いた横顔も綺《き》麗《れい》で、琴柱を押える手つきなど、人形の指の動くようで祖母の大宮にはほんとうに可《か》憐《れん》に思われるのでした、父の内大臣も娘のその成人の姿をみて楽しく、自分も唐《とう》楽《がく》の替唄《かえうた》などをうたって、み灯《とも》しのつく頃まで、ゆっくりされ、お湯《ゆ》漬《づ》け、果《くだ》ものなどのおもてなしをうけて、機《き》嫌《げん》よくお立ちになりました。

内大臣は帰って行く風をしながら、そっとその邸の女房の中の一人の情人のもとにお寄りになったのですが、その帰りの廊下でふと耳にしたのは思いがけぬ少年少女の恋の噂《うわ》さでした。

〈内大臣様も如才《じょさい》のない方だけれどやっぱり、親馬鹿《おやばか》ですね、何にも御存じないのですからね、大騒ぎが持ち上らなければよいが――子を知るは親に如《し》かずという諺《ことわざ》もあてになりませんね〉

さては夕霧とわが娘雲井ノ雁との間にいち早く恋が芽生《めば》えたのだなと察してしまわれた内大臣は帰りの御車の中でもその事ばかりに頭を悩《なやま》していられます、なにもこれは最悪の事態というわけではないが、従姉弟《いとこ》同志の結婚などありふれていて、年端《としは》のゆかぬ彼等《かれら》の恋が野合《やごう》のように人の口の端《は》にのぼるのもいやだし、立后の競争に自分を負かした源氏がうらめしい上に、その失敗にかえて、せめて雲井ノ雁を春宮《とうぐう》に差上げたいと思っていた希望も、その子夕霧によってこわされてしまった気がするのです。

頭の中将の昔から、源氏との交情はうまく行っているのですが、とかくこういう問題になると、競争相手になって、負けすかずの内大臣は不愉快でなりません。

祖母の大宮もその孫同志の恋はうすうす御存じだろうに、孫の可愛《かわい》いあまり、見て見ぬふりをして放任してお置きになるのだろうなどと思うと祖母君も怨《うら》めしくなるのです。

腹が立つと押えておけぬ内大臣は二日ほどたつと、またもや大宮の許を訪れていらっし

やいました。

大宮は内大臣がどういう気持でいらしたか御存じはなく、しげしげの御訪問を喜んでお召替《めしか》えなどなすってお会いになります。しかし、内大臣は頗《すこぶ》る御機嫌が悪くてこんな事をおっしゃいます。

〈ここに参上するのも、私は極《きま》りの悪い思いです。世間の人はどう思うかと気になります、不肖《ふしょう》の私ではありますが出来るだけ母上に孝養《こうよう》を尽したいと思って居りましたのに、おろかな娘のことで、私が母上をお怨みするような事が起ってまいりました。いくら思い直そうとしても我慢の出来ない気がいたします〉

と、落涙されたので、大宮はあまりの驚きにお顔の色も変り、眼を大きくされて、

〈今さらこの年になった私に、どんな怨みを抱いて、隔《へだ》てがましく思われるのでしょうか〉

〈母上を御信頼してお手許に雲井《くもい》ノ雁《かり》を差上げておき、私自身ではあの子を幼少から面倒もみず、ことにこの頃は姉の弘徽殿《こきでん》のことが思うようにゆかぬのを苦にしてそれにのみにかかずらわって居りました。それでも雲井ノ雁のことは母上にお願いしておけば立派にお育て下さることと安心して居りましたのに……まことに意外な事をききまして残念でなりません、源氏の君も夕霧《ゆうぎり》もすぐれた家柄、立派な人柄ではありますが、あまり近い血縁の間で、しかも同じ邸に育ったものが縁組みをするというのは、よその思わくも軽々しく、

卑《いや》しめられはしないでしょうか。そうした男女の勝手な野合は下々でもよからぬ事にして居りますのに、それは夕霧のためにも名にかかわると思います。夕霧としても他人の立派な家に婿《むこ》として大切に待遇される方が宜《よろ》しいのです。源氏の君も恐らくそうお考えになりましょう。また、たとえ夕霧を婿にするとしても、私にかようかようとお話し下すった上、極りをつけて、他目《よそめ》にも品のよいような形にした上での事にしたいものです。それを母上が幼い二人の心に任せて放任してお置きになったことをお怨みに思います〉

と、長々とお怨みを述べられたので、さては二人の孫に、もう恋心が生じたのかと初めてそれとおわかりになった大宮は、今さらに驚き入ってしまわれます。

〈あなたがそう思うのも無理はありませんが、あなたよりも口惜《くちお》しいのは私です、私はまったくうっかり者で二人の孫が何をしていたかちっとも知らなかったのです。大事な姫を預ってからは特別に気をつけていろいろ心配して育てて来ました。あんな年端のゆかぬ者がそんな事になっていようとは夢にも思いませんでした、しかし誰がそんな告口《つげぐち》をいたしましたか。何か下心があってする、よからぬ人の口を信じては、濡衣《ぬれぎぬ》で二人の子の名が傷つくこともございましょう〉

〈なんでいい加減な噂さを私が信じましょう、これは確かな根拠《こんきょ》のあることです、この邸の女房達もこの事を噂さして蔭《かげ》では笑っているのです。それをきいて私はとても穏《おだ》やかにしてはいられません〉と座を立ってしまわれました、幼い恋を知っている人々は同情し、

この間の噂話をした連中は青くなってしまいました。

姫君が何も知らず、父がどうして怒っているのかも深くはわからず可憐に坐《すわ》っているのをみれば、その美しいわが子が哀《あわ》れに思われ、いかに幼い者とはいえ、それほど無分別とも知らずに、どうかよい行末をと願っていた自分はこの姫よりもうかつ者であったと、傍《かたわ》らの乳母《めのと》らをお責めになるのでした。

乳母は何とも申しわけなくて、

〈こんな事は宮廷の内親王《ないしんのう》様方にもありがちのことと昔の物語などでも承知して居りますが、けっして私たちが恋の手引などを致《いた》したのではございません。何年も御一緒にお育ちになり、始終御一緒の遊び友達でしたから、私どもが差出がましくどうするという事も出来ませんでした、若君もけっしてみだりがましい振舞《ふるまい》をなさらないので、こんなことが起きようとは思いもよりませんでした〉と歎《なげ》きます。

内大臣は今更《いまさら》姫を叱《しか》ってみたところで仕方がないので、どうかこの娘に傷のつかないようにと、乳母たちに申し渡されました。

〈どうせ知れわたることではあろうが、お前たちもよく気をつけて、それは一切無根の噂さだというように取りつくろって欲しい、雲井《くもい》ノ雁《かり》は早速、私の手許《てもと》に引取る、それにしても母君のお心持がどうも怨めしい、お前たちはそうなるようにとは願わなかったであろうが——〉

お怨みは大宮にのみかかります。ところが大宮の方では可愛がっていられる中にも殊《こと》に夕霧《ゆうぎり》を愛していらっしゃるだけに、内大臣はこの事件を大変悪い事のように怒られるが、自分が雲井ノ雁を手塩《てしお》にかけてあの様に美しく育て上げたればこそ内大臣も皇太子の妃《きさき》にとも望みを持たれるのだ、しかし皇太子を別にすれば、婿《むこ》として夕霧以上の人があろうか。夕霧には、ほかにいくらでも雲井ノ雁以上にも美しい姫があるであろうがと、大宮はむしろ内大臣を怨めしく思われるのでした。

そんな騒ぎがあるとも知らず、夕霧の君は月に三度の訪問を許されている祖母君の許に久しぶりで来られました。日頃はその顔をみれば、笑みこぼれて喜ばれる大宮も、今日は、いささか難しい真面目な顔で、

〈あなたのことで内大臣が私まで怨んで居りますよ、近親の間でつまらぬ心を出されて人に心配させてはいけません、言いたくはないのですがあなたが知らずにいてもと……〉

と言われて、夕霧は早くもそれが何を意味するかを察せられ、顔を染《そ》めて、

〈なにごとでしょうか、勉学のために私は静かな処《ところ》に引きこもって居りますから、人と交《まじ》わる折もなく、怨まれることもないと思いますが――〉

と恥入っている様子に祖母君はいじらしく、

〈まあいいからこれから気をおつけなさい〉

とだけ、あとはほかのことに話を転じておしまいになりましたが、夕霧はこれからは恋

しい人と文《ふみ》も交《か》わせなくなるだろうかと悲しく、大宮の御馳走《ごちそう》にも箸《はし》をつける気持もなく、思いは雲井《くもい》ノ雁《かり》の上に飛んで行ってしまいました。

その夜、人々の寝静まった頃、そっと姫君の居間につづく中障子《なかしょうじ》を開けようとすると、いつもになく錠《じょう》がかかっています、でも立ち去り難《がた》くその障子の際《きわ》に倚《よ》りかかっていますと、部屋の中では、姫君も眼が覚《さ》めて、庭の竹をわたる風のことそよぐ中に雁の鳴きゆく声がきこえるのに、乙女心《おとめごころ》は乱れて〈雲井の雁もわがごとや――〉と、口の中でひとり言《ごと》をつぶやかれます。

霧《きり》ふかき雲井の雁もわがごとや
晴れせず物の悲しかるらむ

という古歌によせた物思いです。この歌のために、この姫君を雲井ノ雁と呼ぶのです。

夕霧は堪《た》えかねて〈ここを開けて、小侍従《こじじゅう》はいませんか〉と、姫君の侍女の名を呼ばれます。

姫はさては夕霧が障子の外にいて、わがひとりごとを聞いたかと恥しく、顔も上げられません。乳母たちも傍《そば》にいるので身じろぐのさえ気が置けるのです。

夕霧は仕方なく祖母君の方へ行って寂《さび》しい一夜を明かされました。その若い心は、恋の

悩みにつぶれる思いなのでした。

さて内大臣は母宮を怨んでいらっしゃいますが、北《きた》の方《かた》にはべつに何にもおっしゃらないで御機嫌《ごきげん》の悪い日がつづきましたが、

〈女御《にょうご》が世の中を悲観《ひかん》していらっしゃるようで苦になりますから、暫《しばら》く退出させて休養させて上げようと思う〉といって、むりにお暇《ひま》を戴《いただ》き、その相手にといって妹の雲井ノ雁を同時にわが手許に呼び戻すことにきめました。

大宮はそれをきかれて、まことに御不満で口惜しがられ、

〈一人娘の葵《あおい》の上《うえ》を亡くして淋しい時、あなたがこの姫君を連れて来てくれたので、私は一生の宝にして自分の生甲斐《いきがい》と思ってお世話していたのに――〉と、泣きながらお怨みになりました。

〈心中不満のことを正直に申上げただけで、深くわけ隔《へだ》てをするわけではございません、上の姫が邸に帰って居りますので、一緒に妹と遊ばせたいとつれてまいるのです〉と言いわけをなさいます。

〈雲井ノ雁を今日まで養育して成人させて下《くだ》すったことを、けっして忘れさせません〉ともいいました。いったん連れ帰るとなったら、それを翻《ひるがえ》す性質ではない内大臣を御存じの大宮は諦《あきら》めるよりございません。

〈人の心はまことに辛いものだね〉と泣かれるばかりです。

内大臣は夕霧《ゆうぎり》との間にすでに恋があるなら許そうかとも思われるのでしたが、それにしても今少し夕霧の官位もすすみ、世間体《せけんてい》もよくし、お互《たがい》の心の深さをも見定めてからのことにしようと思われ、ともかくその夕方に迎えにきて、姫をつれ帰ることに定めて宮中に行かれました。

祖母の大宮《おおみや》は〈あなたの父上は私を怨《うら》んでいられるが、あなたには私の気持はわかるでしょう、顔をみせて下さい〉と言っておやりになりますと、姫は美しく装《よそお》った姿で祖母君《そぼぎみ》の許にまいりました、まだ十四の少女らしい姿ながら初々《ういうい》しい典雅な様子は備《そなわ》って居ります。

〈今日まで朝夕傍《そば》を離さず育ててきたのにこれからはどんなに私は淋しいか、あなたの行末をみるために長生したいと思っていたが、今になって私を見棄《みす》ててどこへ行ってしまわれるのでしょう〉

といって泣かれます、夕霧の君の乳母《めのと》も出てきて、

〈たとえお父上様が、どこへ御縁組みなさろうとも、あなた様のお心はお変りないように〉などと、ささやいて姫君を恥かしがらせます。

夕霧はいつか几帳《きちょう》のうしろへ入ってきて、姫君を眺めていましたが、乳母はこの幼き日の恋をあわれんで、大宮の前を取りつくろって、黄昏《たそがれ》のうす暗さを幸いに二人を、ほかの部屋で会わせました。

二人は恋する心の恥らいで、胸がつまって物も言わずに泣き合うばかりでした。

〈あなたの父君がつれなくなさるので、私も諦めようとしたのですが、恋の心はどうする術《すべ》もないのです、なぜ、もっとゆっくり会える時、よそよそしくしていたのでしょう〉

と夕霧が歎《なげ》けば、

〈私もそうですわ〉

と、姫も同じ心に、返らぬ日を悔《く》いられます。そして夕霧は〈やはり今も私を恋しいと思って下さるか〉と思いあまって聞かれると、恥らいながらも深くうなずかれる姫の幼げな姿の哀れさはひとしおでした。

灯《ひ》ともし頃に、内大臣が宮中から戻られ、姫を連れてお帰りになるというのでその行列の前駆《ぜんく》の者の人払いの声が邸内にまで聞こえてきて邸もざわめいて来ました。

姫君は父上が来られるというので恐ろしがって慄《ふる》えていらっしゃるが、夕霧はもう何も恐ろしいことはないような気がして姫を離しません。

そこへ姫君の乳母が探しにきてこの語らいを知って、

〈まあ、いやだ、大宮様も御存じないことじゃなかったのね、こんな処《ところ》を御覧になったら内大臣様は何ておっしゃるでしょう、どんな貴公子だって、最初の殿御《とのご》が六位の方ではねえ〉

などという声もきこえる——自分の官位の低いことを気にしている身には急に世の中が

怨《うら》めしく、恋も少しさめるような気がします。

その内にもう内大臣は邸《やしき》の中に入ってきてしまいます、歌をとり交《かわ》すひまもなく雲井《くもい》ノ雁《かり》はそこを立ち上らねばなりません。

三台の車に分乗して姫君の一行が邸を出て行く物音を夕霧《ゆうぎり》は居間《いま》にいて悲しみに浸《ひた》りながら聞きました。

その一夜をどんな悲しみと苦しみに明かされたか、それこそ皆様の御想像におまかせいたします……まだ乙女《おとめ》の巻は半分ですが、後の半分は、このつぎに——楽しんで待って戴《いただ》ければ仕《し》合《あわ》せです」

と、刀自《とじ》は疲れたらしく口を結ばれた。

——幼き日の少年少女の恋。その遠き世の物語とも思えぬロマンチックな雰囲気に身を托《たく》して、女生徒たちは声もなかった。

季節の感覚の早い鎌倉は、もう昼は薄暑《はくしょ》の気分だった。夜は灯の下に羽虫《はむし》の飛んでくるほどに夏めいていた。

庭先に灯がさすと緑が美しい。女生徒たちはそのお講義の十畳の間に集っている。

「お義兄《にい》様は仕方がないのよ。この間っからずっと、お父様やお母様の消息を探しに、あちこち銀行がひけてから飛び歩いていらっしゃるんですから」

藤子は妹たちは勿論《もちろん》、大貝夫人にも聞こえるようにいった。

「ほんとうに御両親様が御無事だったら、なによりですねえ――」

大貝夫人はこの姉妹の両親がもし揃って帰国出来るようだったら、実にこの高倉一家のために喜びに堪《た》えないと切《せつ》にそれを望んでいる。

「ともかく、私たちは皆、希望的観測で、待っていますのよ」

容子がいった。

「それはそうですとも、肉親の情で、諦《あきら》めることなど出来ませんわ、私も神かけてお祈りしてます」

すでにいつの間にか現われて、卓《たく》に向っていた刀自が、その声に応じるように、

「その留守の間に、私が孫達に、源氏の講義をして暮していたと聞いたら褒《ほ》められましょうね、なんでも物事は明るい方面を考えなくちゃいけないと、私もこの年になってしみじみ考えます、諦めて投げ出してしまうことが一番恐ろしいことですよ」

それは刀自の訓戒《くんかい》だった。

「そうですねえ、紫式部も、よくもこの長い物語をおしまいまで辛抱《しんぼう》して書いたものですね、それをやめていたら……」

大貝夫人は紫式部の辛抱強き力作《りきさく》に敬意を表した。

「どうぞ皆様も、この物語の作者に対して途中で投げ出さずにお講義を聴いていただきた

いものですね」

刀自はゆったりした声だった。

講義の時に、声を出しつづけ、頭を使うということは、この刀自の健康のためにもよいらしく、この頃とみに血色もよい。

「さて、この前の〈乙女《おとめ》の巻〉の後半です。不本意《ふほんい》ながら二回にわけましたが、前の方を覚えていらっしゃるでしょう、源氏と葵《あおい》の上《うえ》の間に出来た夕霧《ゆうぎり》がいつしか少年に成長し、葵の上の兄君頭《とう》の中将《ちゆうじよう》の姫、雲井《くもい》ノ雁《かり》との、この従姉弟《いとこ》同志の少年少女の恋が、あえなくも妨《さまた》げられたところまででしたね……」

念を押すようにいうと、皆がうなずいた。

「さて、そうね、十一月のうちの丑《うし》の日に宮中に行われる五節《ごせち》の舞が近づきました、この五節の舞は伝統となって、近代でも天皇の即位の御儀式に、五節の舞姫が選ばれて舞うことが残って居りますね、この舞姫は公卿《くぎよう》殿上人《てんじようびと》受領《ずりよう》の娘たちの中から選んで差出すのです。

源氏の側近の、例のみなさんにお馴染《なじみ》の惟光《これみつ》——今は受領分《ぶん》なので、その娘を源氏がすっかり後楯《うしろだて》となって出すことになりました。

ことに今年の舞姫は、五節の舞の終った後、そのまま宮中に女官として採用されるとい

うことだったので、みな競って、自分の愛娘を差し出したがっています。源氏は惟光の娘が美人なので、それを出すようにおすすめになりました。惟光も、初めは気乗りしなかったようですが、後で女官になれるというよい条件もあるので、源氏の君のおすすめに従いました。

その五節の舞の稽古《けいこ》などはわが家でよく習わせ、侍《かし》ずく女たちを選んだりは致しましたが、そのほかに附き添う童女《わらわめ》たちの美しいのをさがしたり、下仕《しもづか》えをきめたりその他万端《ばんたん》、源氏のお心添えで、それらの身支度などは花散里《はなちるさと》の許で調《ととの》えられています。

さて一方、あの夕霧は、うら若い大学生の失恋したように雲井ノ雁に別れて以来、机に向っても心は乱れがちながら、外に出る気にもなれず、鬱々《うつうつ》と引きこもっているという有様でしたが、その五節の舞姫が父の邸に入ったという夕べは、少しは気がまぎれるかと、父の邸の方に行ってみました。

このうら若い落着いた夕霧の美少年の姿は父の邸の若い侍女たちからも憧《あこが》れの的でしたが、おかしいことに、父の源氏は夕霧を、御自分の夫人、紫の上の御簾《みす》の前にも近寄らせぬように気をつけていらっしゃいます。それは何故《なぜ》でしょうか？　多分、御自分が若き日に、継母藤壺に、道ならぬ恋心を起されてからの苦悩と因果《いんが》の体験が、わが子夕霧に、ふたたびそのようなあやまちを犯させまいとしての警戒でしょうね。

ところで、今日は五節の舞の夜で、邸内が混雑しているのにまぎれて、若君は奥の方ま

で入ってゆかれたらしく、丁度《ちょうど》、そこに今しがた車で着いた舞姫を下して、屏風《びょうぶ》などでかりに囲《かこ》いをして休息させてあったところを、若君はのぞかれたのです。
窮屈《きゅうくつ》そうに休息しているその若い舞姫、惟光《これみつ》の娘を夕霧《ゆうぎり》が屏風《びょうぶ》のあわいから覗《のぞ》いて御覧になると、それは仄《ほの》暗い中に、たいへん美しく、丁度自分の恋しい雲井ノ雁と同じ年頃にみえました、も少しすらっとして気取ったような様子はそれ以上にさえみえました。年頃が同じで、恋人を思い出させる点がなつかしくて、恋が移ったというわけではなくても心が動いて、娘の注意を惹《ひ》こうとなさいました。

　惟光の娘は自分を覗いている若い男の気配を知りましたが、それが誰であるかを知らず、気味悪く思いました。やがて舞姫のお支度《したく》をする女たちが、どやどや入って来たので、夕霧はそこを離れねばなりませんでした。

　夕霧は六位の浅黄《あさぎ》の袍《ほう》を着て参内《さんだい》するのがいやで、なかなか宮中へも参りませんでしたが、今日の五節《ごせち》を機会に、好みの色の直衣《のうし》で出仕することを許されたのでその夜から参内なさいます、この源氏の若君である美少年の貴公子には、帝もその他の人々も並々ならぬ愛情を持っておられました。

　惟光の娘は、源氏から差出された舞姫として参内するのですが、それぞれに盛装《せいそう》を凝《こ》らした舞姫の中でもとりわけ、源氏の舞姫が美しいという評判でした。それは、五節の舞姫などという固くるしさのないのびのびした当世風の美しさや感じのよさがそう褒《ほ》められた

のでしたろう。

　夕霧はその夜目立って美しくみえた、自分の父が万端世話して差出されたあの舞姫に心惹かれて近寄って物をいいたいと思われるのですが、とうとうその機会もなく……それ切《き》りでした。雲井ノ雁に別れさせられた後に、せめてその人によって慰められたいなどと、思いを寄せていられるのでした」

　刀自はここでちょっと一息した時、大貝夫人は口の中でつぶやいた。

〈さすがに源氏の君の若様は、少年時代からちがっていますわね〉

「さて、五節の舞の後、その舞姫たちは一旦《いったん》退出して、あらためて宮中に女官として採用になるのですが、惟光の娘は、源氏の推挙《すいきょ》によって、特に優遇して戴《いただ》けるようでした。夕霧はあの自分の好きになった舞姫の一人が、そのまま宮中に上ってしまうときいて残念でなりません、自分がもう少し年齢もとり、位も上であったらその娘を所望《しょもう》することも出来ようものを、自分がその人を、思っているということさえ向うに伝えることが出来ないというのは情けないなどと、雲井ノ雁を恋しく思いながらも、また一方では、一夜心をとめた舞姫のためにも涙を流すほど失恋に似た思いをするのでした。

　ところが、その夕霧の惹かれている惟光の娘の弟が、夕霧にも鄭重《ていちょう》に臣下の礼を取っているので、ある日夕霧は、それをつかまえて、

〈君の姉さんの五節に上ったあの人はいつ宮中に上るの〉ときかれると、

〈今年中です〉と答えます。

〈君の姉さんは美しい人だ、好きでならない。君は羨《うらや》ましいね、あんな綺麗《きれい》な姉さんと毎日一緒にいられて、一度会わせて貰《もら》えないかな〉

すると弟は困った顔で〈姉弟でも姉さんの顔などあまり見ることはありません、家では男の兄弟は姉の傍《そば》へ寄せてくれないのです、まして若君をお会わせすることなど、とても出来ません〉

〈それでは手紙を届けてくれまいか〉と、まるで夕霧は不良少年のようにその弟にむりやりに文《ふみ》を頼みました。いかに源氏の若君からだとはいえ、美しい姉にラブレターを取りついだら親に叱《しか》られるとは思いながら、相手が主君のような夕霧なので断ることも出来ず舞姫の姉にそっと手渡しました。

ところが姉は〈まあいやだ！〉と怒るどころか、源氏の若君からの文は彼女を喜ばせたらしいのです。

それほど夕霧の文は、字も上手だし、心もこもっていたのでしょう、しかもなんと無邪気なことに姉弟で、源氏の君のお坊《ぼっ》ちゃんの文を額《ひたい》を合わせてよんでいるところを、父の惟光《これみつ》に見つかってしまいました。

姉弟はあわてたが間に合いません。惟光は、姉への恋人のお使いをした小さい息子を叱ったのですが、相手が自分の主《あるじ》と仕える源氏の君の若君とわかっては、今まで怒《おこ》っていた

人のようでもなく、かえって源氏の若君がわが娘をお好きだということに喜びを感じたらしいのです、いかにもあの若君がロマンチックないたずらをなすったと思い、自分の息子に、

〈お前なんか若君と同い年だのに、あんまり子供っぽいよ〉などといい出します。

そして揚句《あげく》のはてに、自分の妻にも、この娘へ来た恋文を披露《ひろう》します、そして惟光のいうのには、〈若君が娘をそう好《す》いて下さるなら、宮仕えなどさせるより、むしろ若君に差上げてしまった方がいいね、父君の源氏も、一度かかわりのあった女をけっしてお棄《す》てにはならないのだから、若君にもその頼もしい御気性は伝わっているに相違ない〉などと乗気になりました。

さて、若君は雲井《くもい》ノ雁《かり》にも思いを寄せ、忘れる遑《ひま》もなく、その上惟光の娘にも恋をし、二つの恋に悩んでおられるわけです。ですが、それはやはり、幼い日から一緒に育った初恋人の雲井ノ雁が、何かにつけて恋しく、祖母君の大宮の邸へ行けば行ったで雲井ノ雁と睦《むつ》び合ったことが思い出されて、恋しさが募《つの》るばかりなので、つい勉強の部屋にのみ引きこもっていられます。

父の源氏の君が夕霧《ゆうぎり》のお世話を東の院の花散里《はなちるさと》にお頼みになったことは前にも申しましたね、祖母君の大宮は、夕霧をこよなく愛しては下さるけれどなんといってもお年がお年だから、いつ世をお去りになるかも知れない、お亡くなりになった後の事を思うと、今か

ら、花散里に、こうして少年時代から馴《な》れて、世話して貰おうというお考えなのでした。素直な花散里は源氏の言葉を奉《ほう》じて、夕霧に優しく親身のお世話をなさいます。

夕霧は、その母代りの父の愛人の花散里の顔を見ることがありますが、どうして父がこの人を愛したかと思われるほど、さまで美しいとはみえません、しかしそれは父の源氏が単《たん》に美しい女の容貌《かおかたち》だけでなく、心の優しさや温かさをみとめて、ちゃんと待遇していらっしゃるのだろうと思うと、自分がただ美しい少女を恋して執着するのは、まだ自分の未《み》熟《じゅく》のせいであろうと反省されます。もっとも、花散里は若い時から美人ではなかったのです。それが今、盛《さか》りを過ぎてなお貧弱にみえることが、夕霧にこんなふうに考えさせるのでしょう。

年があけて、二月に、帝が朱雀院《すざくいん》へ行幸《ぎょうこう》がありました。朱雀院は譲位なすった前の帝ですね、桐壺帝《きりつぼてい》の御子で御母は弘徽殿《こきでん》の太后《たいこう》、源氏の兄君ですからまだお若い、朧月夜《おぼろづきよ》の君を愛され、今は中宮となられた前斎宮《ぜんさいぐう》の少女時代の清らかさも忘れかねていらした方です。早咲きの桜がもう咲いていて、眺めはすでに春めいて美しい時でした、池には舟が浮べられ、楽の音が林泉《りんせん》の間に響きます。いろいろの御遊びがあり、源氏の若君のためにも詩文の才ある秀才の大学生が十人も召《め》されて作詩の題を戴《いただ》き競ってつくりましたが、若君の詩はことにすぐれていました。

夜が更《ふ》けて、帝はここまで来て皇太后《こうたいごう》を御訪ねにならないのも冷淡だと思召《おぼしめ》して、そち

らへお廻りになりました、源氏もお供をいたします。あの御気性の強かった昔の弘徽殿、源氏に対しても面白い感じをお持ちにならなかった方がもうすでに老いていらっしゃるのです。

〈もうこんな年寄りになってすべて過去は忘れてしまっているのによく訪ねて下さいました〉

と、かつての権勢を振った弘徽殿の太后も、今は涙もろいお婆《ばあ》さんになっていらっしゃいました。

帝はその太后の老いた姿を御覧になるにつけ、世にはこんなに長生の女性があられるのにどうしてわが母の藤壺の宮はあんなに短命でと今更に悲しく思われます。源氏も太后に御挨拶して、御行列はまた百官《ひやつかん》のお供《とも》で華やかに帰られました。

その御車の響きをききながら、年老いた太后の心の中にはいい知れぬ悔《くい》がわきました。源氏の君をかつて憎《にく》んで、須磨《すま》明石《あかし》までさすらわせたことなどお思いになると、源氏はどう自分のことを思っているかと、いまさらに心苦しいのですね」

刀自が、声を落されると、みんなもしんみりとしたように声もない。

「夕霧は、その日の詩文の成績がよくて、及第《きゆうだい》なすった三人の中の一人となり、秋の叙任《じよにん》式《しき》には侍従《じじゆう》となられました。雲井ノ雁を忘れる時はないのですが、姫君の父の監視が厳重なのが恨めしくて無理に逢《あ》ってみようとはなさいません。ただ文だけを時たま交《かわ》すという

苦しい恋をしていらっしゃいます。

さて、源氏は静かなゆたかな生活をと思うお気持から気がかりになっている嵯峨《さが》のほとりにいる明石《あかし》の上《うえ》などもぜひ一緒に住まわせたいとお望みになり、六条の京極《きょうごく》のほとり、中宮《ちゅうぐう》の旧邸のあったあたりから四町ぐらいに拡《ひろ》げて新邸を御建築になることになりました。

紫《むらさき》の上《うえ》が、父式部卿《しきぶきょう》宮の翌《あく》る年五十の賀《が》の用意をしていらっしゃるのを知ると、ではいっそそれをその新築の邸《やしき》でしようと、そのためにも工事をお急がせになりながら、一方では賀の祝いの支《し》度《たく》をおさせになります。

式部卿としては、源氏が自分達に冷淡なのは、その不遇時代に怨《うら》めしいと思うことがあったからだろうと心苦しく思っていらっしゃるのでしたし、ともかく紫の上が源氏の最愛の夫人として世にも重んぜられていることは、父の自分にとっても、誇らしいことには違いないのですから、今、源氏の力で自分の賀筵《がえん》が開かれるということを知ると、思いがけぬ老後の喜びとして受けとるのですが、ところが紫の上には生《な》さぬ仲の式部卿の夫人としてはそれがかえって不愉快なのです。わが実の娘が入内《じゅだい》して後宮《こうきゅう》を争った時も源氏が何一つ後援してくれなかったことなど思い出すと、それが怨めしく、良人《おっと》の賀筵をして貰《もら》うことも素直には喜べないのです。

八月に六条院が落成して、以前の二条院から源氏はお引越しになりました。

東南の建物は、源氏と紫の上の御住居、北東の方は、花散里《はなちるさと》が住み、西北にわたる棟に

は、嵯峨から明石の上が引移ってくることにきめてありました。

植込みには五葉《ごよう》の松、紅梅、桜、藤、山吹、岩躑躅《いわつつじ》などを主にして秋の草木がむらがり、築山《つきやま》のほとりにはやがて染《そま》る紅葉《もみじ》が植えられ、泉水の水の音もきよらかに響き、流れを波立てる石も水中に置かれ、そこには滝も落してありました。

北東には涼しい泉があり、軒近く呉竹《くれたけ》がむらがって植えられ夏向きです。また田園の趣《おもむ》きのある卯《う》の花垣などが造られ、花橘《はなたちばな》、撫子《なでしこ》の下草も愛らしく四季を通じて自然の眺めを取り入れてあります。また一方には雪景色を眺めるために、常磐《ときわ》の松の樹が植えられ、初《はつ》霜《しも》をとめる菊の垣根もつくられました。

こうして源氏はこの六条院の邸で秋を迎えました。

皆一度に女たちを移しては、あまり仰山《ぎょうさん》になると、まず源氏と紫の上、そして花散里も同じ日にお引移りになりました。夕霧の侍従の母として、これもちゃんとした格式でした。新築の建物はいろいろ工夫され、侍女たちの部屋に至るまで何から何までよく出来ていました。

そうして、秋の一日、中宮が宮中から退出されて六条院にお移りになりました。そのお儀式は簡素とはいえ立派なものでありました。

この中宮様は思い出して下さい。前斎宮《ぜんさいぐう》の女御《にょうご》といい、この方の御母は、かつて若き日の源氏の恋人だった六条《ろくじょう》の御息所《みやすどころ》で、その御遺言で、源氏はいつまでも、この方の頼もし

い後見者となっていられるのです。

新邸の南西は、この中宮の御実家の旧邸のあったところで、そこを源氏は中宮の御住居と定めました。お庭も非常に美しく整い、折から、紅葉が燃えるようにきれいでした。

夕方に風の吹き出した日。中宮はいろいろの花紅葉の葉を拾って、御箱の蓋《ふた》にとりまぜて、紫の上にお贈りになります。大きい童女《わらわめ》の美しい装束したのが、廊を通り渡殿《わたどの》の反橋《そりはし》を通って御消息を持ってお使いにまいりました。ちゃんとして大人がお使いにまいる筈《はず》なのですが、この折は童女の可憐《かれん》な姿を捨て難く思召《おぼしめ》されたのでしょう。高貴な中宮の下に仕えなれているこの童女はいかにも洗練されたもの腰なので、紫の上方の女房たちも、それをほめそやしもてはやしています。

御返しはこの箱の蓋に苔《こけ》を敷き、巌《いわお》を置いた心持で、五葉の松に歌をつけて添えられました。よくみればその巌は作りものなのでした。

若々しい紫の上と中宮が同じ六条院の中でこうした風流な戯《たわむ》れをし合っているのを源氏は好《この》もしく眺めていられます。

やがて遅れてあの嵯峨《さが》の大井《おおい》のほとりから明石《あかし》がやっと引移ってまいりました。例の明石の気性として、自分のような者はなるべく目立たぬように移りたいと、卑下《ひげ》してそっと十月になって移って来られたのです。しかし明石の住まう西北の邸の中もよく調《ととの》って、またその日の万端の支度も、源氏は、けっして、他の夫人たちに劣《おと》らせませんでした。それ

は自分の小さい明石の姫の行末のためにも、その母としての明石の上を大事に扱われ、移ってからのお取扱いも鄭重《ていちよう》なものでした……夕霧《ゆうぎり》と雲井《くもい》ノ雁《かり》のことはまだ後がありますが〈乙女《おとめ》の巻〉はこれで終っております」

刀自《とじ》は、藤子が、そっと机の上に置いたお茶で咽喉《のど》を湿《しめ》され、

「まだ時間が少し早いようですから、御希望ならその先へ進みましょうか、私も、弘徽《こき》の太后《たいこう》ではありませんが、よる年波《としなみ》ですから、いつまでこのお講義をつづけられるか、出来るだけ進んでおきたいのですよ」

と刀自はほおえんだ。

「いや、お祖母《ばあ》様、そんな心細いことおっしゃって、鮎子いやだ！」

鮎子が怒ったような声を出す。

「そんな事はありません。お講義ごとに、お顔の色艶《いろつや》もよくなって、若返っていらっしゃいますよ、なにしろ源氏の恋物語ですからね、そのせいでしょうホホホ」

と大貝夫人が笑っているところへ、いつもよりは激しい彰の足音がドタドタと廊下にしたと思うと、障子《しようじ》をあけるなり、一座を見廻すいとまもないように、急《せ》き込《こ》んで、

「お義父《とう》さん達が帰って来られそうです。中共地区からの残留邦人《ざんりゆうほうじん》の個別帰国が行われだしたんです。日本ではむろん集団引揚《ひきあげ》を実現しようとしているんだが、その前に個別帰国

で帰れそうだという情報を得たんです」

「まあ、ほんとう、お義兄《にい》様！」

鮎子と容子が、両方から義兄《あに》に飛びつくように縋《すが》った。藤子はもう涙ぐんでいる。

刀自は思わず、両手を合せて合掌《がっしょう》した。

日夜祈っていた最愛の息子夫婦が、無事で引揚げて帰れそうだということは、今こそ眼に見えぬ神仏に感謝せねばならなかった。

「まあ、ついさっき、虫が知らせるのか、そのお話をしていたのですよ、なんという有難《ありがた》いことでしょう」

大貝夫人は人事《ひとごと》とは思えず、おろおろして親身の喜びの声をあげた。

「二人とも無事でいてくれたのですね、どうしていたことでしょう……」

それには並ならぬ苦難が伴《ともな》っていたろうと思うだけで、刀自は合掌の手に涙をこぼす。

「委《くわ》しいことは、まだ一切わかりません、しかしともかく個別帰国出来る中に入っているという情報だけでも、僕は吻《ほ》っとした」

彰は帰ってきてから、自分の妻姉妹の両親の安否を気づかって奔走《ほんそう》した、その重荷が降りたように、そこに胡坐《あぐら》をかいて、煙草に火をつけた。

もう源氏物語どころではない、別れて久しく、終戦以来消息を絶ったなつかしい父と母の話で、持ちきりになってしまった。

玉《たま》鬘《かずら》

玉　鬘

「――この玉鬘《たまかずら》の巻では、初めの方に出た夕顔《ゆうがお》の巻を思い出していただくことになります」

今宵《こよい》は、〈玉鬘の巻〉に入ったのだ。

冬の間は風邪をひきやすい気味だった楓《かえで》刀自《とじ》が、このところ元気もよく張切って、源氏のお講義を音吐《おんと》朗々《ろうろう》とするのは、三人の姉妹の両親が帰国出来るとのうれしいニュースのせいでもあろう。

その後の情報では、夫妻はどういうわけだか、香港《ホンコン》経由で帰ってくるということが、確められた。やっと華《か》北《ほく》の方からの英国商社の引揚《ひきあ》げにまじった幾人かの邦人《ほうじん》と共に香港に行き、そこから便船を得て日本に帰ることになったということだった。

刀自は、生きていた甲斐《かい》があった――と、その張合《はりあい》もあって、ますますお講義に熱を帯《お》びていられる。

「この巻は、源氏が三十四歳から三十五歳の末までのことです。そこで夕顔を思い出して

下さい。源氏がまだ二十《はたち》前のお若い日に、ふと通りかかった五条の町のほとりの垣根《かきね》に咲いた夕顔の花が、とりもつ縁《えん》となって、そこに隠れ住んでいた、夕顔の花のようにたよりなくはかない美女と契《ちぎ》りを交《かわ》されましたが、一夜、夕顔を伴《ともな》って行ったもの古《ふ》り荒れはてた別邸の中で、思いもかけず、夕顔は、もののけに取りつかれて、あわれにも彼女は……」

こう言いかけた時、不謹慎《ふきんしん》にも鮎子がくすりと笑ったのは、〈彼女は〉などと、たいへん近代的な名称で、源氏の中の古風な女性を呼ばれた刀自のハイカラぶりがおかしかったらしい。

「その時、夕顔の最後まで傍《そば》についていたのは、これも若い右近《うこん》という侍女《じじょ》でした。魂《たましい》も身に添《そ》わないほどにおびえ、人々になんと言いわけしていいものやら途方にくれている右近を、そのまま源氏はわが邸につれて帰り、傷心を語り合う相手として召使《めしつか》われましたが、その後源氏の流浪《るろう》の間右近は紫《むらさき》の上《うえ》に仕え、今もそのまま御夫妻に侍《かし》ずいています。

さてその夕顔には一人の忘《わす》れ形見《がたみ》があり、それは当時、西《にし》の京《きょう》の乳母《めのと》の許《もと》に預けられていましたが、それは不思議なことにも頭《とう》の中将《ちゅうじょう》——葵《あおい》の上《うえ》の兄君の若き日に契った時の女の子でした。

ふいに神隠しにあったように、夕顔の君と右近の姿を見失って、五条の家でも西の京の乳母の家でも歎《なげ》き悲しみましたが、どうするわけにもゆきません。

そのうち、その乳母《めのと》の良人《おっと》が筑紫《つくし》の役人になったので、姫君を手離せないままに一緒につれて下ることになりました。こうして幼名《ようみよう》を瑠璃君《るりぎみ》といわれた姫は四つの時に、母の生死もわからないままに都《みやこ》を離れて遠く筑紫へ連れてゆかれました。そしてその地で乳母の良人は病を得てはかなくなってしまったのです。

この乳母の良人はたいへん律儀《りちぎ》な人で、預っている瑠璃君の身の上を心配し、自分の息子三人に、自分の亡き後、なんとかしてこの姫を京都へお連れして必ず父君の手にお渡しするように、それが自分への親孝行であると言い残して世を去ったのです。

ところが、役に離れてもこうして住みついてしまった筑紫から遠い京都へ上る便宜《べんぎ》はなかなかないままに、ずるずると年月が経って、瑠璃君は、いつか二十という娘盛りになってしまわれました。

母の夕顔の面影《おもかげ》をうけて更《さら》に美しく、また臈《ろう》たげに品位のついているのは、さすがに父の血筋をひいているだけに争われないものでした。ことに筑紫の田舎《いなか》では、それこそ鄙《ひな》には稀《まれ》な美貌《びぼう》の噂《うわ》さはいつかひろまって、求婚してくる若人《わこうど》も多いので、乳母の家ではうっかりなことになっては大変と予防線を張って、姫はお身体《からだ》に不具なところがあるから、結婚には入らず、尼《あま》になるのだと、わざと嘘を言って居りました。

ところが、〈綺《き》麗《れい》でさえあれば片輪でもかまわぬ〉といって、是《ぜ》が非《ひ》でも妻に申し受けたいと言い張る男が出てきました。

それは、肥後《ひご》の国の大夫《たいふ》の監《げん》というその地方での勢力家なのでした。

乳母の家では、例の尼にするのだということで断《ことわ》りましたが、監はどうしても承知しません。そのうち、乳母の二男と三男は、監に懐柔《かいじゅう》されて、それこそ袖《そで》の下でも貰《もら》ったのでしょう、姫君を監の妻にすることに賛成し始めました。

けれども、長男の豊後介《ぶんごのすけ》は、誠実な男で、亡父の遺言《ゆいごん》を守り、姫を京都にお連れして実父の手にお渡しすることを諦《あきら》めません。

ところで勢力家の監は、勢い猛《もう》に、どうでも思いをかけた姫を、略奪《りゃくだつ》もしかねまじい有様です。その切端《せっぱ》つまった危機に、豊後介は、思い決して、姫を擁《よう》して京都へ出立することになりました。

姫の乳母である母、むかし、夕顔の花を扇子《せんす》にのせて源氏に奉《たてまつ》った童女であった妹、と三人、少しの下僕《げぼく》、端女《はしため》を引連れて姫を守って小さい船で脱出いたしました。意見の合わない弟らとは対立して別れたわけですね。

豊後介は、そのために、筑紫で結婚した自分の妻子さえ後においてきてしまったという姫への忠実さでした。

その誠意が通ったのでしょう、ともかく京都へは無事に入ることが出来ました。

しかし故郷とはいえ、今はもう知らぬ他国のような京で、伝手《つて》もなく、家もない、なんともいえぬ心細い姫の一行でした。

昔の知人を頼って京の端《はず》れにいちじの宿を求め、ともかくそこに落着きました。

そして京都に暫《しばら》く暮しているうち、下僕たちも一人去り二人去りして散ってゆきます、しかし豊後介《ぶんごのすけ》はあくまで姫を守ってゆくつもりで、姫の御運の開けるように、何とかよい伝手《つて》の得られるようにと、諸処の神詣《かみもう》でをすすめました。

長谷寺《はせでら》にお詣《まい》りすることになった時に、姫も乗物にものらず、歩いてゆくことにしたのも、それだけ切なる願いをこめたからでしょう。

姫は母の面影も覚えぬ、哀れな自分の身の上を歎《なげ》いて、もしこの世に生きていられるならばお顔をお見せ下さいと、その祈願をこめて長谷の道を辿《たど》ってゆかれるのでした。

なにしろ慣れぬ徒歩でゆかれるのですから、途中幾日もかかって、やっと椿市《つばいち》というところへ着いた時は、一行はさすがにもうくたくたにつかれて、どうにもそこに休むより仕方がありませんでした。

心細い一行といっても豊後介と、弓矢を持った下人二人、姫と乳母と妹娘の三人は壺装《つぼしょう》束《ぞく》といって、これは皆さんよく大和絵《やまとえ》などで御覧になると思いますが、髪の上から被衣《かつぎ》をかむって、中結びして、両褄《つま》を折って挟《はさ》む女の旅装束のことです。それに下女二人を加えた一行が休んでいるところへ、他の一行がまたどやどやと入ってきました。

これは相当の一行で、この宿とはすでに約束ずみだったらしく、宿の主《あるじ》は自分の留守中に家の者が、姫の一行を入れてしまったので、弱って小言などを言っているのが聞こえま

す。

気の毒には思っても今更《いまさら》宿を移るのも困るので、姫の一行は片隅《かたすみ》に寄って、新来の客に半分譲ることにし、あわてて衝立《ついたて》などで仕切ったりして二組の客が泊り合せることになりました。お互いに遠慮して静かにしています。

この後から来た一行というのは何者でしょうか？　これこそ夕顔に最後までついていた右近《うこん》の一行なのでした。

今は紫の上にお仕えして、何不自由のない結構な身ながら、昔仕えていた薄倖《はっこう》の女主《おんなあるじ》、夕顔《ゆうがお》の君のことが忘れられないのです。自分が若く思慮が足りず、夕顔の死を知らせることの辛《つら》さに、ついその忘れ形見の瑠璃君《るりぎみ》の乳母の許へもそれを通じることが出来ず、無責任にも姿を隠して源氏の邸へ行ってしまったばかりに、やがて瑠璃君のお行方《ゆくえ》も見失ってしまったので、今は何とかしてそれをたずね出したい——という祈願をこめての度々の長谷詣でだったのです。

彼女も歩いてきたので、やはり疲れて横になっています。すると、衝立をへだてた向うの一組の泊り客の方で男の声がします。

〈これを御前《ごぜん》に差上げて下さい、御膳など間に合せで申しわけありませんが——〉

と、夕餉《ゆうげ》をのせた膳など差出している様子なので、〈おや、どなたか御主人のお供をしてきている一行だな〉と思い、なにげなく覗《のぞ》いてみると、そこにいる男の顔に見覚えがあ

るではありませんか。しかし、誰であったか思い出すことは出来ません。

　そのうち〈三条や、お呼びですよ〉と言って呼ばれてきた女があります。その顔もまた右近《うこん》には見たような顔でした。そして考えているうちに、この三条という女こそ、夕顔《ゆうがお》の君の許《もと》に使われた下女で、あの夕顔の咲く五条の隠れ家にもついて来ていた女だと思い出されました。

　右近は、あまりの偶然さに、夢ではないかと思いました……」

　その時、熱心にノートを取っていた容子は心の中で、紫式部といえども、よく、こうした神社やお寺でのめぐり合いという偶然性を使うなと思ったが、黙《だま》っていた。

「右近は、それではもしやこの女にきいたら、姫の消息がわかりはすまいか、あるいは今でも姫についているのではないかと思うと、胸が騒ぎました。さっきの男も、姫をお預《あず》かりしていた乳母《めのと》の長男ではなかったかと、右近はだんだんに思い合わされます。

　そうなると右近は我慢が出来ず、三条を呼んで貰《もら》いますが、なにか食べていてなかなか出て来ない三条が待ち切れず憎《にく》らしくさえ思われるのでした。

　やっと出て来た三条は偶然泊り合せた見知らぬ女人に呼び出されて何のことかと、右近の京風の姿を見ながら驚ろいて居ります。すっかり田舎《いなか》びて太ってみっともない様子をしています。右近はその三条の手をとって、

〈私の顔をよく見て頂戴《ちょうだい》、見覚えがあるでしょう〉

といって顔を明るい灯の方に向けました。

〈まあ、あなたでいらっしゃいましたか！　なんとうれしい、御主人様はどう遊ばしましたか〉

といって縋《すが》りつかぬばかりに嬉し泣きに泣きだしました。

〈姫君の乳母はいらっしゃいますか、姫君はどう遊ばしました〉

右近もつぎつぎに問います。夕顔のはかなくなられたことをいうのが、怨《うら》まれようかと辛《つら》くて口に出せないのでした。

〈みな、ここに揃《そろ》っておいでになります。姫君ももう大きくおなりになりました。今お知らせしてきます〉

と、三条は知らせに行きます。

乳母たちは夢のように驚きました。夕顔の君とともにいつか行方のわからなくなった右近にここで会おうとは……。

そしてもう二組の旅人は、屏風《びょうぶ》も衝立《ついたて》も取り払《はら》われて、うれしいような、悲しいような涙を流し合いながら語り合うのでした。

右近はもう隠すわけにもゆきませんから夕顔の亡くなったことを告げ、また皆と泣き合いました。

これからお詣《まい》りの時間なので泣いてばかりいるわけにもゆきません。豊後介《ぶんごのすけ》にこのこと

を知らせる間もなく玉鬘《たまかずら》の一行はお詣りに出なければなりません。

右近《うこん》は単衣《ひとえ》の被衣《かつぎ》を透《すか》して、みごとらしい髪のみえるめでたい姫の後姿を見て、どんなに嬉しかったでしょう。これで長谷寺へお詣りをした甲斐《かい》があったと思ったに相違ありませんね。

右近は御堂《みどう》に燈明《とうみょう》を上げてしみじみお礼を申上げたのです。右近が、夕顔の忘《わす》れ形見《がたみ》に巡り逢いたいと思っているだけでなく、彼女の仕える源氏の君もまた折々右近と語ってはせめては亡き夕顔の忘れ形見をと気にかけていらしったのです。

瑠璃姫《るりひめ》をかこんだ筑紫《つくし》から上った一行は三日、御堂に籠《こも》る予定なので、右近はそれなら自分も一緒にとお籠《こも》りをすることになりました。

夜の行《ぎょう》が終って僧坊《そうぼう》に下りた時、右近は乳母《めのと》に言いました。

〈私の今、お仕えしている源氏の夫人紫の上、そして源氏の姫君で明石《あかし》でお生れになった方こそは並ぶものもない御容貌《ごようぼう》と存じて居りましたが、此方《こちら》の姫君がその方達に劣《おと》るとは思えません〉

これを聞いて老乳母はお育てしたかいがあったとうれしがって、

〈このような姫君をみすみす筑紫の片田舎《かたいなか》にお埋め申すことが勿体《もったい》なくて、京都にこうして出てまいりました、どうぞあなたの伝手《つて》で、父君の大臣《おとど》にこの姫君を認めていただき、大切に扱って戴《いただ》けるようにして下さい〉

と頼みました。

右近はそこで自分の仕えている源氏の君もこの姫君のことをお気にかけられて行方がわかったら知らせるようにとかねがねおっしゃっていらっしゃるのだと申しますと、乳母は、源氏の君のお立派なことは知っていても立派な夫人がいらっしゃることであり、それより実の父親の大臣に知らせて欲しいという希望でした。そこで初めて右近は、夕顔と源氏が契《ちぎ》られて以来のことを細々《こまごま》と打明けてしまいました。つまり、だから源氏が夕顔の忘れ形見をお世話なすっても不思議はないのだと説《と》いたわけです。

右近は姫が長い間、筑紫の田舎に生い立ったというにもかかわらず、少しもそういう田舎びたところがなく、あくまで﨟《ろう》たけていらっしゃるのをうれしく思い、筑紫という土地まで床《ゆか》しがりましたが、それにしては下女の三条たちのなんとまあ田舎びてしまったことよと不思議なのでした。

翌日もまた日暮から御堂にこもりました。瑠璃君は、右近の物語によって、わが母のすでに世にないことを知り、涙に打ち沈まれる半面にはまた、実の父君に会う手《て》懸《がか》りも出来たような気がされて、望みもそこに生じたわけです。

長谷寺のお籠りが終り、別れて京都に向う時には、もう行方知れずにならぬようにと、互《たがい》の住所をたしかめ合って別れました。

さて右近《うこん》が、ふたたび六条院に帰って源氏に召《め》された時、長《は》谷《せ》寺《でら》で彼女がどういうことに出会ってきたかも御存じの筈《はず》もなく、

〈ずいぶん長い宿下《やどさが》りだったね、独身者はそういう時、若返ってなにか面白いことがあるのではないの〉

などとからかわれます。右近は宿下りを願って長谷へ詣《もう》でて七日ばかり外にいたのでこう言われたのです。

〈いいえ、面白いことなどございませんが、ただお気の毒な方にお会いしました〉

〈誰に出会ったのだ〉

突然その話をするのもまだ紫《むらさき》の上《うえ》の御存じのない昔の話につづいたことなので、憚《はば》かられて、

〈またゆっくりお話申上げます〉

といっているうちにほかの女房たちも入ってきたのでそのままになりました。

夕方になってお邸《やしき》に灯が入って、源氏と紫の上のお居間に揃《そろ》っていらっしゃる御様子のめでたさ、紫の上は丁度《ちょうど》二十七八の女盛りのお美しさで、右近はあの瑠《る》璃《り》君《ぎみ》だとておさおさ劣らないと思ったものの、こうして見れば、やはり、女の仕《し》合《あわ》せを握って居られる紫の上にはそれだけの光があり、幸運な紫の上と不幸な瑠璃君とのちがいのあるのをしみじみと考えたりしました。

源氏はおやすみになるとて、右近を召して足をお揉《も》ませになります。

〈やはりこういう事は昔なじみにして貰《もら》うのがいい〉

と傍《そば》の侍女をお笑わせになりながら、源氏は右近に、

〈長谷で会った気の毒な人とはだれのことかね〉

と問われました。右近はこうお答えしました。

〈はかなく消えた夕顔のつゆのゆかりの方を探し出せたのでございます〉

〈そう、それは――今までどこにいられたのかね〉

〈遠い田舎にいられたのだそうですが、昔の乳母も誰も変らずそのままお附きして居りました。いろいろお話をきくと、まことに切ない気持でございました〉

と申上げます。

〈よくわけを知らない人がきいて誤解されては困るが――〉

と、源氏は紫の上のお耳に入れたくない御様子です。

〈まあ、私は眠くてお話は聞こえません〉

といって、紫の上は袖《そで》で耳をふさいだりなさいます。

〈姿、形はあの母の夕顔に劣らないのだろうか〉

〈お眼にかかって吃驚《びっくり》いたしました。母君よりも優れていられるようでございます〉

〈では、このひとくらいか？〉

と、源氏は、紫の上をお指《さ》しになると、右近はさすがに遠慮して、
〈まさか、そんなことは――〉
と打ち消しますと、
〈そんなこと言うと得意におなりになるよ。なにしろ私に似ていれば安心だ〉
などと冗談にまぎらして、さも御自分の実子のように取りなしていらっしゃいます。
その話を聞いてから源氏は、やがて瑠璃君《るりぎみ》をここに移して父の大臣――もとの頭《とう》の中《ちゅう》将《じょう》には知らせないでおいて、自分の娘といって披露《ひろう》しよう、そして色好みの公達《きんだち》を騒がせてやろう、などと、そんなことまで楽しんでいらっしゃるのをみて、右近は姫君の御運もこれから開けるかとうれしいのです。
〈ともかくも、昔お亡くなりになった方のためにも、そうして姫君をお世話遊ばすことで、罪がお軽くなりましょう〉
と申します。右近に怨《うら》まれるのも仕方がないと源氏もうなずかれて、
〈短くはかない契《ちぎり》だったと、いつもあのひとのことを思っている。その忘れ形見を手許《てもと》に引取って見る事が出来ればほんとうにうれしいのだ〉
こう言って源氏は初めての姫君への便《たよ》りをお書きになります。末摘花《すえつむはな》で失望なすった先例もあるので逆境で育った人という不安があって、まずどんな文をかくか見たいとお思いになったのです。

右近はそのお文と一緒に姫君の御《ご》衣裳《いしよう》、お供の人々の衣服の材料まで取り揃えて戴《いただ》いて持ってまいりました。

紫の上にも御相談になって姫君の御衣裳など色の調子、重ねのとり合せなどことに優れたものが選んであって、筑紫《つくし》の田舎《いなか》から出て来た人々の目には眩《まば》ゆいばかりでしたが、姫君の方は、これがもし実の父上からの贈《おく》りものであったら、こんなに立派なものでなくてもうれしいのに、見知らぬ源氏からのそういう贈ものはかえって心苦しい御様子でした。しかし右近は源氏のお心持を話して、その内には源氏のお手によって、父君に引合せて戴けるに違いない。実の親子の縁は絶えるものではないからなどと慰めます。

そして右近に勧《すす》められて、お返しの歌を瑠璃君は香《こう》入りの唐紙《とうし》にかいて贈られました。源氏はそれを見て、文字の上達はまだそれほどでもないが、でも見劣りはしないので、まずまずと安心されます。

それから瑠璃君を迎える居処《いどころ》については、紫の上の住む建物には空《あ》いている場所もなく、またあまり人の出入りの多いところで人眼につきすぎてもいけない。中宮《ちゆうぐう》のお住居にはそれにふさわしい静かな御殿もあるが、中宮の侍女になったようにみえても宜《よろ》しくない、などといろいろ思案なすって、結局、御自分の子の夕霧《ゆうぎり》をお預《あず》けになった花散里《はなちるさと》に、今一人お預けになるつもりになって、その西《にし》の対《たい》の文殿《ふみどの》——つまり図書室です。その中の本をよそへ移して、そこを瑠璃君のお住居《すまい》にすることになさいました。

花散里も気のいい優しい方なので丁度《ちょうど》よかろうとお思いになったのです。そうなってから源氏は紫の上にも昔の夕顔《ゆうがお》の話をなさいました。また一人、夕顔の君という良人《おっと》の過去の女性が出てきて、いささかお怨《うら》みの種がふえましたが、源氏は例によって多情仏心を説いて紫の上をなんとはなしにあやしておしまいになります。

瑠璃君《るりぎみ》は、右近《うこん》の世話で、何やかやと、衣裳支度《いしょうじたく》、召使などもととのえて、その秋になって六条院にお入りになりました。

源氏は昔、姿を隠した自分の愛人の子供をこの頃になって探し出したので引取ることにした、母はもう死んでいるので、花散里に母代りに世話をしてやってほしい、ながらく田舎にいたので何かにつけて教えてやって貰《もら》いたいと花散里の人間的に暖かい心を信じてお頼みになりました。花散里もいい方なので、そういう御信頼を喜んで、

〈まあ、そういう方がいらっしゃるとは存じませんでした。明石の姫君お一人では淋しすぎますから、ちょうどおよろしゅうございますね〉

とおうようにお引受けになります。花散里は明石の姫同様、源氏の落胤《らくいん》だと思って少しも怨みも疑いもいたしません。

〈あの姫の母親は、ほんとに心立ての優しい人で気の毒なことをしたのです。その子を見て貰うのにあなたはちょうどいい方だと思うのです〉

などと源氏に言われると、花散里はますます一生懸命で、瑠璃君をお世話なさるおつも

りです。

いよいよ瑠璃君の到着する日は車も三つばかり用意させ、右近がみすぼらしいようには姫の移り方をしませんでした。

源氏の君は、姫が落着かれたと知ると、すぐ訪ねられました。

部屋の灯の暗いのを気になさって、

〈灯が暗すぎて恋人を待つ夜のようではないか。親の顔は見たいものだと聞くがどうですか、もう少し明るくなさい〉

などとおっしゃって、几帳《きちょう》を押しのけられ、恥しがっている姫の御様子を好《この》ましくお眺めになりました。

〈ながらく行方《ゆくえ》がわからないで心配していましたが、やっとこうして逢えて夢のようです。昔のことを思い出せば堪《た》え難《がた》いものがあって、お話も出来ないようだ〉

と言って源氏は涙ぐまれます。

瑠璃君は初めて逢う源氏の君にただはにかんで、

〈あまり小さい時から田舎住居《ずまい》に入りまして、ほんとうにはかない生活でしたから……〉

と仄《ほの》かに答える声も、夕顔の声音《こわね》に似て若々しいのに源氏は胸を打たれました。

源氏は右近にいろいろ注意を与えたりしてお帰りになり、紫の上に、

〈田舎で身分のない者たちの間で育ったから、どんな風かと思っていたらまったく案外で、

此方《こちら》が恥かしくなるくらいでしたよ。こういう姫がこの家にいるということを知らせて、いつもこの邸《やしき》へは生真面目《きまじめ》な顔をして来る若い公達《きんだち》が、こんどは、どんな顔をするかみたいものだ〉

などとおっしゃるので、紫の上はお笑いになって、

〈へんな親ですこと、そんな若い人達を競争させてみたいなどとは――〉

〈そうだ、私が今のような心持なら、あなたのこともあの姫のように、引取って楽しんで育てたのに、心ないことをしてしまった〉

と、おっしゃるので、紫の上は、はっと顔をお染《そ》めになりました。その時源氏が書かれた歌一首――

恋わたる身はそれなれど玉《たま》鬘《かずら》
いかなる筋をたづね来つらむ

これが、この姫君をこれから玉鬘と呼ばれるわけなのです。

源氏は若君の夕霧《ゆうぎり》にも、姫と仲よくするようにと御紹介になりました。夕霧はほんとうの姉弟と思って、玉鬘とまじめらしくお話になっていらっしゃるのを、その裏を知っている人々には笑止《しょうし》でしたが――

そして、玉鬘の君は、この邸で、いよいよ臈《ろう》たけ、親代りの源氏を初め夕霧、花散里などまことに貴族的な眼もあやな雰囲気の中に暮すことになりました。すっかり田舎じみて、太宰《だざい》の大弐《だいに》の奥方などをこの上もなく立派に思っていた三条なども今更《いまさら》に田舎での生活を馬鹿《ばか》らしく思うようになりました。

姫に誠実だった豊後介《ぶんごのすけ》は、源氏の家の家臣の一人に取立てられ、朝夕六条院に出入りして従者《ずさ》を従えるような身分になったのも、当然の酬《むく》いでしょうね、これで玉鬘の巻は終りです。このひとの運命は、これからほかの巻に出てまいります」

――今宵《こよい》は珍らしく、質問も批評もなく、めでたくここに夕顔の姫が、シンデレラのように幸運に見出《みいだ》されるところで終った。

初《はつ》音《ね》

源氏のお講義が延《の》びているうちに、庭の青葉はぐんと茂《しげ》ってすっかり夏めいてきた。もう湯上りは、浴衣《ゆかた》一枚でいいくらいの気候である。

ここのところ、源氏のお講義がのびのびになったのは、藤子容子鮎子の三姉妹の両親が二人とも無事に香港《ホンコン》から帰ってきたからである。

父の良英と雪子夫人の二人が敗戦後の大混乱の中で、終戦当時丁度満洲《ちょうどまんしゅう》に来合せていた天津《テンシン》の知人で、長年その地で医院を開いていて信用を得、英国の官憲《かんけん》ともよく、かつは、医師、技術者などは何といっても尊重されるからというすすめで船を雇《やと》って太塘《タークー》へわたるのに同伴《どうはん》し、一まず天津に入ったのである。

それがよかったかわるかったかはわからないが、やがて中共軍が入ってきてからは外国人は一切の旅行が許されなくなり、そのうち、英国商社の連中も全部中共地区から引揚《ひきあ》げることになった時、良英夫妻は知人の奔走《ほんそう》でその中にまじって、英国領事館の手を経て香港へ入港した。

そんなことで、同じ満洲にいた人々とも孤立して夫妻は別れ、故国への消息をことづける人もなく、手紙も二度出したが届かなかった。ようやく香港へ入ってから便船を待つまでに知らせることが出来たわけだった……。

天津での売喰《うりく》い同様の苦難の生活、香港に行ってからの不安、家郷《かきょう》に残した家族の安否の知れぬままの焦慮《しょうりょ》の中にようやく故国の土が踏《ふ》めたのである。

父の良英の髪の毛の真白になったのに、三人姉妹は再会の喜びと同時に胸がせまった。藤子たちの母として、まだ美しさの残っていた雪子夫人の顔にも、三人の娘を祖母に託《たく》して別れていた年月の歎《なげ》きを、額の皺《しわ》に、まざまざと刻《きざ》んでいた。

しかし、ともかくもこうして帰れたので、もう何もいうことのない高倉一家だった。藤子の良人《おっと》の彰も帰国し、こうして良英夫妻も帰国したのだ。

あの敗戦によって、外地《がいち》にいた銃《じゅう》を取らない人達でも、どんな悲惨な逃避《とうひ》行《こう》をし、あるいはそのために命をおとしたものも数知れずいる。その中に、こうして高倉一家のものが揃って外地から帰って来られたということは、なににもまさる幸運だった。何もかも失って無《む》一物《いちもつ》になって帰ったとはいえ、高倉家の祖母も姉妹も天を仰《あお》ぎ地に伏《ふ》して感謝した。

だが、夫妻の疲労は、肉親の顔を見て、その鎌倉山の家に落ちついた時、一度に張りつめていた気がゆるんだというように、また気もぼうっとして、何から話していいかわからぬ様子——ことに、良英氏は、半病人の容態《ようだい》で、ただ昏々《こんこん》と眠ることが多いという有様だった。

「……パパは頭が呆《ぼ》けちゃったのかしら、悲しいわ」

と鮎子を歎《たん》ぜしめたほどである。

「どこか温泉にでも行って暫《しばら》く休養して戴《いただ》いたらどうでしょうね」

と、藤子が言い出した。

そんな余裕はなかなか戦後のこの一家の暮しとしては出来る筈《はず》もないのだったが、しかし、無事に帰った両親の健康を取り戻すためには、贅沢《ぜいたく》のようだが、折柄《おりから》新緑の箱根《はこね》にでも暫く休養させ、温泉に心ゆくまで浸《ひた》らせて、この年月の労苦の悲哀や疲労を洗い流させたいと気を揉《も》んだ。

その話を大貝夫人がきくと、丁度《ちょうど》知合《しりあい》の宿が強羅《ごうら》にあり、例の夫人の積極的な気性からどんどん交渉して、特別な好意でその箱根の宿に滞在の計画が出来た。

といって、この疲れ切って、少し放心状態の、俄《にわ》かに年をとってしまったような父母だけをやっておくのも心配で、心細く淋しくもあろうと、かねて病弱の容子をこの際つけて、彼女の保護にもなるようにと、ついきのう箱根へ立たせたあとなのである。

――だから今日のお講義の聴講生は、あの熱心にノートを取る容子がぬけて、藤子と鮎子、そして大貝夫人。彰はこの講義にはどうしても遅れがちで、東京からの帰宅はめったに間に合わぬ。

容子が箱根へ立つとき、藤子にノートを預《あず》け、

「お姉《ねえ》様いいこと、だいたいのこと忘れずに書いておいて頂戴《ちょうだい》ね、私の代理に――」

と、重大なる責任を托《たく》されたので、藤子は鉛筆片手に、ノートを睨《にら》みながら、お講義を

聴かなければならない。

　定刻、食後の灯の下に、大貝夫人も遅刻せずにお座敷の教室に坐《すわ》る。

「先日はお見事な鯛《たい》を戴き、またいろいろとお心入れを有難《ありがと》うございました」

　刀自《とじ》は講義開始に先立ち、この大きな生徒に鄭重《ていちょう》にお礼をいう。

　大貝夫人はすることが派手で、すでに彰の帰った時も、鯛を届け、今度もまた、魚河岸《うおがし》で特別大きな鯛を取り寄せて贈りものにしたり奮発《ふんぱつ》するのである。しかしそれだけでなく、誠意と実行力があって女ながら、ことにあたって頼もしいひとである。

「どういたしまして、お二方《ふたかた》は、もう、彼方《あちら》にお落ちつきになりましたでしょうね」

　大貝夫人は、祝いの大鯛を持参したあとは良英夫妻の休養や、高倉一家の団欒《だんらん》を妨《さまた》げまいとしてあまり顔を出すこともなく、蔭《かげ》での助力をするにとどまっていたが、今宵《こよい》は久しぶりで座敷に入ってきてその噂をするのである。

「はい、お蔭さまで――まあ温泉にゆっくり入っているうちに気持も落着くでしょう、鮎子などは遠慮なしで、パパもママも外地《がいち》呆《ぼ》けだなどというんですよ」

「御無理もございません、とても私どもには想像もつかない御苦労をなすったのでございましょうからね」

　大貝夫人は感動的な声を出す。

　先生と生徒でこんな会話のやりとりがあってやっとお講義に入る。

初音

「今日は初音《はつね》の巻です。初音といえばお正月のもの、この鎌倉で、松蟬《まつせみ》の鳴き出したこの頃に、お正月の鶯《うぐいす》の初音の巻というのは、それこそ季節はずれのような気が致《いた》しますが、でも私の考えでは、このわが家も、良英や雪子が帰り、私も今まで老いの身をながらえてきた甲斐《かい》があったと、まことに春立ち返る思いでございますから、初音の巻もこの家にとってはふさわしいとも思うのでございます。

この巻は、源氏三十六歳の新春のお話で源氏の栄華《えいが》の盛《さか》りとでも申しましょうか、かねてのお望みであった六条院の造営《ぞうえい》はすでに成って、四町四方にわたる広い地域に春夏秋冬の趣《おもむ》きをみせた造庭《ぞうてい》を前に四つの御殿《ごてん》がつらねられ、春の女王は紫《むらさき》の上《うえ》、夏の館《やかた》には、花散里《ちるさと》が、秋の御殿は、秋好中宮《あきこのむちゆうぐう》とも申し上げる例の六条御息所《ろくじようのみやすどころ》の姫の今上《きんじよう》の中宮として入内《じゆだい》されているその御方の邸《やしき》に、そして冬の御殿はかの明石《あかし》の上《うえ》が美しく住みなしていらっしゃいます。

正月元旦、うららかな初日の下で、その頃は旧暦《きゆうれき》ですから――雪の間に草も萌《も》えだし、もう春らしい霞《かすみ》の中には木の枝に芽がふくんで――と原文にはございますが、今の二月ではそんな気も致しませんが、王朝時代は、今頃の日本とちがって、それこそ治まる御代《みよ》の

平和なのんびりした空気のせいで木の芽も早くめぐんだのかも知れません。

　まして草木もなびく源氏の館の六条院の林泉《りんせん》のお正月の眺《なが》めはまた格別であったようです。

　つねにもまして磨《みが》き渡された各夫人の住居の有様をうつすのにはさすがの紫式部の筆も足りないと言って居ります」

「まるで源氏の君の愛人アパートみたいね――」

　鮎子が例のおしゃまと、多少の批判をちょっぴり。

「そうそう、若い人はさすがにうがったことを言いますね、それに違いありません、紫式部もそれを聞いたら笑い出すでしょう、ただたいへん大懸《おおがか》りな風雅なものではあったでしょうがね。中でも、正夫人紫の上と明石の姫君の住む春の御殿の立派さは申すまでもありません。折から軒《のき》近く咲く梅の花の香が、御簾《みす》の中の薫物《たきもの》の香とまじり合ってそこはかとなく漂《ただよ》うという、これぞこの世の極楽浄土《ごくらくじょうど》のような有様だったでしょう、姫君の方には愛らしい童女や若い綺麗な侍女たちが――それより少し年の多い上品な女房たちが、紫の上のまわりに侍《かし》ずいて居ります。その女房たちが、あちこちに屯《たむ》ろして鏡餅《かがみもち》を取りよせて、今年中の仕《し》合《あわ》せを祈り合ったりしているところへ、源氏が顔をお出しになると、女房たちはあわてていずまいを直したりしながらも、この君の美しいお顔をみることが、まずもって今年の春のまず第一の幸福のような気持になるのでした。

何しろお正月のこととて参賀《さんが》の人の出入りも多く、朝のうちはお落着きになりません、夕方前になって、源氏はやっと身繕《みづくろ》いをなすって、まず紫《むらさき》の上《うえ》を祝ってお上げになります。

ついで明石《あかし》の姫君《ひめぎみ》の御座敷に父親として新春のお顔をおみせになります。

そこには北の御殿にいられる生母の明石の上からお菓子やお料理が贈られ、それに添えて五葉《ごよう》の枝に鶯《うぐいす》のとまっている作りものに、母からの結び文が添えてあります。

年月をまつにひかれてふる人に
けふうぐひすの初音きかせよ

その意味は年来《ねんらい》御身の成長を待ちこがれて暮して年をとるこの母に今日は鶯の初音のごとくせめて一ことの便りをきかせて——というのでしょうね。

〈さあ、この返歌は御自分で考えてお作りなさい〉

父の源氏はこう言いながら、硯《すずり》や墨《すみ》の世話までなすって、姫に書かせようとなさいます。

そして源氏はこの姫の生みの母明石を可哀想《かわいそう》にお思いになるのでした。毎日見ていても見《み》飽《あ》きない気のするこんな可愛《かわい》い姫の姿を、その生みの母には別れた日からまだ一度もみせてないことを思うと、罪を作っているような気がなさるのでした。

ひきわかれ年はふれども鶯の
　巣立ちし松のねをわすれめや

　まことに少女らしいたどたどしい歌で、べつだんのこともなく、ただいろいろの思いを並べたというわけですね。

　お別れして年を経ても、生みの母君をどうして忘れましょう、鶯が巣立ちした松の下を忘れないようにという意味でございます。

　源氏はそこから、花散里《はなちるさと》のお住まいに年始《ねんし》のお顔をおみせになります。

　ここは今は住まいの趣《おもむ》きに合わぬ時節外《はず》れのせいもあって、たいへんひっそりとして、静かにわざとらしいこともなく品よく住みなしていられます。

　源氏とこの人との間はもう生々しいものはなくて、淡々とした精神的なつながりだけでそれでいて少しの隔《へだ》てもありません。源氏はこの花散里の人柄のよさを信じられて、御自分の若君の夕霧《ゆうぎり》の中将、そして、夕顔の忘れ形見の玉鬘《たまかずら》をまでおたのみになっているのです。

　花散里の姿は、今では盛りを過ぎて美しいとは申されません、源氏のような男でなかったら離れ去っていたかも知れませんし、また花散里がこういう落着いた人でなかったら自分からひがんだりして、源氏の許《もと》を去っていたでしょう。そこは源氏といい、花散里とい

い、単なる浮き心でなく、人間的な結びつきがあり、それをまたお互《たがい》に大切にしてらっしゃるのでしょう。

ついで源氏はここの西の対《たい》にいる玉鬘《たまかずら》の方へ行かれました。ここは美しい童女《わらわめ》や若い女房が侍《かし》ずいて、まだ万端《ばんたん》行き届いた設備というのではなくても感じよく取りなしてあり、そこに住む玉鬘がまたまことに明るい花やかな御様子で少しの暗い影もありません、娘盛りになるまで遠い九州などで、苦労なすったにもかかわらず、今は源氏の庇護《ひご》の許に、仕《し》合《あわ》せにしっとりと暮していられるのです。源氏は、こうして手許に引取ってよかったと思《おぼし》召《め》すにつけても、ほんとうにいつまでも単なる娘分としてこの人を見ていられるかどうか自分ながら心許《こころもと》ない気が致します。

〈私はもう前からあなたがこの家で育ったような気がして満足なのですが、あなたもそのつもりで、何も遠慮せずに、私たちのいる方へも出ていらっしゃい、琴を習い始めた小さい姫もいますから、その稽古《けいこ》を見てやって下さい、あなたが気がねをなさらねばならぬような人は誰もいませんよ、妻もいい人ですよ〉

と、源氏は玉鬘を紫の上にもなじませたいとおすすめになります。〈仰《おお》せのようにいたします〉と玉鬘はつつましくお答えいたします。

そして元旦も灯《ひとも》しごろとなって、源氏は明石《あかし》の上《うえ》の住居へお入りになりました。生みの娘を紫の上に托《たく》して、生母の明石の上は、今日も香《こう》焚《た》きしめた御簾《み す》の中に美しい

姿を隠していられるのです。

奥《おく》ゆかしがって源氏がその居間をお覗《のぞ》きになると明石の姿はなくて硯《すずり》のあたりには、いろいろな本などが出ていて、お褥《しとね》の傍には琴も置いてあり、歌など手習いのように書いた紙も散っています。

手にとって御覧になると、ことさらに才ばしることもなく感じよく書いてある特色のある上手な字です。たぶんさっき、わが娘の返歌を受けて感情を揺《ゆす》られ、それからまたいろいろ歌などお書きになったのでしょう。

めづらしや花のねぐらに木づたひて
谷のふる巣をとへるうぐひす

この意味は紫の上の御殿に引取られて行ったわが子の明石の姫君が今日はめずらしく昔を忘れず、この母を尋ねてくれたことよ……とよほどうれしかったのでしょう。

源氏がそのわきにいたずら書きなどなすっていらっしゃるところへ明石の上も出てまいりました。白い浮紋《うきもん》の衣の上に、黒髪のすべった姿がまことに美しく、その聡明な魅力に惹《ひ》かれて、新春の第一夜というのに、紫の上のお気持をそこねるかとお思いになりながらも、源氏はついそこに泊っておしまいになりました。

これは六条院の中の他の女の方たちに、明石の上が一番源氏に愛されているような印象を与えたわけです。まして正夫人の紫《むらさき》の上方《うえかた》の女房たちはとてもそれを口惜《くや》しがっているのもあります。

源氏はさすがに気がお咎《とが》めになるのか、夜明け方に早々にお帰りになります。明石の上としてはそんなに急いでお帰りにならないでもと、その後はやはり物思わしい気持です。

お迎えになった紫の上もなんとなく気まずい御様子に、源氏はその胸のわだかまりをお察しになって、

〈あちらでついうたたねをして若い者のようにそのまま寝てしまった、迎えをよこしてくれればよかったのに〉

などと御機嫌を取っていらっしゃるのもおかしいくらいです。

それに対して紫の上はなにも御返事はなさいません、沈黙の示威《じい》運動をしていらっしゃるようです。

源氏の君は仕方がないので、そこでまた寝入った風をなすって、翌朝は遅くおめざめになると、二日は六条院の新年の宴会でいろいろ人の出入りも多く、昨夜の失策のてれかくしにはいい御都合でした。

いらっしゃるお客様方は、いずれも粒選《つぶよ》りの身分のいい立派な方々ばかりなのですが、あいにくと、御主人の源氏がお立派すぎるので、その前ではあまり振《ふる》わないのはお気の毒

です。それにしても近頃この邸《やしき》に来るお客様はもとよりお供までがお洒落《しゃれ》をしてくるのは、どうやらこの邸に新しく迎えられた妙齢《みょうれい》の姫君玉鬘《たまかずら》をめあてのようで、いつもとは違った光景の新春でした。

　こうして六条院が、花やかに新春を迎えている時、前のお住居《すまい》の隣《とな》りの東の院に離れて住まわれる末摘花《すえつむはな》、空蟬《うつせみ》などの方々、此方《こちら》こそほんとに昔の愛人アパートみたいですが、この人たちは、源氏の庇護《ひご》を受けて、なに不自由なく暮していられるとはいえ、浮世を離れた深い山里に住んででもいるよう、源氏があまりお見えにならないのを今更めかしく怨《うら》む気にもならないのでした、もうそういうところは通り越している方たちでしたから。ある人は仏事に専念し、ある人は心のままにものの本を読んで居《い》るのでした。

　しかし、その寂《さび》しい東の院にもお正月の騒ぎが少しすむと、源氏は忘れずに顔をお出しになります。

　末摘花は御身分柄、源氏もお気の毒に思われて人眼《ひとめ》にはたいへんよい御待遇をなすっていられます。この人の、昔はたいへんゆたかだったただ一つの美しさともいうべき黒髪もうすくなり、今は白髪さえ混《まじ》って居ります。しかもお鼻の先の色は例の通りなのですから源氏は気の毒で面と向ってその姿を御覧になることも出来ないのでした。

　けれどもやはり女性に優しい、善意をもっていられる源氏ですから、広い世界で、せめて自分がこの人を愛してやらねばとお考えになっているのです。

その日も訪れてお話しになっていると、末摘花《すえつむはな》はいかにも寒そうな震《ふる》え声なので、〈体《てい》裁《さい》などお構《かま》いにならずに、衣は何枚でも重ねて着た方がいい〉と厚着をおすすめになると、
〈兄の阿《あ》闍梨《じゃり》の世話に手がかかって、仕《し》立《たて》が間に合いませんでした。その上毛衣《けごろも》まで借りられて寒くて〉
とさすがに笑って居ります。この人の兄さんのお坊《ぼう》さんに彼女の毛衣を貸したのですね。飾りけのない人だとお思いになりながらも、ここでは源氏の君も真面目くさって、
〈毛衣はなくてもよいでしょう、あれは法師《ほうし》の兄上にふさわしい、それよりも白い衣を何枚も重ねてお召《め》しなさい、また何か必要のものは此方《こちら》で忘れていても欲しいといって下さい、私は呑気《のんき》な上にあちらこちらに気を配《くば》らねばならないので、つい不行届《ふゆきとどき》のことが多いから〉
とおっしゃって、隣りの二条院の蔵《くら》をあけさせ、絹《きぬ》や綾《あや》の地を沢山《たくさん》末摘花に取り出してお上げになりました。
それにしてもどことい って荒れたところはないが淋しい空気の漂《ただよ》うこの邸も、さすがに春めいてここの女主人の鼻の先を連想させるように紅梅の花も咲き出して居りました。
それから源氏は空蟬《うつせみ》の尼君《あまぎみ》の許《もと》にお立寄りになりました。この人は良人《おっと》に別れて後、継《まま》息子のよこしまの恋に悩まされて尼となり、ついにこうして源氏の庇護《ひご》を受けられるようになりました。

自分は目立たぬ一室にいて住居の大部分を仏間にとって空蟬が仏仕えに余念もない有様は源氏に哀《あわ》れを覚えさせました。しかしその仏像にも経巻《きょうかん》にも閼伽桶《あかおけ》にさえこの人の清《きょ》らかなよい趣味はうかがえるのでした。

青鈍色《あおにびいろ》の几帳《きちょう》の蔭《かげ》にいる尼君の袖口《そでぐち》にだけはさすがに淡《あわ》い女らしい色の仄《ほの》かに見えるのにも、源氏は涙ぐまれて、

〈昔から、なにかはかない二人の縁でした、しかしこうして時々お話が出来るということだけは、ながらく続く御縁があるのですね〉

と、おっしゃると、尼君も淋しげな様子で、

〈こんな有様にお世話になりますにつけても、浅からぬ御縁だったのでございましょう〉

〈昔、私のためにおかけした御迷惑の報《むく》いを思い、仏に懺悔《ざんげ》するのも辛《つら》いことです、しかし私の心はおわかりになりましたでしょう、世の男というものは、私ほどに真面目ではないのですよ〉

と、重ねておっしゃるのは、自分が継息子の邪《よこしま》な恋に苦しめられて尼となったことなども御承知なのだろうと空蟬ははずかしく思われます。

〈報いといって、こんなみじめな晩年をおみせするほど辛い報いがございましょうか〉

といって空蟬は泣いてしまいました。昔も落着いた心ばえの人でしたが、仏に仕えてさらに心の深みの出て、気高さもまさったこの人には源氏は今も惹《ひ》かれるものがありますが、

さりとて男女の間の色めいた言葉など今のこの人の前に、口にお出しになることは出来ません。

そしてその近くの末摘花《すえつむはな》の方の住居をやりながら、せめてあの人にこの空蟬《うつせみ》ぐらいの奥ゆかしいところがおありになればいいのにと思われるのでした。

こうして、源氏はどの女性のところも公平に訪問されて、

〈暫《しばら》くは無沙汰《ぶさた》をすることもありましょうが、心の中ではけっして忘れては居りません、命さえあればいつでも会えます、ただ限りある人生の死別のみは心にかかりますが――〉

とやさしく慰《なぐさ》められるのでした。どの人をもほどほどに愛し、末々の恋人にまで優しい誠意をもつことでその人たちもそれに頼ってその庇護《ひご》の下に年月を過しているわけなのです。

――一年おきに行われる男踏歌《おとことうか》の催《もよおし》が今年はある年で、一月十四日の夜、四位以下の若い殿上人《てんじょうびと》らが集って貴人の邸を催馬楽《さいばら》など歌いつつ終夜舞い歩くのでした。

内裏《だいり》から朱雀院《すざくいん》、そして次に六条院の源氏の邸に廻《まわ》って来ました。

月が明るく雪がうすく積んだ六条院の庭での歌や舞は、まことに風雅な眺《なが》めで、そこでの出来ばえこそはその人々にとってもひとしおの晴れがましさなのでした。

それを御覧《ごらん》になるために、他の夫人達もすすめられて、左右の対《たい》や渡殿《わたどの》を見物席にして来ていらっしゃいました。

玉鬘《たまかずら》はこの時初めてこの正殿《しょうでん》にきて、明石の姫君と会われ、紫の上も同じ処《ところ》にいて几帳《きちょう》

をへだてて物語られました。

お庭からは、暁《あかつき》の強い月光の中に、雪はまだ降り積みつつ、松風が吹き下《おろ》してくる中に、青色の踏歌《とうか》人《びと》の服装をした人達の若々しい舞姿、〈竹河《たけかわ》〉という催馬楽の歌声につれて笛も美しく響きます。その催馬楽の歌の文句は、

竹河の橋のつめなるや
花園に、花園に
われをば放て、われをば放て、
われをば放てや、めざしたぐへて

これを節《ふし》面白く歌って踊るのです。

そして、やがて御祝儀の綿を一袋ずつ貰《もら》って頭に載《の》せて舞人達は去って行きます。見物の夫人達もそれぞれ見物席から帰られます。

源氏はそれからおやすみになって日が高くなって起きられると、昨夕の踊りの批評をなさいました。

その中に混《まじ》っていた御自分の若君夕霧《ゆうぎり》の中将の出来栄《できば》えにも御満足のようで、

〈私は自分がそうした風流の方にばかり心を入れていた愚《おろ》かしさをどうか夕霧には真似《まね》て貰いたくないと思っていたが、さりとて芸術的な気持をなくさせたくはない、ただ馬鹿真面目に生きるだけが人の全部ではないのだから〉

などと言われました。そして昨夜の催馬楽《さいばら》のつづきのように、そして夫人達が初めて集った記念のように、

〈さあ、この邸の中でも音楽の合奏をして遊ぼう、もう一度皆に集って貰って、この家だけの後宴をしよう〉

とおっしゃって、いわば二次会のようなものが催され、秘蔵の楽器を袋から取り出させたり、絃《げん》を締《し》め直させたりなさるのでした。

春の鶯《うぐいす》の初音の如《ごと》く御婦人達の集りで音楽をききたくおなりになったのでしょう。まことに今から考えればのどかなのどかな大宮人《おおみやびと》の御生活でしたね、初音の巻はこれだけです。まとまった筋《すじ》はなく、邸内の女性の源氏をめぐる、まことに羨《うらや》ましいほどの源氏の楽しい生活を記《しる》した巻とでも申しましょうか」

その夜のお講義はこれで終り――

藤子はノートからやっと解放され、鮎子はなんだか今日のお講義はつまんないという顔だった。

胡《こ》蝶《ちょう》

まだ梅雨《つゆ》が残って雨は降らないでも、どこか肌寒く素足には冷え冷えとした感触を与える夕べだった。

暮れなずむ庭の隅に、ほの白く点々と浮ぶのは十薬《どくだみ》の花、傍《そば》に近寄ればこの花特有の匂いがする筈《はず》だった。

「良英《よしひで》夫婦が帰るまで、そしてまたこの間中もいろいろ混雑して、お講義もそっちのけになっていましたから、ひとつ精出しましょう、箱根から帰ってくればまた何かと家の中に用もふえましょうからね」

楓《かえで》刀自《とじ》はこう言って、息子夫婦の箱根へ行っている留守の間に、出来るだけ講義に精出して、孫たちに教えておきたい様子だった。

生徒は孫娘と大貝夫人、完全に女生徒ばかりだったが、今日は容子《ようこ》が箱根へ父母を残して、帰ってきている。

胡蝶

「今日は胡蝶《こちょう》の巻に入ります。これは源氏が三十六歳の春のことで、物語の内容は、やは

り夕顔《ゆうがお》の忘《わす》れ形見《がたみ》、玉鬘《たまかずら》のことが中心でございます。その年の三月二十日頃、紫《むらさき》の上《うえ》の御殿の前庭は春色溢《あふ》れるばかり、さまざまな花、その梢《こずえ》に枝移りして鳴く小鳥、築山《つきやま》、池の中島、苔《こけ》の色も春の緑を萌《も》え立たせています。

　源氏は池に、あらたに美しい船を浮べさせました。それが龍頭鷁首《りょうとうげきす》――皆様も絵などで御覧になったことがありましょう。これは一説には龍の頭と、水鳥を美しく大きく想像した鳥の頭を形どった鷁首《げきす》との二艘《そう》の船が一対になるのだとも申します。その唐《から》めいた船に、唐様《からよう》の装いをさせた童子に棹《さお》をとらせて漕ぎ出させての歌舞《かぶ》のお催しなのです。殿上人《てんじょうびと》という殿上人がお客様として集りました。

　鳥と蝶《ちょう》との形に扮した童子が、鳥の形の舞い手は、銀の花瓶に桜を挿し、蝶に扮した舞い手は、金の花瓶に山吹《やまぶき》の花を挿して持って舞うのですから、まあ今でいえば少女歌劇の舞台を見るようにさぞ美しかったことでしょう。みなうっとりとそれを眺めて飽くこともなく、まことに斧《おの》の柄《え》も朽《く》ちてしまう思いで日を暮したと書いてございます」

「斧の柄の朽ちるってなんのこと？」

　と、鮎子《あゆこ》が質問した。これは代表の形になった。大貝夫人も首をかしげてわからなかったようだ。

「そうそうこれは説明しなければなりませんね、これはね、支那の故事《こじ》で、山に入って仙人が碁《ご》をしているのを見惚《みと》れているうちに、いつの間にか数百年が経過して、気がついた

時は、傍に置いてあった斧の柄がもう朽ちかけていたという、支那風の仰山《ぎょうさん》な伝説です。それでよく我を忘れてうっとりと、時のたつのを忘れている時の形容に用いられるのです。その日の歌舞の催しもつまり仙人の碁以上に時のたつのを忘れさせて、お客様も女房達も遊びあかしたということですね。

　その宴《うたげ》の中でみなが歌を作りました、その代表的なのを一首——

　　春の日のうららにさして行く船は
　　　さをのしづくも花ぞちりける

　これは春の水の上に浮べられたその龍頭鷁首《りょうとうげきす》の船の光景を歌ったものです」

　その時珍らしく藤子《ふじこ》の声がした。

「あら、それで思い出しましたわ、女学校の時の唱歌《しょうか》——今も唱《うた》うかしら——春のうららの隅田《すみだ》川《がわ》、上り下りの舟人が、櫂《かい》の雫《しずく》も花とちる——あの唱歌、源氏物語のここのところから取ったんじゃないかしら」

　大貝夫人はうなずいて、

「そりゃそうですよ、きっとそうにきまってますよ」

　と断じてしまう。

「――夜になれば庭に篝火《かがりび》して宴はつづけられます。お客様のお一人の兵部卿《ひょうぶきょう》の宮《みや》が〈青《あお》柳《やぎ》〉という催馬楽《さいばら》を二度もくり返して面白くお唱いになるのに源氏も合唱をなさいました。こうしてこの楽しい宴げの夜は明けるのでした。

今までも常に華《はな》やかな空気のみちていた源氏の館ではございましたが、しかしそこにはその客人《まろうど》たちの心をそそり立てるような姫君はいなかったわけです。紫《むらさき》の上《うえ》が、いかにお美しくても、それは源氏の夫人ですし、そのほかにも、源氏の寵愛《ちょうあい》を受けているひとたちでは、ここに集る公達《きんだち》の心をさわがせるわけにはまいりません、ところが最近玉鬘《たまかずら》という美しい処女が、ひょっこりこの邸《やしき》に引き取られてからは、この姫に心を寄せ、求婚者になりたい人たちがふえてまいりました。

中には、自分は地位も高く身分もあるという自信から、女房たちを手なずけて、玉鬘に文《ふみ》を送ったり、また源氏の君に直接意思表示をなさる方もありましたが、それほど押しつけがましくは出来ない人々の中にもひそかに玉鬘を恋して、心を悩ましている貴公子が多かったのです。

これは若い貴公子ではありませんが、この夜の賓客《ひんかく》として〈青柳〉の歌をうたわれた兵部卿の宮は、奥方を失ってから三年も鰥夫《やもめ》で暮していらしったのですが、この方がおおっぴらに自分の後添《のちぞ》えに玉鬘の姫君を欲しいという気持を表わしていられました。

この兵部卿の宮は、源氏の君の異母弟で、源氏とは一番気の合う御兄弟でした。ですか

ら源氏の娘として庇護《ひご》されている玉鬘《たまかずら》と結婚しようという望みを持たれたのも無理はありません、しかし、源氏の君の方では玉鬘の姫の婿君《むこぎみ》を選ぶことをそうあっさりきめようとはなさらなかったのです。その内心には美しい姫を見ているうちに、自分が単に父親代りとして満足してばかりもいられないような御自分自身玉鬘に惹《ひ》かれるお気持が動いて来られたからだったでしょう。

さて四月に入って衣更《ころもが》えの季節——今でいえば五月ですから……源氏はその頃宮中のお勤めにも暇があって、いろいろのお遊びに日を暮して居られ、時折は、玉鬘のところにいらしって、姫を恋する人々から送られる文などを見て人知れず楽しんでいらっしゃいました。

そして姫君には、父親が指図するように、これには御返事を上げた方がいいとかなんとかおすすめになるのでした。それらの文の中でも弟君の兵部卿《ひょうぶきょう》の宮が姫君に思いのたけを述べられた恋文を発見されると源氏は微笑せずにはいられません。

〈この人とは弟のうちでも仲がいいのですが、こういう恋愛の問題だけは立ち入ったことはないのです——妻を亡くされ、今になってこういう好き心を見《み》出《いだ》すのは、おかしいようなお気の毒なような気もします、だが気持は風流な方ですよ、返事をお上げなさい〉

とすすめられます。ここでいう風流という言葉は今でいうインテリというような意味もあったのでしょうね。ですが玉鬘はつつましい御気質でそうはかばかしい御返事はお書き

になれません。

ところがもう一人、姫に対する立候補者がいました、それが髯黒《ひげくろ》の大将といわれる春宮《とうぐう》の伯父に当られる右大将で、その名の通り頰髯《ほおひげ》の濃い、きっと明治時代の軍人の大将のような容貌《ようぼう》だったのでしょうね、そういういかつい方も、玉鬘にはころりと参ってしきりと、恋文を送っていられます。

ところでその数ある恋文の中に、唐紙《とうし》に香の漂う文を細く小さく結文《むすびぶみ》にしたのがございました、中をあけるとたいへん洒落《しゃれ》た歌でした。

思ふとも君はしらじな湧きかへり
いはもる水に色し見えねば

おや、これはどういう風流人の文かとお訊《たず》ねになるのですが、玉鬘姫は、はっきりと御返事はなさいません、実はこの文の主《ぬし》こそ、玉鬘の異母兄柏木《かしわぎ》なのでした。

かつて母の夕顔《ゆうがお》の許へ通われた頃の頭の中将、玉鬘の実の父である今の内大臣の公達、柏木が玉鬘を異腹の妹とも知らず恋い侘《わ》びていられるとは――まことに奇《くす》しい因縁とでも申しましょうか。

源氏の若君夕霧《ゆうぎり》は、玉鬘を姉と思い込んでいて、親しくはなさっても、とても生真面目《きまじめ》

なのに、かえって実の兄弟の内大臣の公達らが夕霧を手蔓《てづる》にして、いつも懸想《けそう》めいた素振りをなさるのを、玉鬘《たまかずら》は内心苦しがっていらっしゃるのでした。

玉鬘とて、実の父内大臣に会いたいお心はもちろんなのですが、父代りとなって万事こんなによくして下さる源氏に対して、あらわにそうは言い出しかねていられるのです。

源氏の君は姫についている侍女の右近《うこん》を呼んで、相当の方々の文には、ほどよい御返事をおさせするようになど御注意をなさいます。

〈兵部卿や髯黒《ひげくろ》の大将は、身分もあり、困るような事をなさる筈《はず》はないから、それに御返事をしないのは、あまり礼儀を知らないようでいけない、それ以下の人々にもそれぞれの気持によって、その志をくんでおやりなさい〉

と、姫にもお説きになりました。

それを聞いていられる姫の、撫子《なでしこ》の衣《きぬ》――これは表紅梅色《おもてこうばいいろ》、裏青、それに重ねたこの季節の卯《う》の花にちなんだ表白、裏青の小袿《こうちぎ》の取り合せもよく似合って、まことに上品な姫君の若やいだ御様子は、亡き母の夕顔にも立ちまさって生き生きとしていられます。

これほどの美女を、みすみすよその人のものにするのは口惜しいと、源氏は親代りのくせに執着をお起しになるのでした。

またそのお二人を傍から眺《なが》めている侍女の右近としても、源氏がいくら父親代りのおつもりでいらしってもいかにもまだお若くてこのまま、そっくり御夫婦でもおかしくはない

のになどとよからぬことを考えます。そして源氏に向って、

〈姫君は、御返事を書くようにと仰《おお》せられたものだけお書きになりますが、それさえ心苦しく思召《おぼしめ》していらっしゃいます〉

などと、姫のつつましい御性質を吹聴《ふいちょう》いたします。

源氏の君は、柏木《かしわぎ》の文をとくにお褒《ほ》めになって、それからまたお話がありました。

〈私がいろいろ考えていても、あなたにもこうしたいというお考えもあるかも知れない、父君の内大臣に名乗ってゆくことも、親子とはいえ、あまり長い間離れていられたのだからね、夫人や大勢の子供達の中に入って行ってあなたが仕《し》合《あわ》せかどうかわからぬ。それよりも、あなたの身がきまってさる人の夫人となってから機会を捕えて会った方がいいかと思う、その結婚の相手だが、候補者を志望している人は多いようだが、弟の兵部卿の宮など、表面は鰥夫《やもめ》だが人柄がたいへん粋《いき》なところがおありになって、通われる女もいろいろあるようだから、そういう事を大目にみていられる人なら無事にやってゆけようけれど、始終それを嫉妬《しっと》するとなると、どうもうまくゆかないかも知れないね、また髯黒の大将の方は、長年つれ添った妻が年上で老けてしまったのに嫌気がさして、新しい結婚をしたがっているのだろうが、それもあまり人によくは言われないだろうからね、それやこれやと考えると、なかなか適当な人というものはいないものだ、こういう事はなかなかはっきりと思うことを言って相談し辛《づら》いものだが、もう御自分でも考えの起きる年だから、私を親

と思ってなんでも相談して下さい、少しでも御不満なような結婚はさせたくないと思っているのですから〉

と源氏は玉鬘《たまかずら》に親心を押しつけられます。

〈子供の頃から、親というものを知らずに育つのになれまして、ほんとうにどういう風にしていいのかわかりません〉

と困ったようにおっしゃる様子の素直なのに源氏の君ももっともだと思われ、

〈それでは私を後で出来た親だと思って、私があなたに一心につくす心持を受けとって戴《いただ》けばいいのです〉

と言われましたが、実はもう親よりも恋人のようなお気持が多いのですが、そういうお言葉はさすがにお出しにはなれません。

まして玉鬘には親代りだとおっしゃる源氏が、自分を人手に渡すのを惜しがっていらっしゃる悩みなどわかる筈《はず》はありません。

ただ、源氏が示して下さる好意には感激して、実の親でもこうは濃《こま》やかな愛をみせて下さらないのではないかといろいろものの本などからも想像して、そうなればかえって源氏のお気持を無視して勝手に実の父に名乗ってゆくことなど出来ないと、思っているのです。

源氏の君は姫のことを紫の上にもこんな風におっしゃるのです。

〈ほんとうに不思議なほど魅力のあるひとです。母親だったひとは、あまり内気で晴々し

たところがなかったが、この姫は分別もあり、ものなつかしい性質で、危げなところがない〉

　ところで、良人《おっと》を知るもの妻に如《し》くはなしとでもいいましょうか、紫の上は、良人の源氏が養父ぶっていながら、実は姫に心を惹《ひ》かれていらっしゃるのをちゃんと見抜いていらっしゃいます。

〈分別がおありになりそうなのに、あなたを父親代りに信頼して安心していらっしゃるのは、お気の毒な気がしますわ〉

　と、ちくりと皮肉を言われます、源氏の君もちょっと急所を突かれた形で、どうも養父としては怪《け》しからぬわが心だと、自責の念にも打たれます」

　大貝夫人は、やれやれといったような顔をされた。

「――夏の雨のあと、しっとりとお庭の樹々のぬれたしめやかな夕方、源氏の君は玉鬘の顔をみに、こっそりそのお部屋へ行かれました。

　姫はくつろいだ姿でお習字をなすっていらっしゃったのですが、思いがけない源氏の出現に、居ずまいをなおしてはにかんでいらっしゃいます、その姿や貌《かたち》の美しいもの柔かい感じに、源氏はふとこのひとの生みの母の夕顔《ゆうがお》の思い出に打たれました。

〈初めてあなたを見た時は、こんなにまで亡き人に似ているとは思わなかったのですが、この頃では、まるで母上そっくりな気持がするとはどうしたものでしょう、夕霧《ゆうぎり》など少し

も母に似ていないので、母子というものはそれくらいのものだと思っていましたが、あなたのようなこともあるのですね〉

などといわれ、そぞろに亡き夕顔の追慕《ついぼ》に涙を催《もよお》されるのでした。御主人たちのしめやかな様子に遠慮して女房たちもなんとなく遠のいてしまいました。その、玉鬘の傍に、箱の蓋《ふた》に果《くだ》ものが盛られていました。昔はよく物を置くお盆《ぼん》として美しい箱の蓋を使ったものなのです。その中に橘《たちばな》の果《み》があるのを源氏の君が手にされて、

橘のかをりし袖《そで》によそふれば
かはれる身ともおもほえぬかな

〈いつまでたっても生涯あなたの母夕顔の面影《おもかげ》は忘れ難く、心慰《こころなぐさ》むこともない年月を過していて、ようやく忘れ形見のあなたを見ることが出来たのです。幸い傍近くお世話をすることの出来るのを夢のように喜んでいるのですから、あなたも私をお嫌いになってはいけません〉

といいながら、源氏は夕顔への思慕《しぼ》と玉鬘への愛着とが一緒くたになって思わずその手を握り寄せられました。

姫は、そういう男の人に引き寄せられるようなことになれていないはずはなし、その上養

父と思う人にそんなことをされたのですから、まことに当惑されましたが、

袖の香《か》をよそふるからに橘の
　みさへはかなくなりもこそすれ

その歌の意味は、なつかしい母に私をおなぞらえになります、私自身もまた母と同じように、はかない不幸な運命に終るのではないでしょうかというわけですね。そう言って不安そうにうつむいている玉鬘の様子の美しさに、源氏はなおさらこのひとがいとしく、その柔かい手を握り、きめ細やかな肌のほの見える傍近くわが身を置けば、日頃、この姫に、父代りの身で懸想《けそう》している気持を仄《ほの》めかさずにはいられなくなりました。

そうした源氏の振舞に、玉鬘はどうしていいかと、身をわななかせて困り切っていられるのがはっきりとわかるのですが、源氏の心は思い止《とどま》るすべを知らず、

〈どうしてそう私をお疎《うと》みになるのです、これまでもずいぶん気をつけて、ひとの口の端《は》にかからぬように自分の気持を抑えていたのです。あなたもただ何げない風をしていらっしゃい、昔の人が恋しいあまりにせめてもあなたと打解けてお話がしたいのですから、あなたもそういう同じ心で私に対して下さい〉

と情をこめて言われると、玉鬘は、さらに辛《つら》い立場になってしまわれます。

いろいろにかきくどいても姫の心は打ち解けないので、源氏もさすがに御自分の振舞にも反省なすって歎《たん》じながら、あまり夜も更《ふ》かさず出てゆかれました。玉鬘《たまかずら》は、もうその当時としては、娘盛りの年ですが、まだ世の裏も、男女の間柄というものもよくは御存じないだけに、養父の源氏の君に思いを寄せられたということだけでも、すっかり人の世の煩《わずら》わしさに打ち沈まれてしまいます。

そういう姫と源氏との間の妖《あや》しい雰囲気を知らぬ女房たちは〈なんという情のあつい御主人様でしょう、ほんとうの親御《おやご》様でも、これほどに心をつくされるものではありませんのに〉などと言っている噂《うわさ》を耳になさるにつけ、たとえ上《うわ》べはそうみえても実は亡き母へと同じように、面影の似通うという自分に寄せられている源氏の男としての欲情を覚《さと》られると、どうも源氏の君に裏切られたように、気持が悪くなってしまい、そういう境遇に落ち込んでしまった自分の宿命のようなものを呪《のろ》わしくお思いになるのでした」

――一座はしんとして聞いている。かの院の宿で、もののけに襲われてはかなくなった薄倖《はっこう》の幻のような夕顔の忘れ形見が、ようやく源氏の館に引き取られて、これから幸運にと思う矢先、人もあろうに生母の恋人だった源氏に思いをかけられる身となろうとは……生徒たちは玉鬘の数奇《すうき》なる運命に同情しているようだった。

それにつけてもその母を愛し、その面影の通う娘を恋するという女二代にわたっての源氏の恋情の豊富さに大貝夫人など舌を巻いている。

それに玉鬘の実父内大臣の若君の柏木《かしわぎ》が妹とも知らず青年らしい恋を寄せるのも哀れ深く、これぞまことに因縁物語ともいいたいところだった。だが、誰れも質問も歎声も発せずに、息をひそめてその後の玉鬘の運命の展開を待っている。

「その翌朝、源氏からは早くも姫君へお手紙がまいりました。思わぬ人に思われる悩みから、身も心も苦しく姫はまだ寝ていられたのですが、事情を知らぬ侍女たちは硯《すずり》よ筆よと持ち出して、お返しを早くとおすすめします。

源氏からのお文は〈世にもまれなお心強い態度が心外ですが、それがまた忘れられずに居ります。あなたの御様子を人が見たら何と思うでしょう、なんといってもまだあなたは大人の女ではない、まだまだ子供らしい方だ――〉というお言葉に歌が添《そ》えられてあります。

うちとけてねもみぬものを若草の
ことあり顔にむすぼほるらむ

これは、まだ――お互にうちとけて臥床《ふしど》を共にしたのでもないのに、いかにもいけないことでもあったかのように、物思いに沈んでいらっしゃるのではありませんかという意味です。

これこそまさしく養父の言葉ではなく、恋人の心、怨《うら》みの歌なのに、玉鬘《たまかずら》は源氏に反感をさえ感じてしまいます。父と思った人から意外な恋情を打明けられれば娘心としてうとましくなるのは当然でしょうから――それで渋々御返事は書きましたが、まことに簡単な切口上《きりこうじょう》のそっけなさで、
〈お手紙拝見いたしました、只今《ただいま》病気なので今日はこれで失礼いたします〉
このような取りつく島もない冷淡極まる御返しを受け取りながら、源氏はそれをお怒《おこ》りになるより、美しくなよなよしているが、気性はなかなかしっかりして爽《さわ》やかなものだと微笑され、こういう女こそ恋するにしても怨むにしてもまことに張合があるとお思いになったとはまことによくよく姫へ御執心の男心と申さねばなりますまい。

こうしていったん、玉鬘にもう養父ではない、男としての恋心を打明けておしまいになってからは、源氏の君はいっそ大胆になって、姫に言い寄ることが、だんだん数重《かずかさ》なり、それに比例して、姫はますます憂鬱《ゆううつ》なやるせないお気持になって健康まで害されるようになってしまいました」

「いやな源氏ね！」

鮎子は奮然《ふんぜん》としたような声を出した。

「――ところが世間ではこうして源氏と姫の間がもつれているなどとは、誰れも想像するものはなく、源氏の姫君として、父親の愛情を注がれていると信じているのですから、も

し万一そういう事が知れわたったら、どんなに人の笑われ者になるかと、姫は気が気ではなく、どこまで自分の運命ははかないものかと、思い沈まれるのでした。ことに実父の内大臣にこんな事がわかったら、それでなくても生れてから離れて暮して実父とはいえ愛情の薄い父だけに、源氏と浮名《うきな》を立てられるような娘をどんなにいやがられうとまれるかと、思っても悲しいのでした。

こうした玉鬘の煩悶《はんもん》を知る由もない兵部卿《ひょうぶきょう》の宮や髯黒《ひげくろ》の大将らは、源氏のお気持が、自分らを婿にすることにまんざらでもないようなのを伝え聞いて、なおさら熱心な求婚者となってゆかれるのでした。……この巻はこれでおしまいです」

刀自《とじ》のお講義はこれで終りだった。

梅雨《つゆ》の頃の夜は肌寒い、藤子は立って縁の硝子《がらす》戸を閉めに出ながら庭をみて、

「――昼間はよく白い蝶がこのへん飛んでいますのよ」

といったのは、この巻が紫の上の歌〈はなぞのの胡蝶をさへや下草に秋まつ虫はうとく見るらむ〉から〈胡蝶〉と名づけてあるのから思いついたらしい。

「飛ぶといえば、この次の巻は〈蛍《ほたる》〉ですわね、玉鬘の運命がどう展開するでしょうね」

もっとも熱心なる聴講者で、祖母の湖月抄《こげつしょう》などをわからぬながら持ち出して先走りして読んでいる容子がそう言った。

「箱根へいらしった御両親様はその後おいおいにお疲れがお癒《なお》りでございましょうね」

大貝夫人はお講義が終ったあとの雑談にうつる。

蛍《ほたる》

常夏《とこなつ》

「ほんとうにいつ日本に帰れるかと思うたびに、胸が一枚の板のようになるのでございましたよ」

こう言っているのは、良英《よしひで》夫人の雪子《ゆきこ》だった。

「ほんとうにねえ、さぞ……」

そう思い入れ沢山《たくさん》で答えているのは大貝夫人。ようやく日本へ帰りつくことの出来た良英夫婦は、留守中の家族と対面し、大事にいたわられて箱根に連れてゆかれていたが、間もなくそこからまた鎌倉の家に戻って来たのだった。

「もう暫《しばら》くゆっくり滞在するように姑《はは》や彰《あきら》たちも言ってくれましたが、そうそうこの時世《じせい》に長く温泉などに入ってはいられませんもの、良人《おっと》も生きている間は、これからの日本を盛り上げるためのなんなりとお仕事をしたいと申して居りましてね」

そのためであろうか、良英氏は今日、東京へ出てまだ帰らぬ留守、雪子が、今日は姑君楓刀自《かえでとじ》の源氏のお講義も娘たちと一緒に聴こうというわけで、ここにまかり出ている。

久しぶりで帰った母が、自分たちと一緒に聴講するとあっては、おしゃまの鮎子も、今日は源氏の品行に対する弾劾《だんがい》や批評をつつしんで神妙に大人しくするつもりらしい。

楓刀自は今日は嫁、といっても、もう大きい孫たちの母である雪子という聴講生の控え

ているのを見廻して、

「今日は、雪子さんをゲストにお迎えしましたね」

とにっこりする、孫娘たちは一どに笑い声を立てた。

「ゲストなんて、お祖母《ばあ》様、ずいぶんしゃれたこと御存じなのね、古典文学に通じ、また新時代の舶来《はくらい》語にも通じられて、感心いたします」

鮎子がとたんに母の前であることも忘れてはしゃぎ出す。

「お祖母さんだってそのくらい知ってますよ、ラジオで二十の扉などで、よく言ってるじゃありませんか」

楓刀自は無邪気だった。

そして所謂《いわゆる》そのゲストを迎えての講義が始まった。

蛍

「さてこの巻は〈蛍《ほたる》〉と名づけられています。それはこの中で、源氏が蛍を薄葉《うすよう》に包んだのを玉鬘《たまかずら》の几帳《きちょう》の傍《かたわ》らにさし出すところからつけられたのでしょうね。

玉鬘は仮りにも養父となっている源氏に思いを懸《か》けられていることに悩んでいます。筑《つ》紫《し》にいた時、肥後《ひご》の監《げん》というその地方で勢力のある男に思いをかけられたことがあります。

それとこれとでは比較にはなりませんが、それにしても源氏の君が仮親としての愛情以外に男としての愛情を自分に感じていられるのが心苦しくてなりません。

　母君さえ生きていて下すったらと今更《いまさら》に悲しいのでした。源氏も一度口に出されてからは、かえって思いがまして、あたりに侍女たちの遠のいた時などには玉鬘《たまかずら》をはっとさせるような事を言われますが、それを強《し》いて何にも感じない風にそらしていらっしゃるわけなのです、自分では真面目《まじめ》一方のつもりでも玉鬘は人柄が明るく親しみぶかいのでやはり可《か》憐《れん》な愛嬌《あいきょう》のある御様子は覆《おお》いがたく、兵部卿《ひょうぶきょう》の宮などもだんだん真剣になっていろいろにお口説《くど》きになります――もう少しあなたに近づくことを許して下すったら、自分の思う片端でもお話して慰《なぐさ》めとしたい――などとお書きになった文《ふみ》を、源氏は養父らしく検閲しながら、

〈知らない顔をせずに、ときどきはよい返事をお上げなさい〉

などと進んで返事をかかせようとなさいます。玉鬘も、養父の源氏に恋されてからは、兵部卿の宮の情のこもった文に少しは心をとめるようにもなりました、それは兵部卿の宮とお親しくでもしたら、源氏が諦《あきら》めて下さるかも知れないというような気持なのですが――

　源氏が面白半分に宮をお近づけするようにしたとは知らず、兵部卿の宮は、姫に会えるというので喜んで、その夕べ訪問してまいりました。勿論《もちろん》几帳をへだてて、お取りつぎで

お話なさるのですが、そのあたり心にくいほど香を焚《た》きしめて、座をひき繕《つくろ》い、まことに風情《ふぜい》のあるけはいでした。

侍女の宰相《さいしょう》というのが姫君に代っておとりつぎをすることになっているのですが、源氏はきいていらっしゃるし、恥かしく心臆《おく》して隠れようとするのを源氏は無言で、引張り出していらっしゃいます。

夕闇《ゆうやみ》が濃くなって、しめやかな夜のとばりが下りると、御簾《みす》の中から空焚《そらだ》きの匂《にお》いがたてこめてまいります。それには、源氏の君の衣の匂いも入《い》り交《まじ》っているのでしょう。

兵部卿が姫に語りかける言葉を、源氏の君は興味をもってきいていられました。

玉鬘は源氏の君がついていられるので、それも気にかかり、几帳の蔭にそっと俯《ふ》していられます。

兵部卿の宮がなにか心をこめて長々と言われるのにも御返事がしにくく、ためらっていられる時、源氏の君が、傍へ寄って、几帳の垂《たれ》を一枚分だけ上へ引き上げられたと思うと、ぱっとあたりが薄明るくなりました。玉鬘は吃驚《びっくり》してしまわれました。

俄《にわ》かに自分の姿があらわに照し出されたような気がして、扇で顔を隠される風情がなんともいえず媚《なま》めかしく美しい限りでした。

その明りこそ、燭の灯ではなく、かねてその日、源氏が蛍をたくさん、薄い紙の中に包んだのを隠し持っておられたのを、この時さっと袖《そで》から差し出されたのです。

そして源氏はそのまま、そっとわきの戸口から滑《すべ》り出て帰ってしまわれました。
兵部卿《ひょうぶきょう》は御簾《みす》をへだてて、どの位自分と距離のあるところに、姫がいられるのかわからなかったのですが、思いがけなく今、蛍の光がぱっとさしたので、一間《ひとま》ばかり隔てた几帳《きちょう》の美しい羅《うすもの》を透《すか》して、仄《ほの》かな光りながら、そこに美しい姫の姿をみることが出来て、兵部卿の宮の心にいよいよ恋心がしみつくことになりました。

鳴くこゑもきこえぬ虫の思ひだに
人の消《け》つには消《き》ゆるものかは

〈この気持がおわかりでしょう〉と兵部卿の宮のお声がきこえると、姫も何か返歌をなさらなければなりません、兵部卿の宮のお歌は――鳴くことのない蛍の火すら、人が消そうとしても容易に消ゆるものではない、まして、私の燃ゆる思いがどうして消されましょうぞという意味ですね。そういう歌に対しては、ともかく一刻も早く歌をお返しにならなければなりません。下手上手はともかくとして……

声はせで身をのみこがす蛍こそ
いふよりまさる思ひなるらめ

これはまあ説明もいらないようなお歌で、おわかりになりましょう、そう答えて玉鬘《たまかずら》は奥へ入ってしまわれたので、兵部卿の宮はそういうよそよそしい待遇のお怨《うら》みごとをおっしゃいましたが、しかしあまり長居してしつっこい色好みのようにも思われたくないと、不本意ながら折から五月雨《さみだれ》の軒の雫《しずく》にぬれて、すごすごお帰りになりました。

ほととぎすがきっと鳴いていたでしょうと、原文に書き添えてあります。

さて、兵部卿の宮の男振りのすっきりなすったところは兄君の源氏によく似ておいでになるとおつきの女房たちは褒《ほ》めています。源氏に思いを寄せられて苦しんでいる玉鬘の心中を知らぬ女房たちには源氏の君の昨夜の女親にもまさるようなお心づかいを勿体《もったい》ないことのように言いあっています。

普通の実の親の許《もと》にあって、源氏のこれほどの熱情を受け入れるならば、別に不似合なこともないかも知れぬ、しかし仮りにも父と娘の間柄になっていて恋愛沙汰《ざた》など、どんなに世にも人にも笑われるだろうと玉鬘は心を苦しめているのですが、源氏の方でもまた玉鬘といわば醜関係《しゅうかんけい》を結ぼうとまでは思っていないのです。ただ、この人の性格として、美しい優しい女性には恋心を抑えられなかったのですね。

源氏の君はその後、また玉鬘を訪れて、

〈どうでした、兵部卿はおそくまでいましたか、あんまり近づけすぎてはいけませんよ、

無理強《じ》いにあなたに迫らないとも限りませんからね〉などと、文の返事を書かせたり、会うことをすすめたかと思うと、またこんな事を注意して、どうも活殺自在《かつさつじざい》な身勝手な源氏の君です、しかしその御様子はいつもながら若々しくお洒落《しゃれ》で、幾多《いくた》の女性との恋のもつれを生じさせる匂《にお》いやかなものがまだまだございました。

兵部卿の宮からは早速お文がまいりました。

〈さあ、今日はぜひとも御自分でお書きなさい〉などと、源氏はさっき兵部卿の宮をそしったかと思えば、またそんなことをそそのかしてお出かけになります。

その年の梅雨はいつもより長くつづいて、いつ晴れるとも思えない退屈さに、邸内の女性たちは、絵や小説を写すのに日を暮しています。

明石《あかし》の上《うえ》はそういう才能もすぐれていられて、面白い物語の草紙《そうし》を筆写して——今頃のように印刷でどんどん本が出来ないのですから、面白い物語は、その頃の有閑《ゆうかん》夫人は丁寧《ていねい》に書き写して持っていたものです。明石の上は絵なども趣《おもむ》きのあるように描いて、その一冊を明石の姫君に差上げられます。若い玉鬘《たまかずら》も勿論《もちろん》興味をもって毎日筆写したり読んだりすることに時を費《ついや》していました。そういうお相手をするのに適した若い侍女たちも何人もいました。

今も昔も変らず物語というものは美しく哀れな女の運命がさまざまに描き表わしてある

ものですが、玉鬘はそれを読んで、それらの物語が事実かどうかは知らないけれど、それにしても自分が子供の頃から経験した事実ほど変ったことはかいてないような気がするのでした。

源氏はこの頃どちらへいらしても、小説類がお眼につくので、玉鬘にもそんなお話をなさいます。

つまり、小説の中には善悪や因果応報が書いてあるので、それぞれ心の糧《かて》になるものだという意味でしたが、その小説の話にことよせて、源氏は玉鬘に何か言い寄るような様子をおみせになりますと、玉鬘は衿《えり》の中に顔を埋《うず》めるようにして、〈そんな事をなされば、奇怪な小説になり、世間へも拡がりましょう〉と、消え入るように言われて、源氏がなんと言われても、顔をお上げになりません、そうした姫の黒髪を撫《な》でながら、源氏はつれない姫の心に怨みごとを言われます。

思い余った玉鬘は、源氏の心に一本釘を差すような歌を口ずさまれました。

古き跡《あと》を尋ぬれどげになかりけり
　この世にかかる親の心は

源氏もさすがに気恥かしくそれ以上は手出しは出来ません。まったく、養女に思いをか

ける男親の心など恥じねばなりません。

紫の上もまた姫君のためにとかこつけて物語を集められました。それを小さい明石《あかし》の姫が覗《のぞ》いていられたりするのをみると源氏は、

〈姫の前でこうした男女関係のかかれた小説はよんできかせないように、物語の中の出来ごとをあたりまえのようにとられてはこまるからね〉

などと注意なさっています。御自分はいかに好色でも、実の娘にはそんなに注意を払われるのをきいたら、玉鬘《たまかずら》は怨むでしょうね。

そして源氏は若君の夕霧《ゆうぎり》の中将を紫の上には近づけませんでしたが、明石の姫君のところへは自由に兄弟として出入りさせました。たった二人きりの兄妹として大切に扱われ、自分の死後のためにも、今から二人が慣れ親しんでいた方がいいと思っていられたのです。ですから夕霧はよく明石の姫の雛遊《ひいなあそ》びのお相手をしてお上げになります。それは夕霧に、雲井《くもい》ノ雁《かり》との幼い日の遊びを思い出させます、夕霧は、雲井ノ雁のことは忘れずに、この人以外を妻にと擬《なぞ》らえることはなくいつも思いをこめた手紙を通わされていますが、かつて辛《つら》かった日に雲井ノ雁の父の内大臣に何とか一言詫《わ》びをさせたいと思った事を忘れず、表面はあくまで冷静にしています。

内大臣はその頃大勢の男の子はそれぞれのよい位置にあって安心されていましたが、御娘は少いのに長女の弘徽殿《こきでん》の女御《にょうご》は皇后にとの目的が達せられず、女御のままで、妹の雲

井ノ雁は夕霧との少年少女の恋のために、宮仕えの御希望を失われました。それにつけても思い出されるのは、かつて若い日の自分と契《ちぎ》った夕顔が——わが胤《たね》を宿した女の子を一人生んだ後、行方不明になってしまったことでした。今になってしみじみ、その母と娘を探し求めて会いたいという気がされるのでした。

そしてそのためにある有名な夢占《うらな》いをする男を呼んで、占わせて御覧になると、これが、長いことお忘れになっていたもう一人のお子様がいつの間にか人に養われていて、やがてお会いになりましょうといいました。

内大臣は男の子なら養子ということもあろうが、女の子にそういう事もないだろうと半信半疑でした」

「これで〈蛍の巻〉はざっと終りますが、今夜はどなたも途中で質問もなくどんどん進みましたし、まだ時間もありますから、次の〈常夏《とこなつ》の巻〉までついでにやってしまいましょうか」

みんな異議なく賛成した。ほんとに楓刀自《かえでとじ》の言われるように今日の教室は大人しい、多分三人の姉妹の母君がゲストとなって鎮座《ちんざ》していられるせいかも知れぬ。

常夏

今宵はたいへんスピードが出て、楓刀自《かえでとじ》は一夜のうちに、〈常夏《とこなつ》の巻〉にお講義をすすめることになった。

「季節はだいぶ暑くなって、その蟬《せみ》の声の聞える庭を前に源氏は釣殿《つりどの》で涼《すず》んでいらっしゃいました。夕霧《ゆうぎり》を初め親しい若殿原《わかとのばら》などもいて、眼の前で、桂川《かつらがわ》の鮎《あゆ》とか賀茂川《かもがわ》の石伏《いしぶし》というはぜに似たような魚などを料理させて召上るのです。それに氷水《ひみず》といって氷を浮かした水、いわばアイスウォーターですね」

くすくすと一座に笑い声が起きる、楓刀自が英語の名称を使うとてもおかしくなるらしい。

だが刀自はすましている。

「それから水飯《すいはん》と申しましてね、これは炊《た》きたての御飯を冷たい水に漬けて、お茶漬けでなく水漬けの御飯です、そういう涼しげなものは食慾が出るとみえ、若殿原も喜んで食べています。

その一座で話題になったのは、内大臣が〈蛍の巻〉で申上げたように、占いをおさせになった結果、御自分のよそで生ませた娘が、外に養われているというので、それを気にな

すっていらっしゃる時、〈近江《おうみ》の君〉という娘が内大臣の落し胤《だね》だとわかって邸内に引取られたというのですが、その娘が器量はともかくなんの教育もたしなみもないので、内大臣は引取ってはみたものの、その落胤《らくいん》の姫の始末に困っていられるという噂さでした。

そうした話をおききになって源氏は、やはり内大臣の落胤には違いないあの美しい玉鬘《たまかずら》をふいに内大臣に会わせたならば、これはまたどんなに狂喜して大切になさることだろうなどと想像されるのでした。

やがて夕風が涼しくなって源氏が西の対《たい》の玉鬘を訪ねようとなさると若殿たちもぞろぞろとお見送りながらついてきました。

〈この夏の夕方を姫も少しは引籠《ひきこも》らずに外に出て御覧なさい〉とおすすめになりながら源氏は姫にそっとささやかれました。

〈夕霧や若い侍従たちも一緒に来ているのですよ、みんなここに近寄りたいと思っているが夕霧がきまじめで若い人たちをここには入れないのです。あの人達は大抵みなあなたに心を寄せているのですよ〉何かにつけて、玉鬘をおだてるようなことをよく言われる源氏です。

さて若い公達《きんだち》は源氏のように自由に玉鬘の傍に行って言葉を掛けられませんから、その前の庭のあたりをさまよっています。

そこには、いろいろな草花を混ぜて植えるようなことはせず、ただ美しい色をした撫子《なでしこ》

ばかりを、唐《から》のと大和《やまと》のとことさら美しいのばかりを選んで低い垣根に添えて咲きみだれたところへ今、夕日があたっています。

玉鬘《たまかずら》の心を手折《たお》れないように、この花もむやみと摘むことも出来ない、若い公子達は佇《たたず》んでその花を眺《なが》めたりしています。

源氏はそうした若殿原《わかとのばら》の中でもことさら秀《ひい》でてみえる夕霧の姿を見やりながら、内大臣がわが娘の雲井《くもい》ノ雁《かり》を夕霧にたやすく許そうとしなかったことなどを、玉鬘に告げられます。

玉鬘はそれをきくにつけ、実父の内大臣と、養い親の源氏との間にはそんないきさつがあったのか、それではなかなか父娘の対面もむずかしいだろうと悲観せずにはいられません。

まだ月の出ぬ頃なので燈籠《とうろう》に火が入れられます。源氏はそれを眺《なが》めて、燈籠の火は近くて暑くるしい、いっそ篝火《かがりび》を焚《た》かせようとお言いつけになります。

折から玉鬘の許《もと》に和琴《わごん》があるのを引き寄せられて、

〈おや、こうした楽器にはあまり、興味をお持ちにならないのかと思ったらお好きなのですね。秋の月夜などに虫の音《ね》に合わせて掻《か》き鳴らすのもなかなかいいものです、この、和琴の名手は今内大臣が一番です〉

と言われると、玉鬘は、和琴の名手ときくわがまことの父がひとしおなつかしく、いつ

になったら、父娘の対面をして父の弾く和琴の音がきけるかと思われるのでした。

源氏の君はそれを引き寄せると催馬楽《さいばら》の――ぬき河の瀬々のやはら手枕、やはらかにぬる夜はなくて、親避くる妻――という、その〈親避くる妻〉というところを、わざわざ微笑を浮べながら、掻き鳴らしていられます。つまり源氏の意に従わぬ玉鬘にかるくあてこすりをなさっているわけですね。

和琴は筑紫《つくし》にいられた頃、京の者だと名乗る女にわずかに教えられたばかりですから玉鬘はあまり自信がないのですが、源氏の君の弾かれるのをききながら、少しその音を耳に覚えようとつい傍近くへも寄られました。

〈どんな風が吹き添《そ》うて、こんな美しい音色がするのでしょう〉と灯影《ほかげ》に首を傾《かし》げられた美しい様子に、源氏の君は思わず和琴を押しやられました。玉鬘は失望しましたが、女房共が近くにいるので今宵は、例の冗談もおっしゃいません。

〈この美しい生きた撫子《なでしこ》をみることが出来ずに若い人達は行ってしまったようです。どうかして内大臣にも早くこの美しい花園をおみせしたいものだ、ずっと若い折に内大臣があなたという子のある事を話されたことがあったのは、つい昨日のような気もします。私はあなたのお母さんとの恋のいきさつで疚《やま》しいことがあって、つい、今のあなたの事も報告して上げることが遅れているのです〉と言われました。源氏の心中は事実そうだったでしょうね、昔、内大臣の話されたというのは例の雨夜《あまよ》の品定《しなさだ》めの折の話なのです。

玉鬘《たまかずら》はそんな事をきくとつい涙が出ます。

山がつの垣ほにおひし撫子の
　もとの根ざしをたれか尋ねむ

はかない思いをこめて言われる御様子は憂《うれ》いを含んだ中にも若々しくたおやかな姿でした。そうした姿を見るにつけ源氏の姫への恋心は苦しいほどに募るのでした。

さりとてこの姫の許へあまりにしげく出入りすることは、いかに養い親とはいえ人眼もあり心も咎《とが》めます。それでも何とか用事をつくっては手紙だけはお届けになります。

源氏の君も御自分のそうした心をどうすることも出来ないのです。自分の心のままに行動したら世間の非難は免《まぬが》れないだろうし自分はよいとしても玉鬘にそれでは気の毒だ、また自分に、紫の上という一番愛している夫人のある以上、第二の妻というのでは玉鬘は幸福ではあるまい、玉鬘のために、自分の邪《よこしま》な恋を思い切って弟宮の兵部卿《ひょうぶきょう》か或《あるい》はやはり姫に恋慕しているあの髯黒《ひげくろ》の大将かに許してやったら——いっそほかの男のものとなったら自分も諦《あきら》めることが出来るかも知れないなどと考えていられるくせに、やはり、しげしげと玉鬘の姿を見に行かれ、和琴《わごん》を教えるのをかこつけに傍に近寄ったりしては、その決心していたことも崩れてしまうのでした。

さて、玉鬘の君は最初この養い親の恋が恐ろしくうとましくてならなかったのですが、その後の、源氏の御様子には別段にそんなに手強《てごわ》い押しつけがましい振舞もなさそうなので、この頃ではその不安もだいぶ去って、前よりは、はきはきと御返事もなさり、狎《な》れすぎない範囲で、やや打解けていらしったので、そのたおやかな愛嬌《あいきょう》のまざった匂《にお》いやかな姿に、源氏はまたかえって、思い切ることが出来なくなられてしまうのです。

ここにお話変って、内大臣は御自分の落胤《らくいん》の姫、近江《おうみ》の君のことを源氏が噂されていたということを若君たちから聞かれると笑って、

〈あすこにも今まで噂さにも上らなかった外腹の姫をどこからか引き取って大事にされているそうではないか、しかしもしかするとそれは御自分のほんとうのお子ではないかも知れんね――〉

まさか、それがわが実の娘の玉鬘とはつゆ知らぬ身でしたから。

〈だがそれにしてもその姫にはだれが婿《むこ》になるのかね、兵部卿の宮が御熱心だそうだが〉

などと言っていられるうちに、内大臣は雲井《くもい》ノ雁《かり》のことが残念に思われてくるのでした。やがて妃の宮にという望みを裏切られて夕霧と噂さの立ったこと、夕霧が今一段立派な官についてからでなければとても許せない、源氏が頭を下げてでもお頼みになればともかくと思っているのですが、向うでは一向に素知らぬ風なのも口惜しい、いろいろ考えているうちに内大臣はふいに雲井ノ雁を訪ねたい気持になって、子息《しそく》の少将と一緒に、その居間

を訪ねてゆかれると、暑い日のせいだったでしょう雲井《くもい》ノ雁《かり》は昼寝をしていられました、といって、いぎたない寝姿ではなく、薄物《うすもの》の単《ひとえ》をはおって横たわられた小柄な姿は爽《さわ》やかに涼《すず》しげでした。

父が扇子《せんす》を鳴らして入った音に驚ろいて眼を覚した様子など父の眼にも美しいものでしたが、

〈うたたねをしてはいけませんね、女というものは始終自分を守る心がなければいけない――〉

などと父親らしく教訓しましたが、この美しい雲井ノ雁をみるにつけても、あの北の対《たい》に住ませてある引取ったばかりの近江《おうみ》の君のことが気にかかります。気に入らないからと今になって追い返すわけにもゆかず、どうしたものかと心配されます、いっそ長女の弘徽《こき》殿《でん》の女御《にょうご》の許《もと》に預けて仕込んで貰《もら》おうと思いつき、大臣は女御にお頼みになりますと、快く引き受けて、

〈私はそんなにつまらない娘とは思いません、邸《やしき》に引取られてまだ心が落着かないのでしょう〉

と、女御は寛大な御態度でした。

大臣は女御の快諾《かいだく》を得たので、その足で近江の君の許へ行って覗《のぞ》いてみると、近江の君は生意気な若女房と、双六《すごろく》を夢中でやっています。

両手をすりすり賽《さい》を撒《ま》くときのお呪《まじな》いを早口で、見栄《みえ》もなく称《とな》えているのをみるといやな気がします。その姫の容貌《ようぼう》はそう悪くはないのですが、いかにも頓狂《とんきょう》で早口で挙動にも粗雑な点があるのですが、その顔はまぎれもなく内大臣に似ているのですから仕方がありません。

〈此方《こちら》で暮すようになってから何か困ることはありませんか、あまり訪ねても来られないけど〉と大臣がしかつめらしく言われると、近江の君は無邪気に、

〈いえ、もったいないほど、お目をかけて戴《いただ》いて何事も不足はありません、ただ父上のお顔をみられないのが物足りないだけでございます。いっそ私をお傍で、女房たちの一人としてお召使いになって下さいませんか、父上の便器の始末だって、私致します〉

大臣は苦笑して、

〈そんな事は、あなたには似つかわしくない、しかしそんなに私に孝行してくれる心があるのなら、もう少し物の言い方を静かに上品にしてくれれば、私の命も延びる〉

と、おどけたところもある大臣でした。

〈私は生れつきこうなんですの、小さい時、母も心配して溜息《ためいき》をついていました〉

と、しょげています。行儀作法をしつけて貰うために女御が家に帰って居られる間はそこへ伺《うかが》うようにとおっしゃりながら、わが娘ながらお立派な女御の許へこの娘をやるのは恥しいと思われるのでした。

近江《おうみ》の君ももともと頭は悪くないのですが、極めて下層の家で育てられたせいで、物の言いようも落着かず典雅なところがちっともないのです、しかし三十一文字《みそひともじ》を初めと終りの意味の通じないようなものながら早速に作ってみせるくらいの才はあるのですから、これからお世話になる女御《にょうご》に誼《よしみ》を通ずるつもりだったでしょう、歌を差上げました。

草若みひたちの海のいかが崎
　いかで相みむ田子の浦波

これは枕言葉をぬけば、私如《ごと》きものがどうして女御におめにかかれましょうという意味です。漢字を多くまぜて書いてあるのですが、気取ったわりに一行一行が倒れそうな字でした。

女御の侍女が代って返事をかいて、早く此方《こちら》にいらっしゃいという意味の歌を贈ってきました。

近江の君はその返歌をみて、お上手な歌だことといって、それから行く支度《したく》のために、甘い香を衣に焚《た》き込んだり、紅《べに》をつけたり、髪に手入れをしたりお洒落《しゃれ》に一生懸命です。さて女御との対面はどんな風に発展してゆくでしょうか。これで、〈常夏《とこなつ》〉は終りです。

今日は何しろ皆さん、大人しかったですねえ、居眠りをしていらしったんじゃありません

か」

と囲りを見廻されたが、そうでもなさそうだった。もう蚊《か》が出て藤子の焚いた蚊遣火《かやりび》の煙もうすれて、夜はさすがに更けているようだった。

篝火《かがりび》

野分《のわき》

どうしても源氏物語の講義は、高倉一家でもつい御婦人だけになってしまう。

良英氏と彰は今夜は久しぶりに舅《しゅうと》と婿《むこ》で碁《ご》を始めてしまった。——源氏のように、一人の男がたくさんの女にもてて、騒がれる物語などは、この二人の男性はいまさら聞いても仕方がないらしく、それよりも碁盤の上に黒白の石を争う方が面白いのだろう。

楓刀《かえでと》自《じ》は、夏はかえって元気である。古い上布《じょうふ》の紺がいい色になったのに白い襦袢《じゅばん》が透けて、まことに清潔で、すがすがしいお年寄りである。

藤子は三島菊のいい柄の浴衣《ゆかた》、大貝夫人も浴衣で容子と鮎子は湯上り用の浴衣代りのワンピースで素足で失礼している。

それにしても、源氏物語の十二単《ひとえ》や男の衣《い》冠束帯《かんそくたい》の絵をみるにつけ、たとえ地は麻にしたって、夏はさぞ暑苦しかったろう、それともその頃の日本はこんなに暑くはなかったのだろうかなどと大貝夫人は考えている。

第一女のあの長い垂髪《たれがみ》などさぞ暑くるしいだろうと同情する。

だから大宮人《おおみやびと》は御簾《みす》の中に、なんにもしないでじっとしていて、ただ恋愛ばかりして暮していたのだろうか……。

篝火

「今夜は〈篝火《かがりび》の巻〉です、これは短いから簡単ですよ」

と前置きして、

「内大臣に引取られた今姫君——あの近江《おうみ》の君という御落胤《ごらくいん》が、あまり見映《みば》えのしない、そしてお行儀も悪いので内大臣が、がっかりされているというもっぱらの噂《うわさ》を聞くにつけ、玉鬘《たまかずら》は、自分が源氏の邸《やしき》に引取られて、大事にされていることを仕合せに思わないわけにはゆきません。ただ困ることは、源氏が、養父の境を越えて、自分に恋愛の心のあることですが、しかしそれとても無理矢理にそれを押通そうというのではないことはわかり、どこまでも優しく親切にされるので、玉鬘も今ではやや安心して、前よりは源氏に打解けて居ります。

その頃、初秋の風の立ちそめる気候でしたので、源氏の君は、その風に誘われたかのようによく玉鬘の許《もと》を訪れて日を暮していられることがあり、琴などを教えたりしていらっしゃいます。

その夕べも琴を枕にお二人はうたたねをしていらっしゃいましたが、それはただほんとに、うたたねというのにすぎないので、その証拠には源氏は物足りない気持で吐息して、さすがに更《ふ》けすぎないうちに帰ろうとなさるとき、庭の篝火《かがりび》が消えかかっているのに気付

き、
〈月がない時の、明るくない庭というものは殺風景だからね〉
と、篝火を絶やさぬようにお命じになります。
涼《すず》しい流れのほとりの木の下に篝火は燃えはじめ、此方《こちら》には丁度《ちょうど》涼しいほどの明りがさして、玉鬘《たまかずら》の美しさが浮き出すよう、黒髪の冷たい手触りも艶《えん》で、つつましい女の様子の可憐《かれん》さに源氏はまたしても帰りたくなくなるのでした。

篝火にたちそふ恋のけぶりこそ
世には絶えせぬほのほなりけれ

あなたに対する恋心は、篝火にたちそう煙のように胸にくすぶっています——と歎《なげ》いて源氏はその一首をくちずさまれます。やはり何かに托《たく》しては、玉鬘を娘としてでなく、女として恋していらっしゃることを仄《ほの》めかさずにはいらっしゃれないのでしょう。

けれども玉鬘からいえば、そんな篝火の煙のような自分に対する恋心は、一刻も早く消して戴《いただ》きたいといわぬばかりの御返歌です。

玉鬘は、父としては有難《ありがた》い源氏ですが、恋の相手としては、人倫の立場から困るのですから——。

源氏もこうなるとなんとなくきまりが悪く、思い切って立ち上って姫の部屋からお出になろうとする時、笛の音が聞えてまいりました。

〈上手な笛の音だ、あれは頭《とう》の中将《ちゆうじよう》にちがいない〉

と源氏はささやかれます。今、頭の中将といわれるのは内大臣の子息の柏木《かしわぎ》、中将の夕《ゆう》霧《ぎり》といつも一緒のグループで、きょうもそこに琴や笛を合せているのでした。柏木は、玉鬘を異母兄妹とは知らず、その恋をせめて音楽に托して吹き鳴らしているのでしょう。

ともかく玉鬘はたいへんです。源氏には恋され、若い公達《きんだち》にはさわがれ、篝火よ、笛の音よと、もの思いの多いことです、それでこの巻はおしまいです」

「簡単でいいわ、かえってはっきり頭に入るのね、長いとごたごたして私困るわ」

これは鮎子の正直な告白である。

「ほんとに左様《さよう》でございますよ」

大貝夫人がわが意を得たようにうなずく。

楓《かえで》刀自《とじ》も、なるほどというように合点《がてん》して、

「ではこれから出来るだけ私も簡潔に粗筋《あらすじ》をお話して、なるべくその雰囲気を失わないように気をつけましょうね、それはくどくどというよりかえって難しい仕事ですが――」

「お祖母《ばあ》様は頭がいいから大丈夫！」

鮎子はおだてて、楓刀自を苦笑させた。

野　分

「中宮はその秋、六条院のお里方にさがっていられました。そこは源氏の邸内でかつては中宮の母君六条の御息所《みやすどころ》のお住いの跡です。

この中宮は物語の中で秋好中宮《あきこのむちゅうぐう》と名づけられているだけに、そのお庭はすべて秋の季節をもっともよしとして作られて居ります。折から秋草がさまざまの種類に咲いて、朝露夕露の葉《は》末《ずえ》に宿る有様《ありさま》はえもいわれぬ眺《なが》めでした。

そうしたお庭のせいもあってでしょう、ついつい中宮は、お里方の滞在が永《なが》びくのでした。

ところが、その年の野《の》分《わき》はことさら烈《はげ》しい風でございました。この巻の原文に〈野分例の年よりもおどろおどろしく――〉と書いてございます。

この野分が秋草のお庭を烈しく吹き荒して小《こ》萩《はぎ》の枝など、髪ふりみだしたように倒れ伏してゆくのを御覧になって中宮は、はらはらなさるばかり、といって日の暮れるに従って、風に虐《しいた》げられる草木の姿も見えず、御《み》格子《こうし》下して、外の風の音だけを聞いていらっしゃるのもお心痛むことなのでした。

しかし、それは中宮のお庭ばかりでなく、源氏と紫《むらさき》の上《うえ》の住む南の御殿の方も同じことでした。

枝が折られて露もとまらぬ庭の秋草を、紫の上も端近く出て眺めていらっしゃいました。丁度《ちょうど》その時源氏は、明石《あかし》姫のお部屋の方に行っていらしったのですが、夕霧《ゆうぎり》の中将が父の許《もと》に風のお見舞にいらしって、東の渡殿《わたどの》から妻戸《つまど》のあいた方を何心なく御覧になると、女房達の大ぜいいるのがみえました。

いつも室内に巡《めぐ》らしてある美しい屏風几帳《びょうぶきちょう》などが、烈しい野分の風に吹き倒されぬように片づけてあったので、内部の方までよく見えたのです。

そのために夕霧は、そこにいられる一人の美しいまことに﨟《ろう》たけた女性を初めて御覧になりました。その女人はまことに気品高く、ほのぼのと周囲に匂《にお》いのたつような美しさでした。春の霞《かすみ》の中に咲きみだれた樺桜《かばざくら》――薄紅《うすべに》の花、朱桜とも申しますが、そのような美しさだと若い夕霧には思われたのです。

夕霧には、それがわが生母葵《あおい》の上の亡き後、父のもった後妻、自分にとっては継母の紫の上だと思い当りました。若い綺麗《きれい》な女房達もたくさんいるのですが、とてもそれとは比べものにもならない際立《きわだ》った美しさです。父がこのひとを自分についぞ見せずにこうして隔てておかれたのは、男が見てとても平静ではいられないようなこの美貌《びぼう》の継母に、わが息子が恋ごころを起してはという父の用意周到さであったと思うと、こうしてひそかに物

蔭からそのひとを垣間《かいま》見ている疚《やま》しさに夕霧《ゆうぎり》は立ち去ろうといたします」

と、楓刀自《かえでとじ》が一息つくと、大貝夫人は例のごとく感動の声をあげた。

「さすがに源氏は、御自分の若い日の、藤壺《ふじつぼ》への恋の経験でそう御用心されたのでしょうね」

「そうでしょうね」

と楓刀自はかるく応酬《おうしゅう》されて、先へ話を進める。

「そして夕霧が立ち去ろうとする時、突然源氏が向うの襖《ふすま》をあけてその座敷へ入って来られました。

〈格子《こうし》を下した方がよいね、家来たちも出入りするからこれではむき出しすぎる〉

などといっていられるのが聞えたので夕霧はまた元のところから覗《のぞ》いてみました。紫の上と微笑しながら話していらっしゃるところは、親という気のせぬほど源氏はまだ若く美しく男盛りとみえ、女もまた美しさの盛りの、一点の不足もない有様を夕霧は身に沁《し》むように感じたのですが、何しろ見《み》咎《とが》められそうで怖ろしくて、そっと身を退けると、さも今来たように咳払《せきばら》いなどしながら、縁の方に姿を現わしました。

〈中将はどこから来たの〉

と父に問われて、

〈今まで祖母君の三条の宮に居りましたがあまり風が強くなるので心配で、此方《こちら》へお見舞

にまいりました、祖母君ももう子供のように物怖《ものおそ》れをなさいますから、またあちらへ帰ろうと思います〉

夕霧の中将は、律儀《りちぎ》な貴公子で母方の三条の祖母宮と六条院の父君に御機嫌伺《うかが》いを欠くことはなく、特別の時以外はどんなに忙しくてもまず六条院の父君の前に出て、三条の宮から出仕するというように、きちんとする方で、こんな悪天候の中をも苦労にせずにいらしったのです。

源氏も同意して、その風に怯《おび》える祖母君へのお見舞をことづけられます。

三条の大宮は夕霧の姿をみて喜ばれ、〈年寄の私が、まだ見たことのないひどい野分《のわき》ですよ〉などと、まだ慄《ふる》えていらっしゃいます。大木の折れる音などもものの凄《すご》く聞え、屋根の瓦《かわら》なども飛んだというのですから、それは現代でいえば秋によく日本に上陸する颱風《たいふう》第何号というのが来たに相違ありませんね、けれどもその頃は気象台もないし、ただ〈野分の風〉で片づけていたのでしょう。

いうまでもなく〈野分〉とは歳時記《さいじき》にもありますが、秋に吹く大風のことです。

夜通し吹きつづける風に眠られぬ夕霧は、今日風の中で隙見《すきみ》した継母の面影《おもかげ》がともすれば胸に浮ぶのでした。自分が今まで見た美女の中でも一きわすぐれていられると思われ、ああいう妻を持ちながら、なお、花散里《はなちるさと》のような方のことも見捨てることなく世話されている父のいい性格を発見された気もします。父の源氏の若い時代などと違って夕霧の中将

は真面目《まじめ》な方だけに、父の若い後妻の夫人に恋をしかけるような大それたことは考えられませんでしたが、ただ自分もあのような美しい夫人を持ちたいという望みは抱かれました。その時だけは紫の上の美しさが若い中将の上に覆《おお》いかぶさって、幼馴染《おさななじみ》の雲井《くもい》ノ雁《かり》のことが一時薄れたような気さえいたします。

夕霧が紫の上を初めてかいまみて、それに心を囚《とら》われていた夜の暁方《あけがた》には、風が少ししめって村雨《むらさめ》ともいうような風を交《まじ》えた雨になりました。

六条院では離れた建物が倒壊したというような知らせをきいて、自分の母代りの花散里《はなちるさと》などもさぞ心細がっているだろうと同情して、まだ夜の明け切らぬうちに中将は、昨夕宿った三条の邸《やしき》から、風雨の見舞に出かけられました。

その乗物に横しぶきに冷たい雨がふり込んで空の色ももの凄《すご》い道を行きながら、夕霧は美しい継母を見てまた新たなもの思いの加わったような自分に苦しんでいます。

六条院へつくなり花散里をたずねました。もの凄い暴風雨に怯《おび》えていた花散里をいろいろに慰《なぐさ》めてから、家司《けいし》を呼んで破損した個所の修理を命じたりして、父の御殿の方に廻ります。

　まだ人の起き出た様子もないので、父の寝殿の前の欄干《らんかん》に依《よ》りかかって荒れた庭を眺《なが》めると、くさむらは乱れ、木の枝は折れ、檜皮《ひはだ》や瓦《かわら》が飛び散り、柴垣《しばがき》や透垣《すいがい》などが無数に倒れているもの凄い有様は、感じやすくなっている若い中将の心に涙を催《もよお》させます。それを

まぎらすように咳払いなどしたのをきいて、父の源氏が夕霧が来ているようだと起き出された様子で、夫人の紫の上になにか言っていられる声や笑い声なども聞えてきました。あまり傍近くにいることを憚《はばか》って少し身を退《ひ》かれたところへ、源氏が手ずから御格子をあけて出て来られました。

〈お見舞に行ってあげて大宮はお喜びだったろうね〉と、三条の邸の様子をきかれます。

〈はい、お年を召してなんでもないことに感じ易《やす》くなっていられてお気の毒です〉と言われると、

〈もう老先は長くいらっしゃらないのだから、誠意をこめてお仕えなさい〉

などと、源氏は父親らしく訓戒《くんかい》なさいます。わが息子が亡母の母君へ孫として仕えることは喜ばしいことでしたから。

〈昨夕の大風に中宮のお附きの役人達は皆来ていたろうか、心配だ〉

と、やがて源氏は中将を中宮の方にお見舞にお遣《つかわ》しになります。

廊を通って中宮の御殿の方へ出て行く若い中将の朝の姿を、わが子ながら上品に成長したものだと、源氏は頼もしげに見送っていられます。

中宮の御殿では、雨のあがった風の後の庭に、中宮にお仕えする可愛《かわい》い童女たちが降り立って、虫籠《むしかご》の虫に、秋草のしとどに濡《ぬ》れた露《つゆ》をやって居ります。

紫苑色《しおんいろ》、撫子色《なでしこいろ》などの衣を着た可憐《かれん》な童女たちが四五人ずつあちこちにかたまって露の

くさむらに虫籠を持って歩いている姿、風で折れた撫子の枝などを取っている姿など可愛い風景でした。そして、お座敷を吹きぬけてくる風は香《こう》の匂いを含んでいます。暴風雨をよそに、なんという貴女《きじょ》の生活の風雅さと、心にくいばかりで中将はいきなりその中へ入りにくいように佇《たたず》んでいられましたが、やがて静かに入ってゆきました。夕霧が少年の頃、中宮の御《ご》入内《じゅだい》の折に供奉《ぐぶ》したことがあり、ここの女房達は中将に親しみを持っています。

源氏の御《ご》挨拶《あいさつ》を申上げてから、知合の女房たちとしばらくお話していますと、さすがに中宮のお住いだけは、どこよりも高貴な雰囲気が感じられてすがすがしゅうございます。しかしその中にいても、夕霧は、昨日以来の悩ましさを忘れることができません。

帰ってくると、源氏の南御殿はすっかり格子《こうし》が上げられていました。その階段のところへ行って夕霧は中宮の御返事を申し上げます。

源氏からのお見舞を戴《いただ》いて、初めて中宮は御安心なすったようだと……。

〈お気弱い中宮がさぞ恐ろしがられていたことだろう、私が行かなくて不親切に思召《おぼしめ》されたろう〉

と、源氏もすぐ御自分でお訪ねなさることになりました。

そのお支度に御簾《みす》を引上げて入られる時、その中にちらと仄《ほの》かにみえた衣の端はまさしく紫の上であろうと思われると夕霧の胸はまたとどろくのでした。義母をみてこんな風で

は困ると中将は眼を庭の方にそらされました。

源氏が身支度を整のえて御簾からふたたび出ようとなさるとき、夕霧が気づかぬ風に外を眺めている姿に、はっとなにかを感じられた源氏はまた部屋の内に引返し、紫の上に、

〈昨日の風の騒ぎの中で、妻戸《つまど》が開いていて、夕霧はあなたの姿を見たのにちがいない〉

といわれました。

紫の上は、若君にわが妻の姿をみせたくない源氏のお心がわかってうす紅《あか》くなって、

〈でもべつにそんな足音はききませんでした〉

と答えていられます。

源氏はまだなんとなく気《き》懸《がか》りの御様子で、

〈しかし疑わしい――〉とおっしゃりながら、でも夕霧をお供に中宮の御殿に行かれました。

そこからはまた明石《あかし》の上《うえ》のお住いに廻られます。

そこには別に男手はなくて、下仕《しもづか》えの女中たちが出て、風にみだれた草庭の始末をしていました。ここでも童女たちが可《か》愛《わい》い姿で明石の上の好きな朝顔や龍胆《りんどう》の倒れたのを起したりしております。

明石はその縁近く出ていましたが、源氏の俄《にわ》かのお成りに、ふだん着の上に小袿《こうちぎ》をはおってお迎えしました。殿上人《てんじょうびと》と明石の浦育ちのわが身分のちがいを知って今でも源氏

に畏《かしこま》って敬意を示すのもこの人らしい嗜《たしな》みです。

源氏が淡々と、暴風雨の見舞だけをいって、あっさりとお帰りになるのを明石《あかし》は怨《うら》めしいとお思いになって、

おほかたの荻《をぎ》の葉すぐる風のおとも
うき身一つに沁《し》むここちして

荻の葉の上をすぎる風の音さえ身にしみるのに、その風もわからぬように過ぎてゆかれる源氏のお心の冷淡さがしみじみと悲しいという意味をお洩《も》らしになりました。

源氏はそれから玉鬘《たまかずら》の方へ行かれました。

ここでは昨夜の風と雨におびえてろくろく眠れずにやっと暁方《あけがた》にうとうとした玉鬘が、今、鏡に向ったところでした。

源氏はお供の御家来に仰々《ぎょうぎょう》しく先払いなどさせずにそっと入って行かれました。

屏風なども片よせた座敷に、暴風雨のあとの濃くなった秋日の華《はな》やかに差し込んだところにこれだけは暴風雨に傷《いた》むこともなく、ことにあざやかに美しく玉鬘が坐っています、

源氏は傍近くよって、暴風雨のお見舞も、ここでは例の恋の仄《ほの》めかしとなるのでした。

〈そんなに困ったことばかりおっしゃるので、私は暴風雨にまぎれてどこかへ行ってしま

いたくも存じました〉と、玉鬘は折角《せっかく》のお見舞にもむつかりますが、源氏は怒りもせずにかえって面白そうに笑って、〈風のままに吹かれてどこかへ行ってしまおうなどとは少し軽々しい、さてはどこかに行きたいところがあるのですね、あなたもおいおい自分の気持をはっきり現わすようになりましたね〉

といわれると、自分ながら誤解されそうなことを言ったものだと笑ってしまうその玉鬘の顔の色が明るく華やかで、ふっくらと美しいのです。眼許《めもと》があまりに愛嬌《あいきょう》のありすぎることが欠点だと源氏が思われたくらいですから、今でいえばかえって、それは魅力だったでしょう。

夕霧《ゆうぎり》はその二人の親しげな声をもれ聞いて自分の異母姉と信じている玉鬘の顔を御簾《みす》越しでなくはっきりと見たいものだと好奇心が起って、風にみだれがちになっている御簾の端をちょっと上げて覗《のぞ》いてみると、ここもあの暴風雨のためにすっかり屛風や几帳を片づけてあったのでよく見通せるのです。

そこに夕霧は不思議な光景を見たのです。

もう抱きかかえて愛撫《あいぶ》する子供という年齢ではない玉鬘を傍近く引き寄せて源氏は、父と娘ではないような戯《たわむ》れ方をしているではありませんか。

玉鬘も困ったような風ではあってもさすがに物柔かく寄り添っているところをみると、その馴々《なれなれ》しい場面はいつものことに相違ないと、夕霧は〈あなうとまし〉と寒気のするよ

うな気持になりました。どういうわけなのでしょう、父の好色な性格は、小さい時から手許で育ったのではないと実の娘にもそんな気持になられるのであろうか、しかし実際玉鬘は、母が違うのだと思えば自分だとて心が動くかも知れないほどの美貌です。とはいっても昨日垣間《かいま》見た紫の上には劣るかも知れませんが、見ている者が微笑《ほほえ》ましくなるような華やかな美しさは同じほどです。

丁度《ちょうど》、八重《やえ》山吹《やまぶき》が咲きみだれた盛りに露を帯びたような姿だと、玉鬘を、夕霧《ゆうぎり》の中将は花にたとえました。

たれも女房たちがお傍へ来ぬ間、二人は親しげにささやき合っていましたが、どうしたのか不意に真面目になって源氏は立ち上りました。近くにいたことを知られまいとして夕霧はそこを遠ざかりました。

やがて源氏は東の花散里《はなちるさと》の方へもお寄りになります。彼女はもう暴風雨は忘れたように老いた侍女たちと裁物《たちもの》を部屋に拡げていました。綺麗《きれい》に染めた朽葉《くちば》色《いろ》の薄物《うすもの》、淡紫の仕上げのよい絹など散らして、縫っているのは夕霧の下襲《したがさ》ねで、なかなかよい見立てなので、

〈これは中将に着せたら、よく似合うでしょう〉

などと源氏は愛嬌《あいきょう》をいって、さっさと帰られます。こうして多情仏心《たじょうぶっしん》の源氏が面倒な夫《ふ》人連《じんれん》への暴風見舞をすます間、お供をして歩いてくさくさした夕霧は、やっと解放されて小さい妹の明石《あかし》姫《ひめ》のお部屋を見舞われました。すると乳母《めのと》が出て来て、

〈まだ御寝室にいらっしゃるのですよ、なにしろ怖がっていらしって、今朝はまだお起きになれないのです〉とお話します。

〈実に驚ろいた天候でしたね、此方《こちら》で昨夕宿直《とのい》をして差し上げたかったが、お年寄の大宮様が心細がっていらっしゃるので彼方《あちら》へ行って上げたものですから――さぞお雛様《ひなさま》のような姫の御殿は騒ぎだったでしょう〉

〈それはもう、扇の風とちがって、あの風にはみな驚ろいて困りました〉

と女房たちも口々に言います、姫を待つ間、夕霧はさるところへ文《ふみ》を書くつもりで、

〈何か紙はありませんか、それに硯《すずり》も貸して下さい〉

中将は明石姫の部屋ではさまで遠慮をせずに振舞われました。誰に贈られるのか歌を案じ文を書いていられるこの源氏の若君である美貌の貴公子の思われ人は誰れかと気をもむ若い侍女たちもいたようです。

そこへ明石姫がお帰りだというので女房達がざわめいて几帳《きちょう》を直したりしています。

中将はここでも明石姫を花にたとえて藤の花とされました。

紫の上が朱桜、玉鬘が露を帯びた山吹、そして明石姫は藤の花のような気がしたのです。

美しい継母、あでやかな異母姉妹、この花のような人たちを見たいだけ見ていられたらと思われるのですが、この邸では御簾《みす》越しにわずかに語るだけ、母、姉妹といっても不自然な生活でした。

夕霧はまた祖母のいられる三条の邸《やしき》へ戻ると、祖母の大宮は仏前の勤めをしておられました。そこにも若いきれいな侍女達はいるのですが、父の邸の夫人達の手許《てもと》に仕えている人達からみれば、華やかさが劣っているようで、かえって顔立ちのよい尼女房の墨染《すみぞめ》の衣を着ている方がふさわしい邸内の空気でした。

そこへ内大臣も暴風雨のお見舞に母君の大宮の許へ来られ、灯《ひとも》し頃をゆっくりと物語っていられます。

〈姫に長く逢《あ》いませんがどうして居りますか〉

大宮は手許にお育てになった雲井《くもい》ノ雁《かり》を連れてゆかれてしまってからそれを案じていられるのです。

〈近い中《うち》に参上させましょう、あの子も心からいろいろ心痛してひどくやつれているようですが――女の子などは持ちたくないものです〉

夕霧との幼ない日の恋愛沙汰《ざた》をいやがって生木《なまき》を裂くように雲井ノ雁を連れ帰ってからの親としての苦労もあるのです。ことに最近、近江《おうみ》の君などを邸へ引取って物笑いになっていることも苦労の種で、ついそのことも内大臣は母君にこぼされますと、

〈かりにも貴方《あなた》の娘という名がついて、そんなふつつかなはずはありますまい〉

〈ところがそれがまことに見苦しいのです、母上などにお目にかけられる代物《しろもの》ではありません〉

と内大臣は吐息をされます……これで〈野分《のわき》〉の巻は終っています。あまり簡単でもありませんでしたが、のみ込めましたか」

「ええ、よくわかったわ」

と、鮎子はともかく卒先《そっせん》して、祖母君の労をねぎらう。

涼《すず》しい風が庭から吹いて来る。

篝火《かがりび》などはないが、仄《ほの》かに月かげがさしている、やがてここにも秋には野分の風が——暴風雨何号かが吹いてくるかも知れない。

その翌日、アメリカにいるジョー葉村からの航空便がこの家に到着した。

彼からは今までにも時折《ときおり》思い出したように絵葉書の便りや小さな贈物が姉妹たちに届けられたりしていた。

ジョー葉村のことは、良英氏夫妻に三人の娘が口々に説明した。

「彰にどこか似ている人でしたわ」

藤子はそういいながら、彰の帰還する前の留守中、良人《おっと》の面影に似たその青年に一種の好意を寄せたことなどを思い出すと、それは遠い夢のようであるだけになつかしかった。

ジョー葉村の手紙は家中で額《ひたい》を集めて読む慣《なら》わしだった。

その手紙にはいったいどんな事が書いてあったのであろう。

それは彼が今いるボストンのその郊外のカレッジに、日本の娘の留学生として鮎子に来ないかというのである。

もし来るつもりなら、学校で費用を持ってくれるかも知れない。もしその希望があるならば自分は相当運動してみるつもりだ、というのである。

「まあ、どうする?」

皆が鮎子の顔を見る。

「私、行く!」

鮎子は槍《やり》が降っても、アメリカへ留学するつもりだった。

実は彼女はかねてそれを希望して、ひそかにジョー葉村の許《もと》に、それを書き送ったことがあるのだから……。

そんなに彼女にとってアメリカ留学が魅力があるのは彼女の青春の憧《あこが》れだったと同時に、またジョー葉村の魅力だったかも知れない。

行幸《みゆき》　藤袴《ふじばかま》　真木柱《まきばしら》

生徒はいつもの女生徒たち、鮎子もそこに列している。鮎子のアメリカ留学はどうやら実現の形を取りそうである。

むこうの学校の新学期までには間に合わないでも、ともかく行くことになるのは間違いなさそうで、此方《こちら》の身許《みもと》保証人も、ジョー葉村が、此方へ来ている牧師をそれと決めて、てきぱきと事を運んでくれている。

「今日は、〈行幸《みゆき》の巻〉に移ります。私のお講義は、みなさんが原文を読む機会があった時に、大体の筋がわかっているといった程度に役立てばよいと思ってますし、また原文など読む暇のない場合には、日本の古典の源氏物語にはどんな事が書いてあるのかとのみ込んでいられるという程度に、一々、原文の逐字《ちくじ》訳などは避け、ごたごたとした枝葉を切り払って、主要の人物と、物語の発展についてお話するようにますます心がけるつもりです。なぜなら、だんだんお講義が長く続くにつれてとかく倦《う》みやすいものですし、また鮎子がアメリカに行くことにでもなれば、日本の古典のこの物語を少しでものみ込ませておきたいと、私も今更《いまさら》に、先を急いでお話したくなりました」

こういう風に楓刀自《かえでとじ》がいろいろ皆を倦ませずに講義を進めようとしている苦心を思うと、生徒たちも仇《あだ》やおろそかにきいてはいけない。講師がひそかに案じている倦みやすい心を

起さぬようになど、いつものように、浮々《うきうき》とした戯談《じょうだん》などは、だれも言わず、大いに緊張している様子だった。ことに鮎子は、日本語で自由に聴けるお講義も、ここにいて祖母の話をきく間だと思うと、この頃始めて、毎日猛烈にやっている英語の勉強以外に、このお講義も、ひとしお身に沁《し》みて聴こうというつもりらしい。

行幸

「さて源氏は、玉鬘《たまかずら》のために、どういう風にしたものかと思案していられます。自分の恋心を抑えて、然《しか》るべきところへ嫁《えんづ》けようか、それとも宮仕えに差し上げようかと――いつまで養女を恋していても仕方がないと、源氏もさすがに反省なすってきたわけですね。

その折、その年の十二月の大原野《おおはらの》に、行幸のことがございました。これは帝が野原に出て、鷹狩《たかがり》を催《もよお》されるのです。大原野は山城《やましろ》の国葛野郡《かどのこおり》、その御催しの行幸には、婦人達もみな出て拝観するので、玉鬘もその見物の女性群に混《まじ》りました。

そういう見物も華《はな》やかなだけ、行幸に従う人々もそれぞれ装束《しょうぞく》美しく、着換えの狩衣《かりぎぬ》まで用意して、帝の御供に加わります。

玉鬘はその時初めて、紅の御衣《おんぞ》を召した帝の端麗《たんれい》な御様子を拝しました。更《さら》にお供が加わっている実父の内大臣をも見ました。さすがにその位にいる人だけに只人《ただびと》でない品位が

備わっていると思いました、そしてまた自分に求婚している兵部卿《ひょうぶきょう》の宮、どこまでも恋慕してくる例の髯黒《ひげくろ》の大将も、今日は右近衛《うこんえ》の大将という重いお役目で、胡簶《やなぐい》を背にしてお供に加わっているのは立派ではありますが、色の黒い髯の濃い顔は、若い玉鬘《たまかずら》の心などにはどうも好ましくありませんでした。

　この頃源氏は彼女に尚侍《ないしのかみ》として宮中にお仕えするようにとすすめていられたのですが、玉鬘としてはどうしたものかと迷って居りました。今日帝《みかど》の世にもすぐれたお姿を拝してからは、帝の御寝《ぎょしん》に侍《じ》するなどいうのでなく、普通に女官としてお側近くお仕えするのであったら、華《はな》やかで楽しかろうかなどと少し心が動いてきました。

　その日お召《めし》があったけれども物忌《ものい》みとて御辞退した源氏の君は翌日になって玉鬘に〈昨日帝を拝されましたか、あの宮仕えのことはどうお考えですか〉と打解けたお文《ふみ》をお遣《つか》わしになりました。

　姫は〈まあ〉と思わず声を洩《もら》しました。源氏の言葉の蔭には、暗《あん》に、帝の御立派な御様子を拝して宮仕えの心が動いただろうという意味が含まれていると覚《さと》ったからです。姫のお返しはこの歌でした。

　　うちきらし朝曇りせしみゆきには
　　　さやかにそらの光やは見し

ぼうっと朝曇りしていてあざやかに空の光は見えませんでしたという意味、つまりあの行幸《みゆき》に帝のお姿はよく拝めませんでしたとの逃口上《にげこうじょう》でした。

源氏は紫《むらさき》の上《うえ》とお二人でその歌を見て笑いました。そしてまたそのお返しをなさいます。

あかねさす光は空に曇らぬを
などてみゆきに目をきらしけむ

それは、帝のお姿は曇っていなかった筈《はず》だのにどうしてあなたの眼ばかり曇ったのでしょう。それは嘘でしょうという意味ですね、そしてやはり宮仕えを御決心なさい――と書き添えてありました。

そしてともかくまず宮仕えに先立って玉鬘の御裳着《おんもぎ》のことをと源氏は思召《おぼしめ》されてその用意をおさせになりました。

裳着とは女子の成年式のようなものです。そしてこれを機会に玉鬘の実父内大臣にもこのことを披露《ひろう》なさるつもりで、その儀式の裳の紐《ひも》を結ぶ役をぜひ内大臣にとお頼みになったのです。

内大臣家では母君の三条の大宮が去年の冬頃から御病気で、いつどうおなりになるかわ

からない御様子だし、夕霧《ゆうぎり》の中将もまた祖母君のこととてそちらへつきっきりの有様《ありさま》なので、どうしたものかとお考えになりましたが、もしお宮がお亡くなりにでもなれば玉鬘《たまかずら》だとて実は孫で、当然喪《も》に服《ふく》さねばならないのですから、その前に玉鬘の真相を披露してしまおうと急に御決心になったわけです。

それで源氏は大宮の御病気お見舞ということで三条の邸《やしき》に赴《おもむ》かれ、そこで内大臣にも対面なすって、玉鬘が、その人の御娘であることをお打明けになりました。そしてお二人はお互の若い日の恋の冒険から、はては例の雨夜《あまよ》の品定《しなさだ》め（公達《きんだち》の女性観）まで思い出され、泣き笑いして打解けられました。

二月の十六日――といえば、今の彼岸《ひがん》頃ですが、玉鬘の裳着《もぎ》の式が行われました。その朝、祖母君の大宮から、そっと玉鬘へ贈物の櫛《くし》の筥《はこ》などが届けられました。そのほかの源氏の夫人方からもいろいろなお祝いがまいります、その中に末摘花《すえつむはな》などまで古風な律儀《りちぎ》な考えから、あまりぱっともしない衣裳などを贈り、骨折って無骨《ぶこつ》な歌などを添《そ》えて源氏を苦笑させました。

内大臣は落着いた重々しい方だのに、さすがにわが実の娘と打明けられて、腰結《こしゆ》いの役を引受けてからは心も落着かず、その日は早々と出かけていらっしゃいました、一刻も早く会いたいお気持だったのでしょう、御簾《みす》の中の設《もう》けの座について親子の対面をなされたのです。

そして源氏の君にも改めて、姫の養育の恩義を述べられましたが、今まで隠していらしったお怨《うら》みも一言添えて申上げさせて下さいと言われました。

そして実父の名乗りをあげた内大臣の手によって腰結いも行われ、裳着の式は終りました。

この日の式には親王方の来賓《らいひん》も見えられ、その中には姫への熱心な求婚者も混っていられるのでした。内大臣の子息の頭《とう》の中将《ちゅうじょう》や弁《べん》の少将は父から真相を打明けられて、異母妹と知らずに玉鬘を恋していたことをはずかしく思われましたが、またそれが精神的な恋愛に止《とどま》っていたことをせめてもと思われるのでした。

源氏はこうして、打明けられたものの、世間体は当分は今のままにして置いた方が穏当《おんとう》だろうという御意見なので、内大臣も、今まで実子のように可愛《かわい》がっていて下さったことなので、当分は源氏の意志に任せることにいたしました。

ところでこれよりも前に内大臣がやはり自分の落胤《らくいん》として引取ってがっかりなすっている例の近江《おうみ》の君は、玉鬘という自分と同じような境遇の娘が源氏に養われていたということを知って、〈そのひとは仕合せね、両方のお家で大事にされて。でも、そのひともいいお母さんから生れたのではないのですってね〉などと、露骨《ろこつ》なことをいうのも、なんとなく玉鬘に対していい気持がしなかったからでしょうね。

それに、その相手が尚侍《ないしのかみ》になって宮中へ上るらしいということも、近江の君は気にして

います。

彼女は自分はこうして女御《にょうご》のところへ上って、いろいろな雑役《ざつえき》までまめまめしく働いているのにと、口惜《くや》しがって、女御に向って、どうか私を尚侍《ないしのかみ》にして戴《いただ》けるようにおっしゃって下さいましと、その推薦方《すいせんかた》を運動するので、女御も困っていらっしゃいます。

父の内大臣はそれを聞いて、笑い声を立てられながら、近江《おうみ》の君をお呼びになり、

〈そんなら、尚侍になりたいと、早く私に言えばよかったね〉

と、真面目《まじめ》くさって言われると、

〈女御様が自然お伝え下さるかと、それを頼みにして居りましたのに、ほかの方がおなりになることを伺《うかが》って私はもう！〉

と早口にベラベラとしゃべるのを聞くと、内大臣は噴《ふ》き出しそうなのを無理に我慢して、

〈では今からでも自分の推薦状を出したら、どうかね、上手な長歌《ちょうか》などでつくれば、帝のお眼にも止るかも知れない〉

などと、親のくせにからかっていらっしゃいます。

すると近江の君は、

〈私は歌はどうやらつくりますけれど、それより推薦文のようなものはお父上が書いて下すって、二人でお願いしてみましょう〉

と、手をすり合せて拝むまねをしたりするのを他の女房達は、笑いをこらえて苦しがっ

ていますし、女御も顔赤らめていられます。
〈気のくさくさする時は、近江の君と話すのに限る〉
などと内大臣は笑い種《ぐさ》にしていらっしゃるけれど、てれかくしに娘を笑いものになさるのはひどいという者もいます……。近江の君はすっかり三枚目扱いをされていますが、卒《そっ》直《ちょく》ながさつな性質はむしろ可憐《かれん》で一生懸命に女御にお仕えしているのですが、どうも玉鬘《たまかずら》の方が、歩《ぶ》がいいようですね」

女生徒たちも、近江の君にはなりたくはないけれど、やはり同情を禁じ得ないで困ったような笑い顔である。

藤袴

「つづいて、藤袴《ふじばかま》の巻へ移りましょう。藤袴とは、紫色の秋の七草《ななくさ》の一つ、原文には蘭《らん》の花という字もあててあります。

その後玉鬘は源氏からも実父の内大臣からも、尚侍になって内裏《だいり》へ上るようにすすめられ人知れず煩悶《はんもん》しております。うぬぼれるわけではなくても、何しろ親と名のついた源氏を始め自分に懸想《けそう》してくる男が多いので、男性というものはとかく女性という獲物を見逃さないのであろう、宮中へ上って、もしも帝の御寵愛《ごちょうあい》を受けるようにでもなったら、源氏

の後楯《うしろだて》になって居られる秋好中宮《あきこのむちゅうぐう》、内大臣の御娘の弘徽殿《こきでん》の女御《にょうご》も不快に思召《おぼしめ》されよう、といってこのままでは妙な世人の臆測《おくそく》に潔白を示す折がないのも苦しい、仕合せそうに羨《うらや》まれながら実はあいまいな立場で苦労する自分である。実父の内大臣だとて源氏に御遠慮で自分を引取ろうとはおっしゃらないし、源氏は源氏で、もう実の親に引合せた後では気《き》兼《がね》もなさそうに戯《たわむ》れかかったりなさる。こんなことを御相談するにはあたりがみな立派すぎる、ああ、こういう時実の母が生きていて下すったらと、夕暮の空の身に沁《し》む気配を端近く見ながら物思いに沈んでいる姿がまた美しいのです。原文にはここのところが――

　夕暮の空のあはれげなる気色《けしき》を、端近くて見出《みいだ》し給へる様いとをかし――

とあります。この〈をかし〉は美しいという意味です、この次にすぐつづいて、

　薄き鈍色《にびいろ》の御衣《おんぞ》、なつかしきほどにやつれて――

とあります。いきなり、ここに薄き鈍色の御衣と喪服を着ていることが突然現われているのは、この一行で祖母君の大宮がすでになくなられ、姫が孫として喪に服していることを物語って居ります。

　そのじみな喪服がかえって、この人の姿や容貌《ようぼう》を華やかに引き立てて見る人を感嘆させます。

　夕霧《ゆうぎり》の中将は、やはり大宮の孫なので喪に服して、濃い鈍色の直衣姿《のうしすがた》で、父の源氏のことづてを持って姫の許《もと》にまいりますが、いま、実の姉弟でないということがわかりますと、この真面目な夕霧の心にもいつか野分《のわき》の折にみたこの人の美しさが思い出されて恋心がわ

いてまいります。

夕霧のお使いというのは、宮中からの仰《おお》せ言《ごと》を源氏がお伝えさせになったので、いずれこの人が宮仕えをしたなら、帝も只《ただ》の女官としてお見逃しになる筈《はず》はあるまい、面倒な関係が必ず起きてくるだろうなどと夕霧自身苦しく思うにつれて、父の言葉以上に誇張して、そんな事をいろいろと真実らしく言いかけますが、返事はなくてうち沈んでいる気配の美しさに、夕霧はまた強く魅《ひ》かれて、

〈私たちの喪服は今月は脱ぎすてる筈ですが、この十三日に賀茂《かも》の河原へお祓《はら》いに行かれるように父がきめて居ります、私も御一緒に参ろうと存じます〉

といわれますと、

〈御一緒にまいるのも大形《おおぎょう》で、目立たぬようにして参りたいと存じます〉

と答えます。源氏の娘とまだ表向きになっているので、内大臣家の喪に服していることを世間へ知らせまいとするこの人らしい心遣いからでした。

〈喪服を着ているというのは、なにか心が沁々《しみじみ》といたしますね〉

など、さりげなく言われる様子が、いつもよりもしんみりとしてなんとも﨟《ろう》たけて美しいのです。この時と思ったのか、夕霧は用意していらしったらしい藤袴の枝を御簾《みす》の下から差し入れて、

〈これを御覧に入れるわけがあります〉といいました。この花の色の紫はゆかりの色、つ

まりあなたと私は、同じ祖母を持ついとこの縁があり、他人ではないという意味なのです。

玉鬘《たまかずら》がそれを受取るまで放さないので、仕方なく手をお出しになると、その袖《そで》を押えて、

　　おなじ野の露にやつるる藤袴
　　　哀れはかけよかごとばかりも

――同じ大宮の孫として喪服を着て打ち沈んでいる私に同情して下さい――という意味、
姫は当惑しながらも、気づかぬ風に、少しずつ身を退《しりぞ》かせながら、

　　たづぬるに遥けき野《の》辺《べ》の露ならば
　　　うす紫やかごとならまし

それは遠い他人同志ならば冷淡だとのお怨《うら》みもありましょうが、従姉弟《いとこ》なのですから、そんなことは無用のことでしょうという意味ですね。夕霧《ゆうぎり》はなおもいろいろと言いかけましたが、姫はとうとう、少し気分が悪くなりましたからといって、奥へ入ってしまいました。

夕霧はなまなかの事を言い出してしまったものだと後悔しながら、それにしても、この

人にもまして、父の夫人と知りながら、一眼見て恋しく思われた紫《むらさき》の上《うえ》を、このくらいに近づいて声が聞かれないものかとなども思われるのでした。

父の源氏の許《もと》に帰って、伝言してきたことを報告しますと、

〈どうも姫は宮仕えにあまり気が向かないようだね、大原野の行幸《みゆき》であのお立派な帝を見たらきっと宮仕えしたくなるだろうと思って、私が取計らったことだが〉

といわれます。

〈今まで、実の父に隠してお手許にお置きになったことで世間ではいろいろ申して居ります、内大臣もまたそういうお考えなのではありませんか〉

と、夕霧は言い、

〈此方《こちら》にはあまり立派な夫人方もいられるので、いまさらその数に加えることもお出来になれず、表向き女官になさっておいて、いつまでも愛人にして置こうというお考えであろうと言っておられるとききました〉

源氏はずいぶんひねくれた解釈をするものだが、今にわかると、静かに笑っていらっしゃいましたが、しかしまた内心では、いつの間に自分の心を見抜かれたかというような気もして薄気味悪くもなられるのでした。

やがて、玉鬘も夕霧も、一緒に喪服を脱ぎましたが、その九月という月は、女の宮中へ入ることを忌《い》む月だったので、翌月になって、いよいよ玉鬘は宮中へ上ることになりまし

た。

姫に焦《こ》がれている求婚者たちはそれを聞いてがっかりしましたが、しかしまた何とかして早く縁組を成立させて宮廷へ入ることを阻止《そし》しようと思って、それぞれにあせって仲介者をせめ立てるのですが、それはなかなか困難なことでした。

中に、例の髯黒《ひげくろ》の大将はひどい御執心でどうでも姫を手に入れたいと運動して、実父の内大臣にも頼み込みます、今まで有力な恋敵だった頭《とう》の中将《ちゅうじょう》（柏木《かしわぎ》）はそれが妹だとわかっては手を引くよりないのですが、髯黒の大将とは同じ右近衛《うこんえ》の次官なので、大将は今は玉鬘《たまかずら》の兄となったこの柏木にも頼み姫を獲得するために猛運動いたします。

しかし、この髯黒の大将は独身ではないのです。すでに夫人が邸におられます、この方は紫の上の異母姉にあたる方で宮家の出ですが、主人の大将よりは三つ四つ年齢《とし》上だというので、髯黒は、自分の夫人を〈媼《おうな》〉、つまり〈お婆《ばあ》さん〉と呼んで、気に入らないのでした。そんなこともあって、源氏は姫を、大将におやりになることは不賛成なのでした。

これも求婚者の一人、兵部卿《ひょうぶきょう》の宮も恋しい人の宮廷入りを落胆されて、歌をお贈りになります、その宮への御返事だけを玉鬘は短くはあったが書きました、こんな風な歌はまだ方々から贈られました。こういう話でこの巻は終っています。次の真木柱《まきばしら》へ入りましょう」

今日はたいへんスピーディである、刀自《とじ》は藤子の汲《く》んだ番茶にのどをうるおして一息さ

れた。

真木柱

「さて、このように騒がれた玉鬘の運命がどうなったかというと、例の色の黒い髯《ひげ》もじゃの無骨な大将の手に落ちたのですから不思議なものですね。縁は異《い》なものとでも申しましょうか、もっともそれは玉鬘の侍女の、弁《べん》のおもとが大将に頼まれて手引した結果でした」

「まあ、いやあねえ」

あんなに思い深く、恋される女の手本のように言われた玉鬘が、遂に髯黒《ひげくろ》に身を許したとは、そのかみの女性の気持がわからないという聴講生一同の歎声だった。

「けれどもさすがに玉鬘は日が経《た》ってもなかなか髯黒の大将には打解けず、自分の運命はこんなものであったのかと、沈んでいらっしゃるのですが、ともかく恋の勝利者となった大将は有頂天で、たいへんな感激です。姫の侍女の弁のおもとを石山寺の観世音菩薩《かんぜおんぼさつ》と並べて拝まぬばかりの有難《ありがた》がりようです。その代りお弁は好からぬ手引をした女だと玉鬘には疎《うと》んじられて御前にも出られず引籠《ひきこも》っている有様ですが。

源氏の君は勿論《もちろん》、鍾愛《しょうあい》の姫がむざむざと髯黒の大将の手に落ちたことを残念に思召《おぼしめ》しま

したが、姫も実父の内大臣も認めてしまったものをいまさらどうしようもありません、ちゃんと儀式を行い、髯黒《ひげくろ》の大将を姫の婿《むこ》として重々しくお取扱いになることになりました。

こうなると大将の方ではすぐにも自分の邸《やしき》に玉鬘《たまかずら》を引取りたい様子でしたが、その本邸には例の年齢《とし》上の夫人が居られ、しかもその方が今でいえばヒステリーのような症状だというので、源氏はそれを口実にして、それをお止どめになり、〈まあ、そうせかずにゆるゆると穏やかな形にして〉と言われるのでした。実父の内大臣としてはむしろこの御縁談は喜ばれ、安心されたようでした。

それはなまなか玉鬘が宮仕えしても、後楯《うしろだて》がなくてはという御心配だったのでしょうし、内大臣としてはわが娘の女御《にょうご》が居られるのですから心のままに玉鬘の後援者になるわけにはゆかないのでしたから。むしろ高位高官の良人《おっと》の後楯が出来たという点からでした。

帝は、玉鬘が、髯黒の大将と結婚したということを聞かれて落胆されましたが、御自分には縁のなかった人なのだと諦《あきら》められ、それとは無関係に、すでにきまった事なのだから出仕するようにと仰《おお》せがありました。

初めから別段、帝の寵妃《ちょうひ》として上るわけではなかったのですから差支えないわけです。

玉鬘は、自分の心ではなくとも髯黒と縁が結ばれたことは源氏の君のお心持を察すればはずかしく、兵部卿《ひょうぶきょう》の宮のお志の深かったことを思えば口惜しく、すでに身を許した髯黒の大将を愛そうという心にはなかなかなれないのでした。

源氏は今まで玉鬘との間を人に疑われたりしましたが、さっぱりとこれで潔白のあかしが立ったとは思いながらも、やはり掌中《しょうちゅう》の珠《たま》を奪われたようで思い切れないお気持でもあります。

それで大将の通ってこない昼頃にふらりと姫のいる西《にし》の対《たい》にお出かけになりました。姫は、源氏に会うのも今となっては、身の置き処《どころ》もなく羞《はず》かしく、穴にも入りたい気がいたします。源氏も前のようではなく父らしくいろいろと普通にお話をなさるのですが、平凡な髯黒の大将に比べればそのお姿はしみじみとお美しくなつかしく思えるのです。源氏の方ではまた、姫が美しく面瘠《おもや》せてかえって﨟《ろう》たけた様子に、こうした人をみすみす他人に与えたとはと、口惜しく思われるのでした。

下りたちて汲《く》みはみねどもわたり川
人の瀬とはた契《ちぎ》らざりしを

あなたと妹背《いもせ》の語らいをしたことはなかったが、あなたが三途《さんず》の川を渡る時、まさか他人の手によって助けられようとは思いませんでした——それは女は死後三途の川を渡る時に、きっと最初に身を許した男に助け渡されるというその頃の俗説によったのです、わたり川とは三途の川のことです。

みつせ川わたらぬ先にいかでなほ
　涙のみをのあわと消えなむ

川をわたっているうちに、涙の淵《ふち》の水脈《みお》に浮くうたかたと消えてしまいたいという姫のお返しでした。

源氏はともかく主上《しゅじょう》の仰《おお》せの通り、宮中へ上った方がいい、もう髯黒《ひげくろ》の大将のものときまり、内大臣もこれを許されたのだから、何の心配もないし……というような結論をおっしゃってお帰りになりました。

髯黒の大将としては、折角《せっかく》手に入れた玉鬘《たまかずら》の君を宮中へ上げることは心安からず思われるのですが、或《あるい》はそれを機会に、玉鬘を自分の邸《やしき》に引取ることが出来るかも知れない、つまり宮中から退去の時にそのまま、わが邸へ連れ帰ったら、という思いつきで、ほんの暫《しばら》くの間の宮仕えに同意することにしました。

髯黒の大将としては婿として朝夕六条院に通うなどということは、なれないことで苦しいのです。

それで姫を迎えるために、急に邸を修理し、いろいろと装飾を替えたりいたします。

例の年齢《とし》上の夫人は、若い玉鬘が邸に迎えられると知って、なおさら持病が昂《こう》じてしま

います。

大将も心の底では夫人を憐《あわれ》んでいるので、いろいろにいい宥《なだ》めますが、でも日が暮れてくると、もう美しい姫の方に心を奪われ、どうやって家を出ようかと心も空にあこがれてそわそわと落着きません。

ある日の夕方、生憎《あいにく》な大雪が降ってまいりました。夫人はいくら引止めたところで良人《おっと》は心がここにないのだと思えば、もう諦《あきら》める心になって、半分はあてこすりもあったかも知れませんが、

〈この雪をどうして踏み分けてお通いになるのですか、ずいぶんお辛《つら》いことですね、さあ夜も更《ふ》けますから、お出かけになったら……〉

などと言われます。大将はそれを幸いに出て行こうとなさりながら、さすがに気が咎《とが》めるのか、今日は静かに見える夫人をいろいろ慰《なぐさ》めていらっしゃいます。夫人は薫物《たきもの》を焚《た》きしめるために、衣服を打ち掛ける伏籠《ふせご》を持って来させて、良人がほかの女の許《もと》に通う衣服に香を焚きしめて居ります。まったく辛い妻の立場です、良人はそれを哀れとみながらも、玉鬘の魅力を打消すことは出来ないで着替えをし、出来るだけお洒《しゃ》落《れ》して、さすがに堂々とした貴族の風采《ふうさい》で出掛けようとなさいます。

同じ邸の中にもすでに大将の手のついた女房たちも幾人かいて〈いやな世の中だこと〉など歎きながら、みな引下ってしまいました。

ところが今まで静かに打ち伏していた夫人がどうしたのかいきなりその伏籠《ふせご》の下の火入れを取って、今出掛けようとしている良人《おっと》の後から投げつけました。ほんの一瞬の出来事でした。

忽《たちま》ち灰は朦々《もうもう》と立ち舞って、大将があわててぱっぱっと払っても、眼にも鼻にも細《こまか》い灰が入ってどうにもなりません。衣服には焼け焦げは出来るし、そんな姿でどうしてあの華《はな》やかな六条院へ訪れることが出来ましょう。

大将はいそいで衣服を替えられましたが、何しろそこら中灰だらけです、夫人はますます狂って発作《ほっさ》的《てき》な叫び声をあげるし、その頃ヒステリーなどいう言葉はなく、それは何か物《もの》の怪《け》がついたのだといい、夜更けながら祈《き》禱《とう》僧を呼んで夫人の物の怪を取り下して貰《もら》うという騒ぎです。

あまりの事に、さっきは哀れだと思った心も消え失《う》せて大将は夫人を憎まれるのですが、荒立ててはよくない事になりそうで、さすがに見《み》棄《す》てて玉鬘《たまかずら》の許《もと》に通うことも出来ず、夫人が少し静まった隙《すき》に文など書いて持たせておやりになります。

玉鬘は大将が夜《よ》毎《ごと》来なくてもなんともないのでその手紙などもよくも見ないのでとうとう御返事もありません、大将は一日悶々《もんもん》として、翌日、日の暮れるのを待ちかねて姫の許に通って行きます。一夜逢《あ》えなかったうちにまた美しさの加わったように見える玉鬘だったので、大将はもう邸には帰らずここにばかりいるのでした。

そうなると更に夫人の病状も悪化してゆくわけです、実家の父君式部卿《しきぶきよう》の宮はそれをお聞きになって、〈さても今まで心強く辛抱していたものだ。父の存生中《ぞんしようちゆう》は、そんな無情な良人に屈服していることはない〉と言われ、不幸な妻になった娘をわが家に迎えることになりました。夫人は心が静まればなおさら自分の不幸な運命を悲しんでいた時とて、良人に捨てられて世の物笑いにならぬうちにいっそと、実家に帰ることを決心されました。

夫人の弟君達が三台の車を仕立ててお迎えに来られました。お付きの女房たちも〈今迄とちがって実家にかかり人におなりになるのだから、みんながお付きしているわけにはゆかないでしょうが、自分の家へ帰るとしても、ともかくお落着きになるのを見て――〉と、めいめいの荷はわが家に運ばせておいて、やがてみんな別れ別れになるのを悲しんでいます、夫人のお道具類の荷作りされるところで皆泣き合っている様子は哀れでした。夫人は一人の姫君と下の二人の若君を呼ばれ、

〈お母様は前世からの不運だと諦《あきら》めていますが、あなた方はこれから生先《おいさき》長い身で離れ離れになるのは可哀想《かわいそう》ですが、姫はお母様と一緒についておいでなさい、男の子はお父様のお傍で可愛《かわい》がって戴かなければ大人になって世に立つのに困りますからね〉

と涙ながらにおっしゃいました。

父と母とのいきさつはよくわからないにしても子供心に悲しくなりました。三人の子供の乳母達《うばたち》は乳母達で額《ひたい》を集めて悲しんでいます。

上の姫君はまだ十二三ながら、殊《こと》に大将が愛していらしたので、今日父に会って行かなければもう会う折はあるまいと、少女心《おとめごころ》に必死に父を待って居ります、けれど、もう日暮れになってしまって、これから父の帰る筈《はず》はないと思うと、いつもよく自分の倚《よ》りかかっていた東の座敷の中の柱、その柱さえなつかしく、これからは誰れが来て倚りかかるだろうと思うと、少女の感傷でしょうか、朝夕になれ親しんだ柱を撫《な》で、泣く泣く少し黄ばんだ紙に小さい字で歌を書き、それを折って、笄《こうがい》の先で柱の破目《われめ》に押し込んでおります。

今はとて宿かれぬとも馴《な》れ来つる
真木《まき》の柱はわれを忘るな

今はこれまでとこの家を離れるとしても、なつかしい槙《まき》の柱のみは私を忘れてくれるなという可憐《かれん》な歌です。この歌から、この姫君を真木柱《まきばしら》の姫君、この巻を真木柱の巻と申します。

母君もそうした姫の心を思いやって、どんなに辛《つら》かったでしょう、こうしていよいよ母娘《おやこ》と、お供の三つの車が邸を離れて行く時は、もう再び立帰ることはあるまいと思う婚家の庭の木立《こだち》の見えなくなるまで夫人は見返っていられました。

夫人を引取った御実家では、父の式部卿の宮もお悲しみになり、ことに母君は、娘の不

運を歎《なげ》き髯黒《ひげくろ》の不実を罵《ののし》られました。

髯黒の大将は、留守に妻が娘をつれて実家へ帰ってしまったときき、三人も子供もあるのに若夫婦のような無考えなことをしたものだと怨《うら》めしく、実家の父の式部卿の宮もあまり御軽卒ではないかと非難なさりながら、わが家へ帰って留守の女房どもから様子をお聞きになると、姫君の哀れさにさすがの大将も涙をこぼされます。

あの真木柱にさし込んであった姫君の歌を見るにつけても、稚《おさな》い字ながら優しい少女心の哀れさに大将は道々も涙を押し拭《ぬぐ》いつつ、宮家に妻を迎えにまいります。ところが夫人は勿論《もちろん》、その母も顔を見せませんし、いろいろ取次いで貰《もら》っても、式部卿の宮も風邪気《かぜけ》だからとおっしゃって会おうとはなさいません。

大将も自尊心を傷つけられ、とうとう諦めてしまって、二人の男の子を連れて帰り、邸に置いておいて、玉鬘《たまかずら》の許から帰っては始終顔を見るようにし、もうそれきり、宮家へは何にも言ってやらないので、宮家の人々を口惜しがらせることになりました。

紫の上は自分の異母姉にあたる人がそういうことになったので自分まで怨まれるかと悔《くや》んで居られます。髯黒の新夫人は源氏の養女分の玉鬘ですもの……当の玉鬘にとっても、髯黒の大将が前の夫人とそうした悶着《もんちゃく》を起したことは、その心をも重くさせるのでした。

大将は思い悩んでいる玉鬘を慰めるために、今までは不賛成だった宮中への出仕をむしろすすめるようになりました。

そして、宮中に、男踏歌《おとことうか》のあるのを機会に、玉鬘《たまかずら》は宮中に上ることになりました。男踏歌とは、初音《はつね》の巻で説明しましたが、正月十四日に貴顕《きけん》の邸を終夜舞い歩く祭です。この時に入内《じゆだい》の儀式をいと華やかにいかめしくして玉鬘は尚侍《ないしのかみ》となられました。

承香殿《じようきようでん》の東の方《かた》がその尚侍の局《つぼね》にあてられ、西の方は式部卿の宮の王女御《おうによう ご》がいられます。それが髯黒《ひげくろ》の元の夫人の御妹にあたる方です、一つの中廊下をへだてて、そうした二人の女性が離れた気持でいられるわけですね。後宮の女性達は競い合って、いよいよ宮廷を雅《みや》びに美しく飾って行った頃なのです。

大将は最愛の女性を宮中へ上げたものの離れていることは苦痛で、すぐにも退出させたいのですが、玉鬘は、源氏の思召《おぼしめ》しもあり、陛下が帰ってよいと仰せのあるまで宮中にいるつもりでいます。兵部卿の宮は恋しい人が髯黒に嫁《とつ》ぎ、今尚侍として宮中に上っているのを見るにつけ心が動揺して、またお歌などを送ってよこされます。

玉鬘はこうして宮中に上って、帝のお顔を近く拝するにつけ、源氏に生き写しのお顔に吃驚《びつくり》すると共に、源氏の愛の深かったこと、それを受け入れるには障害があまりに多すぎたこと、けれども帝との間には、別に何の障害もなかった筈《はず》だのになどといろいろと考えます。

帝は、玉鬘に好意を持っておいでになったのに、それが裏切られたような気持だなどとおっしゃると、玉鬘の尚侍は御返事を出来ない様子です。髯黒の大将は帝が玉鬘に好意を

お持ちになるなどと知ると不安でなりません。何とかして早く宮中から退出させようと、内大臣の力を借りてお暇を戴くことにしました。

すぐに大将は自邸へ玉鬘を伴おうと思いましたが、初めからそう言っては源氏の同意は得られないだろうと、その時まで言わずにいて、急に、俄《にわ》かに風邪心地で自宅で養生したく存じますのでと、口実を設けてそのまま連れて帰りました。

実父の内大臣としても、娘を何の形式の儀式もなく婚家につれて行かれることは気に染まないのですが、それにこだわって婿の感情を害してもと、実父とはいえ、育てもせず自分の意志を強く通すわけにもゆかぬ娘なのだからと諦《あきら》めていられます。

玉鬘は、主上《しゆじよう》とのことを嫉妬《しつと》して無理に退出させられたことを良人《おつと》の狭量《きようりよう》さのように感じ不機嫌なのですが、髯黒の大将は、新しく得た美しい妻に夢中になって、妻にかしずく良人となって喜んで居ります。源氏はあっけなく玉鬘を大将の邸に連れ去られ、がっかりなさると同時に、やはりその人が恋しく、時折はそっと消息などをお送りになります。

三月になって、六条院の藤や山吹《やまぶき》が夕陽に映《は》える姿を見るにつけ、そこに住んでいられた頃の玉鬘を思い出されて、文を書かれました。

――逢《あ》えない月日が重なってゆきます。しかしあなたの御良人の同意がなければ、あなた一人の気持では逢えないことですから何かの折でもなければ対面は難しかろうと残念に思います。

おなじ巣にかへりし卵《かひ》の見えぬかな
いかなる人か手ににぎるらむ

歌の意味は同じ巣にかえった卵の一つが見えないのは誰れの手にとられたのでしょうというので玉鬘《たまかずら》を卵になぞらえたのですね、ところがはからずも大将は妻の許《もと》に養父から来た文をみて、何故源氏が折々こうしためんめんとした怨《うら》み言をしつっこく言ってよこされるのかと不思議がり、私が代って御返事を書こうと妻に代って歌を書きました。

巣がくれて数にもあらぬかりの子を
いづ方にかはとりかくすべき

巣にかくれて数にも入らぬ卵のように、源氏の御子といっても数ならぬ身ですから、大事に秘め隠しなど致しましょうか、ただ遠慮して差出さぬまでですという意味です。
源氏はそれを見て、それが大将の歌であることを知り、あの髯黒《ひげくろ》がこんなさばけた軽口をいったのを聞いたことはないと笑われながらも、お心の中ではまったく思い人を独占されてしまったことが残念なのでした。

さてお話変って、髯黒の元の夫人は、別れて月日が経《た》つに従って心は沈んでしまいます。生活費などは実家の方に良人《おっと》がちゃんとしてくれるのですが、もう心はすっかり離れているのです……

それだのに妻はやはり良人に別れてからも執着が残るのでした、柱に歌を挟んだ姫君は離れて暮す父を恋しいとお思いになるのですが宮邸《みやてい》ではみな父のことを悪く言って会わせてはくれないのはどんなに心細いでしょう。二人の弟達はよく母や姉に逢いに来て、新しい父の妻の玉鬘のことを伝えます。

〈私たちをよく可愛がってくれて毎日面白く暮している〉などと。

そして——その年の十一月に玉鬘は髯黒の大将の子供を生みました。それは男の子でしたが、前の夫人の生んだ二人の若君にも見劣りせぬ美しい顔でした。

こうした玉鬘の境遇を実父の内大臣は満足していられますが、兄の頭《とう》の中将《ちゆうじょう》としては、妹とわかった玉鬘が尚侍《ないしのかみ》として君側《くんそく》に侍した場合を想像し、髯黒の子の母になるより皇子《みこ》を生む妹であったらなどと残念に思うのでした。

あの尚侍になりたがっていた困った令嬢の近江《おうみ》の君はその後、へんに色気づいたようになり、なおのこと、まわりを不安にさせました、人中に出すまいとすると、なお出しゃばってはらはらさせます。

ある秋の夕、女御《にょうご》の許に殿上人《てんじょうびと》が集まって音楽などなすった時、夕霧《ゆうぎり》の中将もうち交《まじ》っ

て珍らしく気軽に冗談などいっていらっしゃる中へ入り込んで、かねて美男の噂《うわさ》の中将を見るなり、

〈この方だわ、この方よ！〉

など声高《こわだか》にほめ騒ぐ声を出してまわりの人を呆《あき》れさせました、しかも、その上、近江の君は、

沖つ船よるべ浪路にただよはば
棹《さを》さしよらむとまり教へよ

と声はり上げて歌いかけます。沖漕ぐ船が浪路に漂うように雲井《くもい》ノ雁《かり》との御縁がきまらないのなら、同じ姉妹ゆえ私がお近づきになりたいと思いますという意味なので、夕霧は驚いて、ここには洗練された女房ばかりいる筈《はず》だのに、どうしてこんな露骨なことをいう人が、と考えて御覧になると、それは噂にきいた近江の君に違いありません。

よるべなみ風の騒がす船人も
思はぬ方に磯伝ひせず

たとえ定まる縁がなく漂っている私でも、わが思わぬ人の方へは寄りますまいという歌でおたしなめになりました。

これで真木柱《まきばしら》は終ります。玉鬘と近江の君、内大臣の落胤《らくいん》の二人の運命がこんなに違うのも哀れですね」

刀自《とじ》はさすがに今日は三巻も一気に終って疲れた様子だった、きく方も戯談《じょうだん》も質問もする余裕もなく緊張していただけに、玉鬘の境遇の変化、近江の君の野性味もよく頭に入ったようだった。

梅《うめ》ケ《が》枝《え》　藤《ふじ》のうら葉《は》　若菜《わかな》上

高倉《たかくら》家では、長女の藤子《ふじこ》の良人《おっと》の彰《あきら》が帰り、また最近には、良英《よしひで》夫妻が奇蹟《きせき》的に帰国出来て、家の中は、今までと違った活気を呈すると同時に、その代りどことなくざわめく空気ともなった。ことに最近末娘の鮎子《あゆこ》の渡米問題もいよいよ実現の運びになったので、今までのようにひそやかではあるがのんびりとした高倉の家の様子ではなくなった。

今日も刀自《とじ》は講義の初めにこんなことを言っていた。

「なにしろ、この頃はこの家の中も何やかと変ってきていますが、それは皆よいことだからおめでたいわけです。良英もこの御時世に遊んでもいられないとどうやらまた勤めに出るようですし、鮎子もアメリカに勉強に行くということになり……こういう風になると、私の源氏物語もつい無用の長物《ちょうぶつ》のようですが、しかし、また責任を下《おろ》した私がもう何の仕事も持たないとなると、老い朽《く》ちてしまいそうですからね。私は頑張《がんば》り通して、これを私の仕事として完成させるつもりです。しかしこういう中で、もう悠長なこともしていられませんから、なるべく手取早くこの物語をのみ込んで、皆様の教養の一端にでもして戴《いただ》ければ結構と思いますから、そのつもりで万事さっぱりとしたお講義を致しますよ」

めまぐるしいように変化してゆく世の中と家の中の空気が老刀自を刺戟《しげき》しているらしい。

生徒達はいつもの通り——

梅ケ枝

「――さて、大分講義もお蔭様で進んでまいりました。今日は〈梅ケ枝《うめがえ》〉に移ります。梅ケ枝と申せば俗謡に、梅ケ枝の手水鉢《ちょうずばち》叩いてお金が出るならば――とかなんとかいうのがありますが」

一同大いに笑う。

「そんな卑俗なお金の出る手水鉢ではなくこの巻はまことに上品な、香合《こうあわ》せのことが出て来るのでございます。源氏が三十九歳の春のお話です」

「へえ――もう光様も三十九――といえば四十男でございますね」

大貝夫人もついそんな卑俗なことを言ってしまう。しかし一世の美男は、四十になっても五十になってもやはり美男なのだろう、亡くなった羽左衛門《うざえもん》のように、などと大貝夫人は心中ひそかに考えている。

「皆さんは、あの明石《あかし》の上《うえ》の生んだ姫のことを覚えていらっしゃるでしょうね、源氏が昔須磨《すま》明石に流浪していた時、その土地の入道の娘明石の上と契《ちぎ》って生れた姫が、紫《むらさき》の上《うえ》の手許《てもと》に育てられていましたね、それが、もうなんと十一歳になって、この春は裳着《もぎ》の式という女子の成年式を行うようになったのですから、月日のたつのは早いものです。

その同じ二月には皇太子の御元服の儀式もある筈《はず》で、その後に、明石姫は皇太子妃として入内《じゅだい》されることになっています。

その頃、源氏はお上の御用も閑《ひま》で、姫の裳着《もぎ》の式に使う薫物《たきもの》の香を御自分で調合して煉《ね》り合せるなどということを楽しんでいらっしゃいます。それを聞き伝えて、いろいろな方から珍らしいお香の贈物がございました。

夫人の紫《むらさき》の上《うえ》もまた負けずに、姫のために熱心にお香を作っていられましたが、おかしなことに御夫婦ともそれを内緒にして、お互にいいお香を作ろうと、別々のお部屋で秘法の限りをつくしていらっしゃいます。その上にお互に香盒《こうごう》の形とか火入れの作り方などにも苦心なすっていらっしゃいます。

そうなると、これは六条院のお邸中に流行して、みんなお香を作ることに熱中してしまいます。そしてお互に作ったお香を焚《た》き合せてみて優劣をきめようということになりました。

おのおの秘術をつくして作り上げたお香にはそれぞれ銘《めい》がつきます。源氏の君の作られたのは、〈侍従〉という香、紫の上のは〈梅花《ばいか》〉、そしてそれらの香を儀式に焚いて貰《もら》う幸福な姫の生母の明石の上が作ったのは〈薫衣《くのえ》〉、花散里《はなちるさと》が謙遜《けんそん》して一種作ったのが〈荷葉《かよう》〉など……そして、その香競いの審判官には兵部卿《ひょうぶきょう》の宮をお願いすることになりました。兵部卿の宮は玉鬘《たまかずら》の巻にも出てまいりましたね、源氏の御兄弟で風流な方ですが、これはな

かなか骨の折れる立場と申さねばなりません。審判官としてはデリケートな感覚でお香を嗅《か》ぎわけねばならず、等級をつければ怨《うら》む人もあるわけですから。

〈どうも苦しい役目になったものですね、第一いくらお香でもこう焚かれてはけむい！〉

などと、弱っていらっしゃいます。

そして、見事な香煙責《こうえんぜ》めにあって兵部卿の宮は、どのお香も事実優るとも劣らないという感じがなすったのか、それともお気が弱いのか、〈どの香もそれぞれよいところがあります〉と、お褒《ほ》めになったので、兄上の源氏の君に、〈どうもはっきりしない審判官だね〉と笑われました。

こんなお香の騒ぎもあって、姫君の裳着の式は立派に行われました。

この式にも、生みの母の明石の上は身分違いから列席することが出来ませんでした。紫の上が表向きの母となっていらっしゃるのですから、源氏もそのことは哀れにはお思いになりながらもやはり世の中を憚《はばか》り、姫の身の瑕《きず》とならぬようにと思っていらっしゃるのですから……。

さて、それに少し遅れて皇太子の元服《げんぷく》の式も行われました。この方は朱雀院《すざくいん》の上皇の皇子で、今上《きんじょう》の春宮《とうぐう》となられたわけです。

高貴な姫をもつ親達はみな、わが娘をその春宮の妃として入内させたいと競い立つのでした。しかし、源氏が十分な将来への自信を画《えが》いて明石姫を皇太子に奉《たてまつ》ろうとしていると

わかると、そんな強い後楯《うしろだて》のある姫に入内《じゅだい》されては、わが娘が蹴落《けおと》されようと、左大臣や左大将といった人々までが、やはりたゆとうのでした。

　源氏はそれをきかれると、〈そんなことを考えるのはよくない、たくさんの姫がお仕えしていいのだ、ただ御寵愛《ごちょうあい》を競うというのは已《や》むを得ないが、さりとて立派な貴族の姫が競争者にいないということは、かえって張合《はりあい》のないつまらないことだ〉と、わざと御自分の姫の明石姫の入内を延期していられました。

　それで、明石姫入内の後にと遠慮していた左大臣の姫がまず真先に入内されることになりました。

　源氏もいずれ入内なさる姫君のためにさまざまの調度《ちょうど》をととのえられましたが、その中に草紙《そうし》の類《たぐい》がございます。その草紙の文字はやがて姫君の字のお手本にもなるので、上代《じょうだい》第一流の名筆の筆蹟《ひっせき》が揃《そろ》えられました。

　新しい草紙の何帖かを綴《と》じさせて当代の人々にもお書かせになるおつもりでした、源氏は書道にも優れ、また一流の批評眼を具《そな》えていらしってこんなお話を紫の上になさいました。

〈仮名《かな》は近代になってよい書手《かきて》が出た、私も若くて仮名を習うのに熱心だった頃、六条御《ろくじょうのみ》息所《やすどころ》の無造作にお書き流しになった一行か二行かが手に入って、これこそ最上の仮名だと敬服し、それがもとで思わぬ浮名《うきな》をお立たせすることにもなった。御息所はそれを口惜し

いことに思って亡くなられたが、しかし中宮——御息所の御女《おんむすめ》——をこうお守りしている私の気持を今はおわかりになって下さるだろう、中宮のお字はお綺麗《きれい》だが才気が少いようだ、藤壺《ふじつぼ》の宮の御筆蹟はそれこそ気品の高いものだったが弱々しいところがおありになった。朧月夜《おぼろづきよ》の君は当代の仮名の書き手だが奔放《ほんぽう》にすぎる癖がある。しかし、ともかく中宮と朧月夜とあなたとは当代の名筆でしょう。この草紙の書き手に数えていますよ〉

などとおっしゃり、御自分も一冊をお書きになるおつもりで、寝殿に引籠《ひきこも》って、ほんの二三人の侍女達を侍《はべ》らせて、墨を摺《す》らせたり、古い歌集の歌を探させたり、さて、どの歌をどのようにと、脇息《きょうそく》の上に草紙を置かれて、筆の柄《え》を口に思いめぐらしていらっしゃる御様子の優美さは、物の趣《おもむ》きを知る人々には、このお年齢《とし》になってなおさらにあでやかにめでたいお姿とみえたことでしょう。

さて、内大臣は、源氏の邸《やしき》では、明石姫の入内のために大掛りな御準備だとおききになるにつけても、何ともいえぬ淋《さび》しさをお感じになるのでした。わが娘の雲井《くもい》ノ雁《かり》は、年齢《とし》頃であり美しくもなっているのに、入内もさせず、結婚もさせず家に置いてあるのが、苦労の種になってきました。皆様の御承知のように、雲井ノ雁と、源氏の若君夕霧《ゆうぎり》とは従兄妹《いとこ》同志の幼ない日からの恋仲なのに、父の内大臣に裂かれてからは、その恋は行き悩んで、今もはっきりとした形をとりかねているのです。

もう夕霧も中将に昇進し、婿《むこ》にしたいと仄《ほの》めかす高位の人もあるのに、雲井ノ雁一人を

心にきめているこの人なのですが、といって内大臣の冷たい仕打は忘れかねて、いつか先方が折れて自分を正式に婿に所望《しょもう》するまではと隠忍《いんにん》している落着いた貴公子です。

雲井《くもい》ノ雁《かり》も明石姫の入内の噂《うわさ》などで、父の大臣が自分のことを心配していられる様子に恥じて、やはり憂《うれ》いに沈んで居ります。

夕霧《ゆうぎり》と雲井ノ雁の間には、まだ時たまひそかに歌の取り交しなどもつづけられ、若い二人が相思《そうし》の間であることは変りないのですが、そういう周囲のこだわりに妨げられているのです。

内大臣は源氏からお話があれば、とやきもきされているのですが、今となっては、此方《こちら》から折れて積極的に出なければなるまいかなどとも思案しています。

〈梅ケ《うめが》枝《え》〉の巻は、まずこうしたお話です……次の〈藤《ふじ》のうら葉《は》〉に移りますが、すこし休みましょう。藤子、お番茶でもみなさまへ……」

藤のうら葉

「その年の三月に亡き大宮——内大臣の母であり、かつ源氏の先夫人葵《あおい》の上《うえ》の母君である方の御法事がございました。夕霧にとっては祖母であり、母亡き後育てられた方ですから無論出席いたしました。

深草《ふかくさ》にあるその墓所に赴《おもむ》いた夕霧は容貌《ようぼう》といい、装いといい、さすがに源氏の若君として、非の打ちどころのない立派さです。

内大臣はその法事の席上で、今更《いまさら》に夕霧の貴公子ぶりに心を打たれ、ぜひ婿にしたいという気持が強く動いて来ました。

法事の終った夕方、列席者の帰りかける折には、あたりの花は散り乱れて、夕霞《ゆうがすみ》がかかってきました。〈雨になりそうだ〉などと、人々の騒いでいるのも知らぬげに、夕霧はそのあたりの暮春の姿をみつめて、仏事中よりも更に身にしむ風情《ふぜい》でした。

よい折だと思ったのか内大臣は夕霧の袖《そで》を引いて、

〈今日の法事を機会に、仏縁によって私の過去の失礼を許して下さらないか、私ももう余命はいくらもない晩年ですから〉と、話しかけられました。夕霧も打解けて、

〈亡くなられた大宮の御遺言にも、あなたをお頼りするようにとございましたが、私の至らなさから、お腹立ちのことがあって……〉などと二人は語り合うのでした。ここに恋人の父との心の橋がかけられたわけでした。

内大臣もこれで吻《ほっ》として、この上は、もう一歩進んで夕霧と親交を結んでおきたい、姫のために——と思われたのでしょう、丁度《ちょうど》翌月、内大臣邸の藤の花が美しく咲き出したのを幸いと、藤の宴《えん》にことよせて、内大臣は子息の頭の中将柏木《かしわぎ》を使いにして夕霧を招待させました。藤の枝に結んだ短冊が、いわば招待状でした。

わが宿の藤のいろこきたそがれに
尋ねやはこぬ春の名残《なごり》を

わが庭の藤の花は暮れゆく春の名残りとして、この黄昏《たそがれ》に、色美しく咲いて居ります。なぜ名残りをたずねて来ては下さいませんか――。

これは藤の花よりは、わが姫の雲井《くもい》ノ雁《かり》をなぜ訪ねては下さらぬかとの意味深長なものでございましょう。

夕霧《ゆうぎり》は早速父の源氏の許《もと》にこれを告げました。源氏は内大臣が折れて来たとわかると、すっかりお得意です。わざわざ使いをよこされたのだからお伺《うかが》いしたらよかろうと、夕霧の衣《きぬ》の色まで御注意になり、御自分の御衣裳の中から、とくに一揃いを持たせてお遣《つかわ》しになるほどのお心入れでした。

夕霧は念入りに化粧し、父の選んで下すった衣裳を装うて、先方が待ちかねた時刻に内大臣邸に姿を現わしました。その藤の宴《えん》には主人側の内大臣の子息らが柏木《かしわぎ》を初めとして、何人も揃っていました、そのいずれもが優れた貴公子なのですが、夕霧はその中でも際立《きわだ》ってみえました。

内大臣は年と共に立派になってゆかれる夕霧に満足でした。やがて老成《ろうせい》されたら父の源

氏以上かなどとも思っていられます。その上学才もあり思慮深い真面目《まじめ》な御性質だとの評判なので、内大臣はすっかり夕霧に打込んでしまわれます。

内大臣は藤の花を称《たた》えて、〈春の花はめざましく咲くが、長くは人を楽しませず、すぐ散ってしまう、その後におくれて咲く藤の花は、夏にまでつづいて美しく垂れ咲いているのが実に心惹《ひ》かれる、その色も人の深い愛情を連想させますよ〉などと打笑《うちえ》んで、やがて酒肴《さけさかな》のゆたかな宴にうつります。

内大臣はしきりに盃を夕霧に差します。夕霧はその盃をもてあましています。そういう場合の例のように、歌のやりとりが華《はな》やかに行われます。やがて月が昇って夕月夜になりました。藤の花の紫の色もうすれ、庭の池は月かげを浮けています。

柏木の弟の弁《べん》の少将は催馬楽《さいばら》の葦垣《あしがき》を唱《うた》いました。その歌の意味も、夕霧と雲井ノ雁の恋情を寓《ぐう》して居ります。

こうした風流の宴でお互にうちくつろいでからは、今までのこだわりは水に流れてしまいました。

夕霧はひどく酔った風に、申します。

〈これでは帰り途《みち》が危なそうです、泊めて戴《いただ》けましょうか〉

内大臣は大喜びで、柏木に寝室その他の世話を命じ、〈私はたいそう酔い過ぎた、失礼御免蒙《ごめんこうむ》ります〉と、姿を消してしまいました。

柏木は妹の雲井《くもい》ノ雁《かり》の部屋へそれとなく自然の形で、今宵の客人《まろうど》の貴公子を導きます。その夕月夜の一夜に、長い間思い合っていながらたどたどしかった夕霧《ゆうぎり》と雲井ノ雁の恋はやっと成就《じょうじゅ》したわけです。

夕霧にとっては、それは夢のようだったでしょう、また雲井ノ雁にとっても……。

そして翌朝、後朝《きぬぎぬ》の文《ふみ》が、夕霧から姫の許《もと》に来たのを見て、内大臣の満足も申すまでもありません。

源氏もこのことは委細承知され、夕霧のために喜ばれ、父らしい御注意もなさいます。

〈聡明な人でも女のためには取り乱したりするのに、あなたがあせりもせず体裁の悪いこともなく時を待っていたのは普通の人よりも立ち勝《まさ》った気性だね。あなたの勝利ではあったがいい気になってはいけない、内大臣は今度のことでは寛大だが、附合《つきあ》いにくいところもある方だからね〉

夕霧のために釣合《つりあい》のよい妻の出来たことを喜んでいられる源氏は、まだ若々しくて丁度《ちょうど》少し年上の兄ぐらいにしかみえません。

内大臣の方は源氏以上の御満足で、近く見ればみるほど、夕霧が優れた青年で、自分の婿と思えば愛情もまさってくるのでした。ただ此方《こちら》が我《が》を折って負けたような気のするのは口惜しくも思われるのでしたが、それも夕霧が長い間一筋に姫への恋を守って辛抱されたことなど考えれば夕霧こそ願ったり叶《かな》ったりの婿と思われるのでした。

これで夕霧と雲井ノ雁はまず結婚出来たわけですが、お話変って今度は明石姫君《あかしのひめぎみ》の御《ご》入内《じゅだい》です。姫は源氏と紫の上の至れり尽せりのお支度やら心遣いを受けられて、予定通り、春宮《とうぐう》の女御《にょうご》として入内されました。

この時、紫の上が母君として附き添って行かれるのですが、そのまま長らく宮中にお止りになるわけにはゆきませんから、これを機会にいっそ生みの母の明石の上を御後見役にしたらと源氏が考えていられると、紫の上も、いずれはそうあるべきものを隔てられている明石の上の歎《なげ》きも、またすでに物心ついた姫君の物足らなさもわかるようで、お心苦しいので、

〈なんといっても生みの母上が姫君のお傍についていてお上げになるのが一番頼もしいのですから〉と、おすすめになるので、源氏の君は喜んで明石の上にその旨《むね》をお伝えになります。

それは明石にとってどんなにうれしいことだったでしょう。わが姫の女御の傍の附人《つきびと》として恥かしくない身支度一切を調えるのでした。明石の上の母の尼君も今生《こんじょう》のうちに、わが孫の姫の宮中でのお姿を一度だけ見たいと思う心で生き続けているのでした。

姫の入内の夜がきました。紫の上はわが手塩にかけた姫の美しい姿を真実お可愛《かわ》いく眺《なが》めながら、これが生母に譲らねばならぬようなことのないものだったらとお思いになるのでした。三日たって紫の上は宮中から退出されるので、代って明石の上が参内《さんだい》された夜、

お二人は宮中で御対面になりました。

〈こんなに姫君が大きくおなりになったのですから……もう他人らしい遠慮はいたしますまい〉と打解けたお話があり、紫《むらさき》の上《うえ》は明石《あかし》のふとした物言いなどにも、源氏があれだけ心を惹《ひ》かれた理由はある、すぐれた女性なのだとうなずかれました。明石はまた紫の上の、今を盛りの気高い美しさに驚き、源氏の第一の寵《ちょう》の地位にあるのも当然と思われ、その紫の上に並ぶほどの自分の仕合せもなみなみのものではなかったと思うのでした。

姫君の女雛《めびな》のような美しいお姿を見るにつけ明石の上の涙は止りません。この姫を生んでからの長い月日の浮き沈みや歎《なげ》きを思い出すにつけ、今の晴々しい仕合せは住吉《すみよし》の神の庇護《ひご》とありがたく思われるのでした。明石姫はよい教育を思うままに身につけ、また後楯《うしろだて》には父の源氏を持ち、容貌《ようぼう》姿も、父と生母のよいところを受けついでいられるので、お若い春宮《とうぐう》——皇太子の御覚えもとりわけめでたく——そうなると、競争者方の女房どもが、〈あの生母がお傍についているのが玉に瑕《きず》ね〉などと噂《うわさ》をするのですが、さりとて、そのために女御《にょうご》としての姫君の影がうすれるというような事はなく、かえって、つつましく賢い明石の上の人柄か、女御の桐壺《きりつぼ》の御殿の、好ましく床《ゆか》しい雰囲気は人々を引付けて、殿《てん》上人《じょうびと》らの華やかな社交の場所にさえなるのでした。

紫の上も、何かの折には出ていらっしゃるので、明石の上ともだんだんに打解けてゆかれましたが、さりとて狎《な》れるというようなおろかなところはつゆほどもない賢い心ばえの

明石の上でした。

源氏の君の年来の御希望はここで一段落をつげた形ですね、姫君は理想通り皇太子の傍に女御として入内され、また夕霧《ゆうぎり》も内大臣から折れて出て雲井《くもい》ノ雁《かり》と結ばれこれも御安心です、もうこうなる上は、自分もやがて四十だからこれを機会に世の煩《わずら》わしさを逃れて出家し、余生を送りたいものだともお考えになります。

そうなればまだ若い紫の上のことが気にはなりますが、しかし娘分の中宮もいられることだから紫の上にはこの上ないお味方である、それに春宮《とうぐう》の女御の明石姫だとて表向きの親としては紫の上を立てられるわけだから大丈夫《だいじょうぶ》だ。あの人のいい花散里《はなちるさと》の世話は、自分がいなくなっても、しっかりした夕霧が見てやってくれるだろうから心配はないと、考えてゆかれると、源氏は心に掛ることもなく、今こそ出家出来るような気がなさるのでした。

その秋、三十九歳で、源氏は太上天皇《だじょうてんのう》に準ずる御位を授けられました、実はまことの父の源氏に対して帝《みかど》はそれでもまだ物足りなく、世間を憚《はば》からねばならぬことを残念に思召《おぼしめ》すのでした。

夕霧は中納言に昇進し、舅《しゅうと》の内大臣は太政大臣《おおきおとど》に進まれ、一門の栄え極まれりと申すべきでしょう。

夕霧は地位が高くなりましたので舅の家を出て、祖母の大宮の住んでいられた三条の邸《やしき》に、家や庭の少し荒れていたのを清らかに手入して雲井ノ雁との新家庭を営まれました。

ここは二人にとっては昔を取り返したような思い出の場所で、亡き祖母の大宮が、今夫婦となった二人の孫に注《そそ》がれた愛情をありがたく思い出させるのでした。

太政大臣《おおきおとど》は御所からの帰りに、この邸の紅葉《もみじ》に誘われた風に娘夫婦の新しい住居に立ち寄って、亡き大宮の住まわれた当時のように新夫婦が華やかに明るく住みなしているのをみてしんみりとなさるのでした。

美しい若夫婦ですが、女君《おんなぎみ》の方はほかにはないというほどの御容貌《ごきりよう》ではないのですが、婿君はあくまでも綺麗《きれい》でした、しかし長い間の苦難を経て結ばれた二人の間は水も洩《も》らさぬ緊密さなのでした。

十月の二十日すぎ、紅葉の盛りには、源氏の六条院に主上《しゆじよう》の行幸《みゆき》がありました。まことに源氏の生涯でのよき日がつづいたわけです。

この行幸の日が華やかなものになるであろうことを思って、源氏は、朱雀院《すざくいん》の上皇をも御招待申上げましたから、なおさらにめざましい盛儀となって世の人々の眼をみはらせました。

紅葉の庭に帝をお迎えして、源氏はそぞろに若き日の紅葉の賀の宴に、今の太政大臣と青海波《せいがいは》を舞われたことを思い出されました。

今は高位に昇られた貴方《あなた》もかつて紅葉の賀に青海波を舞ったことを思い出されようという意味の歌をよみかけられると、太政大臣もまた感慨無量で、位人臣を極めた自分ではあ

るが、帝の御子と生れて今を時めく源氏の御身分こそはまたこの上もない尊さであると、

むらさきの雲にまがへる菊の花
にごりなき世の星かとぞみる

と、源氏を称《たた》えて歌を返されました。

やがて、さまざまの楽器の合奏も始まりました。この巻はこうして源氏一門の栄えを物語って居ります」

若菜 上

祖母君が息もつかせず、物語を進展させてゆくので、この頃は、質問や感想の余裕もない、それだけみなこの物語に聞き入って、物語の中の人物の成長につれて真剣になっているのかも知れない。

「この若菜《わかな》の巻はたいへん長いのです。源氏三十九歳の暮から四十一歳の春までのことで、とても今夜お話しし切れませんが、少しだけお話し始めておきましょうね。

先の帝、朱雀院は、源氏の兄君に当りますが、もともと御病身でそのため早く御位を今

の帝にお譲りになったほどですが、この秋の六条院の紅葉《もみじ》の宴《えん》のあとの頃からまたお身体《からだ》が弱られ、御自分でもどうももう長生きしそうもないから仏道に入ろうと、出家の御用意をなすっていらっしゃるのでした。

あとのことは御子の春宮《とうぐう》にお頼みになるのですが、それにしてもお心にかかるのは末の皇女の三《さん》の宮《みや》のことでした。この姫宮は十三四になられていますが、御生母を早く失われて後見をする方もないのが、院のお悩みの種《たね》で、御出家の準備をなさりながら一方、この最愛の姫のための裳着《もぎ》の式を急がれいろいろ御調度などもとり揃《そろ》えていられます。

ある日、夕霧《ゆうぎり》の中納言《ちゅうなごん》が御機嫌奉伺《ほうし》に参候《さんこう》しますと、院はなつかしげに御簾《みす》の中にお招き入れになってこまやかなお物語があります。そのうちに〈この頃は太政大臣《おおきおとど》の邸にいるそうだね、円満にいってよかった、しかし残念な気もする――〉とおっしゃるので、夕霧はおかしいことを、と思いましたが、思い当るのは院が女三の宮を降嫁《こうか》させたいという思《おぼ》召《めし》の噂のことでしたが、心得顔に御返事すべきことでもないし、また雲井《くもい》ノ雁《かり》だけに思いを集めていて、それがやっと叶《かな》ったという今、院の仄《ほの》めかしを承《うけたまわ》っても夕霧にはどうするということも出来ません。

今年十九歳のすべてに整った美しい夕霧の中納言の顔をじっと御眺めになりながら、院はもっと早く夕霧が一人でいた時分に、早くこのことを考えつけばよかったと思召していらっしゃいます。

そのお気持を承った三の宮の乳母《めのと》は、兄が六条院に出入している関係からそのあたりの事情にも明るく、

〈中納言はお立派な方ですが、雲井ノ雁に長い間心をかけて、その思いが叶ったばかりですから、真面目《まじめ》な方だけに今更《いまさら》お気持はお動きになりますまい、いっそ中納言の父の源氏の君こそ、かえって今でも人を床《ゆか》しく思召すお心もあり、お志《こころざし》も深い方でございますから〉と申します。

院は源氏の気の多いところは御寵妃《ごちょうひ》の朧月夜《おぼろづきよ》の君のことでも、こりごりしていらっしゃいますが、またどの女をもいつまでも捨てるということはなく、分に応じて大切にされているという点は信用していらっしゃいます。

もっとも女三の宮を欲しい方には例の兵部卿《ひょうぶきょう》の宮、太政大臣の息《むすこ》の柏木《かしわぎ》やその他にもあることはいくらもあるのですが、院はどの人にも安心して姫をお預けになれないのですね、源氏が紫の上を育て上げられたように、皇女をお世話する男はないかとお考えになっているうちに、結局やはり源氏に三の宮を托《たく》したいという御決心が次第について、そのことを乳母の兄を通して源氏にお伝えさせになりました。

源氏の君も院の思召はありがたいことには思っても、今更自分が娘のような若い皇女を戴くよりは、わが子の夕霧か、或《ある》いはいっそ今の帝に奉《たてまつ》られた方が、ふさわしいのではないかと、躊躇《ちゅうちょ》していられます。

やがてその年も末になって朱雀院《すざくいん》の御病気はお癒《なお》りになる御様子もなく、三《さん》の宮《みや》の裳着《もぎ》の式をお急ぎになることになりました。その儀式の終るのを待って、朱雀院は御剃髪《ごていはつ》になって出家となられました。

源氏がお見舞に伺候《しこう》されると、いろいろとお心弱く今昔のお話をなさり、〈自分は出家した後、母もない子で誰れに托《たく》したらよいかわからぬ子のために思い煩《わずら》っている〉とおっしゃるのでした、勿論《もちろん》それは女三の宮のことを指していらっしゃるのです。そして源氏の子の夕霧《ゆうぎり》が雲井《くもい》ノ雁《かり》と結ばれない時にそうしておけばよかったなどともおっしゃるのです、しかしその夕霧は、結婚直後ですし、とどのつまり源氏の君が、この女三の宮をお引受けすることになってしまったのです」

大貝夫人はさっきからむずむずした様子だったが、遠慮がちに質問の口を開いた。

「あの一寸《ちょっと》伺いますが、その姫君と源氏の君とはなんだか血が続いていらっしゃるんじゃないでしょうか」

「ええ仰《おお》せの通りです、叔父姪《おじめい》の間柄ですが、その当時は大した問題でなかったらしいですね」

「まあ――」と藤子姉妹も溜息《ためいき》をした。

「この若い皇女が源氏に降嫁《こうか》されることにきまったことで、ひそかに姫を望んでいた公達《きんだち》はがっかりされました」

「あら、だって、紫の上が、もう源氏の正夫人にきまっているんじゃないんですの」

これは容子の抗議だった。

「今の道徳では律しられませんね、この物語の中の男女の関係は——先帝の仰せなら源氏は畏《かしこま》ってお引受けせねばならなかったのですし、紫の上とて、皇女である三の宮とは身分が違いますから……」

昔の男女の道徳の不思議さに生徒たちはもう質問する気もなかった。

「しかし紫の上のお気持については、それは勿論《もちろん》源氏にとって大問題でした。ともかく内《ない》親王《しんのう》を夫人に迎えることになったことについて、紫の上に弁明しなければなりません。近年になっては隔《へだ》てというものをなくしていられた御夫婦仲だのに、すぐにその話を打明けずにいるということがもう苦痛なのですが、その夜はともかくそのままにおやすみになりました。

翌日は雪が降って空の景色も物あわれに、源氏はしみじみと紫の上とすぎこし方の物語をなさり、

〈院の御病気のお見舞に上っていろいろ身に沁《し》むことを伺《うかが》った、内親王のことをお頼まれしてお気の毒さに御辞退することが出来なくなってしまったのです、世間ではまた私を浮気だと言いふらすだろうが仕方のないことだ、自分だとて、さすがにもうそうした若い人と結婚のことなどは気恥かしく、宮のためにもお仕合せかどうかわからないと思い、最初、

人を介しての仰《おお》せの時にはお断りしたのだが、じかにお眼にかかっては院の仰せに何とも言い逃れが出来なくなったのです。院は御出家をなすったが、やがて山寺へお籠《こも》りになる時には三《さん》の宮《みや》をこの邸にお迎えしなければならない、さぞあなたには厭《いや》な事だろうが、たとえそういう事があっても、あなたに対しての私の心に変りはないのだから、どうか信じて欲しい、あなたもこの場合、心細い内親王に同情して、この問題に理解を持って下さい〉

と、諄々《じゅんじゅん》とお説きになりました。しかし内心、紫《むらさき》の上《うえ》が、今まで、一寸《ちょっと》した源氏の浮気心にもお苦しみになる性質を思うと、どういうことになるかと、恐れていられたのですが、ところが案外、紫の上は平静な態度で、

〈なんだかお気の毒な院のお頼みでございますこと、私がここにいては困るとおっしゃるのでなければ安心して居りましょう、内親王の母君は私の叔母様でもございますから、大《おお》様《よう》にお考え下さるでしょう……〉

と卑下《ひげ》なさるのが、源氏にはかえってうす気味悪くなるほどです。

〈そう思って円満に暮せたらまことに有難《ありがた》い、世間で何と言おうと夫婦仲のことなど他人にはわからぬものなのだから、つまらぬ嫉妬《しっと》のさわぎなど起さぬようにしよう〉とお訓《さと》しになりました。

さて、そういう会話が御夫婦の間にあったものの紫の上のお気持はどうでしょうか。

それは三の宮のことは思いがけない出来事で、源氏としても自分から進んで仕掛けた恋でもなし、そういうことを騒ぎ立てるのもばからしいことです、しかし、それにしても父式部卿《しきぶきよう》の北《きた》の方《かた》が何かと紫の上に含んで、髯黒《ひげくろ》大将と玉鬘《たまかずら》の件にしてもいろいろと曲った恨《うら》みを持っていらっしゃるというのですから、この話をきいたら、さぞよい気味のように言われるであろうなどとついお考えにもなるのでした。

良人《おっと》の源氏にも、もうさすがに新しい女性との交渉もなくなって安心だと思っていたのに、またこんな外聞《がいぶん》の悪い目立ったことが出来てと、内心ではあまりよいお気持ではないのは当然です、この時紫の上は三十一歳、御自分の子供のような三の宮が、源氏の許に嫁《とつ》いでくるのですから、まことに妙なお気持だったでしょう。

ではこの辺で若菜の巻の中途ですが、やめて、源氏の四十の春のことから、この次に——さて、その後どうなって行きますか」

いつもと違って生徒たちは、その後を早くきいてしまいたいようだった。

ところが、待ちかねたその次の講義が更に延びたのは、鮎子が急に発つことになったからだ。

初めは船のつもりだったのが、丁度《ちょうど》飛行機でボストンまで行く、彰の友人の大学教授があって、それに托《たく》して鮎子を送ることになった。

よく晴れた秋日和《あきびより》の日、羽田の飛行場へ、両親から姉妹、刀自《とじ》も大貝夫人も一緒に行った。大貝夫人に贈られた大きな花束を持っていよいよ機上の人となる前にタラップの中途で、鮎子が一度後を振り返った時、みんな胸がときめいて、涙が出るようだった。

機体についている丸い窓のいくつめに鮎子の席があるのか、みんなわからないでいる。

「船だとテープを引張っていつまでも顔が見えているのですが、飛行機だと、それが呆気《あっけ》のうございますよ」と大貝夫人が慰《なぐさ》め顔だった。

秋空の雲の蔭に、パンアメリカンの銀翼《ぎんよく》はかくれて行った。ジョー葉村を送ったところで、やがて鮎子を送り出そうとは思いがけぬ高倉一家だったが――しかし鮎子のためによい運命が開けたのだから、誰れにも、人を送りながら淋《さび》しい色はなかった。帰り道、容子《ようこ》が祖母の手をとって言った。

「鮎子ったら、源氏のお講義をノートに取って送って頂戴《ちょうだい》ですって、日本語忘れるといけないし、若菜《わかな》の巻が途中で心残りですってよ、お祖母《ばあ》様」

しかし、楓刀自《かえでとじ》は御機嫌がよかった。

アメリカに学ぶ希望で上《うわ》の空《そら》で浮々《うきうき》していた孫娘が、やはり自分の講義をアメリカへ行っても待っているかと思うと、悪い気はしなかった……。

若《わか》菜《な》上（続）

いつも湖月抄《こげつしょう》の載っている机の脇に、今日は、細長い洋封筒と、一枚の絵葉書が、切手の下にAir《エア》 Mail《メイル》とある二つの航空便が置いてある。

「飛行機は早いものですね、ウエーキ島からとハワイからのがもう参って居りますよ、飛行機の中で、ちゃんとお食事が出るのだそうですね、立派な献立で——塩と胡椒《こしょう》の入ったボール紙の壺《つぼ》がそれは可愛《かわ》いくておままごとに使いたいようだなんて、鮎子がのんきなことを書いてきて居りますよ、それにまあ御不浄《ごふじょう》も備わって化粧室もございますそうで……。羽田からウエーキ島でいったん降りて、二時間も暇があったとかで、うちをなつかしがっていろいろと書いてよこしました。大貝の奥様にもよろしくと……」

刀自《とじ》は、孫娘の旅便りがうれしくてならない様子で、その二つを机の上に置いての今日のお講義だった。

「さて、現代のウエーキ島ではなく、千年も前の平安朝の物語に入りましょう。この間は〈若菜《わかな》の巻〉のほんの序《じょ》の口《くち》だけいたしておきましたね、朱雀院《すざくいん》の内親王《ないしんのう》である女三《おんなさん》の宮《みや》が、年の違う源氏の許《もと》に、御降嫁《ごこうか》になることになり、紫の上にそれをお打明けになったところまででしたね……」

生徒たちはうなずく。

若菜 上（続）

「さて、そういうお話がきまって、明けてのお正月は源氏の四十の賀にあたります。その正月の子《ね》の日に、あの髯黒《ひげくろ》の大将へいらしった玉鬘《たまかずら》の君が源氏にお祝いの若菜を奉《たてまつ》られました。それにちなんでこの巻を若菜と申します。

あまり仰山《ぎょうさん》な祝いなどすると長生をしないからなどとおっしゃって、源氏は表向きの四十の賀を御辞退になったのですが、内輪にはやはりそうした御祝いがいろいろな方の催《もよお》しでつぎつぎとございました。

二月になると、女三の宮が、六条院にお輿《こし》入れになるのでその御準備がいろいろと取り行われ、朱雀院が御愛子にお遣《つか》わしになるお道具類が運び込まれたり、華《はな》やかなお支度でした。

女三の宮の御車がいよいよ六条院に寄せられた時には、源氏の君がお出迎えになって、宮を御車から抱き下ろさるるというような今までの例にない御式でしたが、しかしなんといっても源氏は天子の御位にはないのですから、入内《じゅだい》の式とはまた異って居りました。

その日から引続いて三日間、御父の朱雀院からも婿君《むこぎみ》の源氏の君からもお客さまのおもてなしがつづけられました。いまで申す披露宴《ひろうえん》でございますね。

自分をよそにざわめくそうした空気の中に紫《むらさき》の上《うえ》はさぞお淋《さび》しいお気持だろうと人々には思われましたが、夫人自身では、静かにそうした有様《ありさま》を眺《なが》めていられながら、今まではいかなる女性よりも愛されている妻としてのゆるぎない地位にいたのが、今、遥かに年若い、身分の高い皇女を迎えては、さすがに自分に対しての自信を失いがちになるのですが……しかし賢《かしこ》いこの方は、そういう気持を抑えて、御降嫁を迎えるお支度なども源氏と一緒にいろいろと心遣いなさったので、源氏も感謝して、ほんとに気立のいい妻だと思召《おぼしめ》さずにはいられません。男はとかく身勝手なものですものねえ。

さて、それにつけても女三《おんなさん》の宮《みや》とはどんな方でしょう。お年齢《とし》はまだわずかに十五の少女、女性としては十分に発育されていないまだ一途《いちず》の子供らしい方なのでした。源氏は、紫の上をお引取りになったあの若紫の時代とひき較《くら》べても、あの人は幼少ながらやはり才気があってしっかりしていたのに、女三の宮はあまりに幼稚《ようち》でいらっしゃると思わないわけにはまいりませんでした。けれども源氏は、それもいいだろう、我《が》を張らずに素直な少女らしいのも、などともお考えになります。

なにしろお輿《こし》入れになったばかりですから、三日の間は、夜毎《よごと》に三の宮の方へいらっしゃらなければなりません。

紫の上は今までそんな目にお逢《あ》いにならなかっただけに、御辛抱《ごしんぼう》にはなっても、心の底はお淋しいものでした。それにもかかわらず、源氏の君のお召物《めしもの》などにかえって気をおつ

けになって、女房たちに香を焚《た》きしめさせたり、わが良人《おっと》を、新しい妻への婿君として装わさせてお出しになりながら、やはりどことなくぼんやりと物思いにふけっていられる御様子は哀れにも美しい限りでした。それだけに源氏の君もやはり反省なさらずにはいられません、たとえさまざま事情はあっても、紫の上以外に、またもう一人妻を入れる必要がある筈《はず》はなかった。やはり浮気っぽく弱気の自分の落度がこんな結果になったのだ……などと、今更《いまさら》お考えになってももう間に合いませんが、それで紫の上を宥《なだ》めるようにこんなことを言われます。

〈これから後、あなたを粗末にでもするようなら、それこそ自分で自分に愛想《あいそ》がつきるでしょう……といって、また女三の宮に冷淡であったら、朱雀院《すざくいん》がお聞きになっても申しわけがない……〉

　紫の上は微笑して、

〈御自分のお気持だってはっきりしていらっしゃらないのでしょう、まして私にはどういう風に考えていいかわかりません〉と少しすねておっしゃるのも道理です。

　こんな風にぐずぐずしている良人を〈おそくおなりにならないように〉と、むしろすすめて女三の宮の御殿の方に送り出されます。

　しかし香の染みた新しい衣裳《いしょう》で出かけられる源氏を見送る紫の上のお気持は、たとえ平気を装っていらしっても穏やかな筈はありません、これまでも良人の浮気を警戒なさらね

ばならぬことはいくらもありましたが、もうそんな年齢《とし》でもないと思う頃になって……と思い沈まれます。そうなると、また紫の上に仕える周囲の女房たちはいっそう気を揉《も》みます。

〈思いがけないことが世の中にはあるものですね、たくさん御愛妾《ごあいしょう》はいらしっても、誰れもみな紫夫人のお人柄には一目置いて遠慮していられましたから無事平穏でしたが、こういう風に天下《あまくだ》りの内親王がお輿入れでは、さすがに夫人も圧《お》されておしまいになるかも知れません、またそうでなくても、どんな面倒なことが起るか知れませんよ……〉

そんな風に口さがない女房達の噂《うわさ》話を耳になさると、紫の上はまたそれが世間に洩《も》れたりしないようにと、心配なすって、

〈ここにはたくさん女の人がいても、ほんとうに源氏の君にふさわしい身分の方はいらっしゃらなかったのです。内親王が御降嫁《ごこうか》になったのは結構なことです、あのような高貴な御身分の方が朱雀院《すざくいん》の特別の思召《おぼしめし》で六条院へおいでになったのですから、心を隔てずにおつきあいしたいと思っているのです〉とおっしゃるので、女房たちは顔見合せて〈あまり御同情がすぎるようね〉とその忍従の貞節をじれったく思う有様です。

それらの侍女達は、源氏が須磨《すま》へ下られた頃から紫の上づきになっている人々ですから紫の上びいきです。それだけにみな夫人に同情している次第なのですが、紫の上の方では、そう女房たちに同情されるということが心苦しいのです。

無常の世の中で、そんなことにくよくよしても仕方がない、そういう夫婦愛への執着も忘れよう――とお思いになり、良人《おっと》の留守の夜をいつまで寝ないでいるのも、かえって人に怪しまれようと、寝所にお入りになると、女房が、夜のものをお掛けいたします。ここで原文には、

げに、かたはら淋しき夜な夜な――

とございます。これは独り寝の夜々という意味ですが、たしかに人から憐《あわれ》まれても仕方のない空閨《くうけい》だと歎息《たんそく》なさると、源氏が須磨へ行かれた頃の事などがいまでは心なつかしく思い出されます。

あの時は遠く離れて別れ住んでいても同じ世に愛し合って生きているのだと思うことで満足でした。そして淋しいわが身のことなど打ち忘れて、ただひたすらに源氏の御身の上を案じていたのに……いっそあの時自分も源氏も死んでしまっていたらそれっきりだったが、しかし幸いにも生き長らえてふたたび一緒に暮していられたのだから、今多少こうした辛《つら》いことがあっても仕方がないなどとお考え直しにもなるのでした。

その夜、外には風が吹いている夜の冷えで、なかなかお眠りになれないのですが、うっかり寝返りなど打ったら、すぐ近くに寝ている侍女達が察して気の毒がるだろうと、寝返りさえ自由にはなされずに、じっとしていらっしゃるのも苦しいことでした」

大貝夫人は身につまされたように聞いていたが、思わず歎声を洩《もら》した。

「ほんとうに現代だって、女の苦しみなんてそんなものでしょうよねえ、私も経験がございます。亡くなった主人がやっぱり若い女を囲ってそっちへ行ってる晩は、うちの女中たちにもそんな風な気持をしたことがございますよ、千年前も、千年後も、女というものはつまりませんねえ」

これこそ大貝夫人の偽《いつわ》らぬ告白で、生徒たちは笑うことも出来ずにうなずいてしまった。おしゃまな鮎子がいなくなって、生徒たちはなおさら神妙な態度である。

「ところが、そういう紫《むらさき》の上《うえ》の苦しみが通じたものでしょうか、女三《おんなさん》の宮《みや》の傍におやすみになった源氏は、紫の上の夢を御覧になりました、気がお咎《とが》めになったのでしょうね、鶏の鳴く声を待ってお起きになると、早速お帰りになりました。

花嫁の姫君がまだお小さいので、おつきの乳母《めのと》が源氏をお見送りいたしました。暁《あ》け方のまだうす暗い中にお立ちになった源氏の衣《きぬ》から、よい香が香りますと、乳母たちはついこんな古い歌を思い出して口ずさみます。

春の夜のやみはあやなし梅の花
色こそ見えね香やは隠るる

お庭の前に溜《たま》った残る雪も、湿った白い砂利と区別のつかないような暁方《あけがた》の道を踏んで

紫の上のお住居にお帰りになって源氏が格子《こうし》をお叩きになると、それとわかっていながら、紫の上びいきの女房たちは口惜《くや》しがって、わざと寝入ったふうに気付かぬふりをして暫《しばら》く源氏を寒空《さむぞら》の外にお待たせいたしますが、源氏はお怒りになるわけにもゆきません。〈外で待たされて冷えてしまったが、こうして夜明けに帰ってくるのも、あなたを恐れる心が一通りではないからですよ〉などと、それこそ今でいう恐妻ぶりをお示しになって、紫の上の夜着を引上げてお顔をのぞかれると、ほのかに涙に濡《ぬ》れた下袖をお隠しになる様子などもいかにも美しく哀れに源氏のお心をうつのでした。

いかにもなつかしげでいながら、どこか打解けぬ様子も品よく見飽《みあ》かぬものに思われて、内親王でいらしってもまだ女性としての完成には遠い花嫁と思い較《くら》べられながら、空閨《くうけい》の怨《えん》のとけぬ風の紫の上を慰《なぐさ》めるために一日ずっと傍にいらっしして、夜になっても宮の方へは行かれずにお文《ふみ》だけを送られました。

そのお文のお返しが届いた時、源氏はあまりに幼稚《ようち》な三の宮の御筆蹟《ひっせき》を紫の上には見られたくないような気がなさいました。紫の上に隔て心はなくとも、蔑《さげす》む思いをさせては宮の御身分に対して申しわけがないと思われたのでしょう。しかし隠してしまうことも憚《はばか》られて少しは見てもいいようにお拡《ひろ》げになるのを紫の上は見て見ぬふりに御覧になりながら〈十五にもおなりになれば、こんなではない筈《はず》だのに〉とお思いになるのでしたが、御遠慮でなんともおっしゃいません。

源氏もこれが普通の身分の女性のですと文字のことから何から忌憚《きたん》なく批評なさるのですが、さすがに言葉をつつしまれて、ただこうだけは言われました。

〈安心なさい、とてもあなたの相手になるような人ではないのだから〉

次の日は昼の間に三《さん》の宮《みや》の方へ源氏はお出掛けになりました。宮はまことに可憐《かれん》で、まるで衣裳の中に埋まって、お身体はないようなお可愛《かわい》らしさです。そして幼な子が人見知りをしないように無邪気にお美しいのです。

朱雀院《すざくいん》は御学問のことはともかく風流で優雅な方だったのに、御愛子の三の宮はどうしてこうも凡庸《ぼんよう》なと思われるようにお育てになったものだろうと源氏は残念にお思いになるのですが、また何でもおっしゃる通りになよなよと素直な宮を捨て難《がた》くもお思いになるのでした。

世間から見たらまたこの姫宮もお立派に見ることとなのだろうと、いろいろ御経験もつんで寛大になったお心では、足らぬところを補《おぎな》って、こうした平凡なひとにも満足しようとお考えになるのですが、今更《いまさら》に、少女の頃から引取って一緒にお育てになった紫の上が、年と共に成長された様子が、世にも類《たぐ》いないものに思われてきて、我ながら、あの人をよくも育てたものだとお考えになるにつれて、今朝別れて、夕方逢うまでの間も恋しく思召《おぼしめ》すほど、源氏の愛はやはり今までにもまして紫の上に傾《かたむ》いてゆかれるのでした。

それは、どうしてこんなにあの人に惹《ひ》かれるのだろうと源氏自身が怪しまれるほどでし

た。

さて朱雀院は、その同じ月のうちにいよいよ西山の寺にお入りになりました。そして、父性愛のこもった手紙を、たびたびお寄せになって幼い女三の宮のことを源氏にお頼みになるのでした。

そのお文は紫の上にも賜《たま》わりました。

〈まだ姫は幼く、なにもわからないが、無邪気な者としてお許しを戴《いただ》きたい、あなたには血縁がないわけでもないから――〉などとございました、これは三の宮の母君が、紫の上の叔母君にあたることを指していられるのです。

院からわざわざ紫の上にまでお頼みのお手紙を戴いて源氏もまことに恐縮して、

〈お気の毒なお手紙です、お返事をお上げなさい〉と言われます。

紫の上は、まことに書きづらい御返事でしたが、

そむく世の後めたくはさり難《がた》き
　ほだしをしひてかけな離れそ

お子様がお気《き》懸《がか》りに思召されるのでございましたら、どうぞその恩愛の情をむりに断ち切って御出家遊ばしますなというようなさりげない意味です。しかし、朱雀院は、その歌

の文字のみごとなのを御覧になるにつけてもこんななにごとも恥《はずか》しくない立派な夫人のいられる中に、あのような幼稚《ようち》な姫がいるのではと、それがまた御心配になるのでした。

お話は変って――実はこの間にもまだくさぐさございますが省略してもかまいますまい。

さて、春宮《とうぐう》のお傍へ上られて桐壺《きりつぼ》に入られたあの明石《あかし》の姫君は、御寵愛《ごちょうあい》が深く、御実家の父の源氏の館に退出のお許しもなかなか戴けずに、六条院での姫君時代の生活をなつかしく恋しがっていらっしゃいました。

夏の頃になってお身体の具合が勝《すぐ》れなかったのにまだ退出のお許しがなかったのですが、それがやがて御妊娠とわかりました。まだいたいけなお齢だのに御分娩《ごぶんべん》のことなども心配で、やっとお許しを戴いて、お里へ退《さが》られることになりました。

女三の宮のおいでになる寝殿の東側の御座敷を、そのお宿下りの女御《にょうご》の御分娩までの一時のお住居にあてられました。

御入内《ごじゅだい》の後、ずっとお傍についていられた実母の明石の上も一緒に六条院に帰ってまいりました、春宮の御子を宿した桐壺の方のお傍にいられる実母の明石の上は幸運な方だと誰にも思われました。

さて桐壺の女御が邸《やしき》に帰って来られたので、紫の上は御挨拶《ごあいさつ》やお見舞にいらっしゃるわけですが、その桐壺のお方の一時のお住居は女三の宮のいられる寝殿のお近くなのですから、紫の上は源氏に御相談になりました。

〈このついでに三の宮にも御挨拶申上げましょう、前からそう思っては居りましたが機会がなくて御遠慮いたして居りました〉

源氏は微笑されて、

〈それは願ったり叶《かな》ったりのことです、よく、いろいろ教えてやって下さい〉と言われました。

そして源氏は三の宮のところへいらしって、

〈紫の上が桐壺の御方にお会いする時、あなたにもお近づきになりたいと伺《うかが》います、いい人ですし、まだ若々しくて、あなたの遊び相手としても不似合ではありませんよ〉とお知らせになりました。

女三の宮は〈まあ恥かしいこと、どんなお話をすればよろしいでしょう〉と御心配の御様子です。

〈人との話の返事などは臨機応変にその時々にお考えになればいいのです、隔て心なくおもてなしになれば結構です〉とお教えになり、あまりに三の宮が子供らしいのを紫の上にすっかり見て取られるかときまり悪いような気もなさるのでしたが、しかし、どうかこの三の宮が紫の上と仲よくしてゆかれるようにと願われるのでした。

源氏はこうして女三の宮や桐壺の方のような、それぞれに若く美しい最上の貴女《きじょ》を御覧になった眼で、居間に帰っていつも見慣れた紫の上を御覧になるのですから、見劣りのし

そうなものですのに、やはりなが年見なれた紫の上が第一の美人だとお思いになるのでした。すべての点で気高く立派に整のっている上に、明るく華《はな》やかにいつ見ても見飽《みあ》かぬ眼新しい美を現わしていると、今更に感嘆されるのでした。

さて——紫の上は桐壺《きりつぼ》の方をお見舞になりました。明石《あかし》の姫君時代からそのお手許でお育ちになっただけに桐壺の女御《にようご》は実母の明石の上よりも、紫の上をなつかしく慕っていられます。入内《じゆだい》されてから更に美しく大人びた桐壺の方と今も真実の母娘のように打解けて紫の上はいろいろとお話しになります。

それから、中の戸をあけて、女三の宮のお住いの方に行かれ、そこで始めて紫の上は宮に逢われたのです。

まるで少女のようなこの宮に、紫の上も嫉妬《しつと》の気持をはなれて気が軽くなられ、年上の姉のようなお心持でこの宮との血の続きのことも言い出され、宮の乳母《めのと》をお呼びになって、

〈同じ血を辿《たど》ってゆくと、失礼ながら、三の宮を他人のような気はいたしません、今まで折がなくてお目にかかりませんでしたが、これからはどうか、私の方にもいらしって、気のつかないことはおっしゃって下さい〉と言われます。

中納言の乳母という宮の乳母はすっかり有難《ありがた》がって、

〈そんなにお心やすくおっしゃって戴くのはこの上もなく有難いことでございます。御出家遊ばされた院のお心持も、あなた様が隔てなく宮をお世話下《くだ》されかしとの思召《おぼしめし》でござい

ます、三の宮もそれを頼りに遊ばしていられます〉と申します。

〈先頃、朱雀院《すざくいん》から、勿体《もったい》ないお文を戴きました〉などと紫の上は優しく打ちとけて、やがて宮のお気に入りそうな絵のお話やら、雛《ひな》遊びをまだやめられないなどという若々しいお話をなさるので、宮もすっかりなついておしまいになりました。

それ以来お二人の仲は平和に結ばれて、いつも文などを交されることになりました。

宮がいらしって紫の上の寵《ちよう》が衰えたとか、反対に、宮のお立場がお気の毒だとかいったおせっかいな世間の噂さも、源氏の紫の上への愛は優《まさ》ればとて衰えず、その上、紫の上と三の宮との間柄が円満なので、いつか消えて行ってしまいました。

さて桐壺の御方の御産気《ごさんけ》が近づいたので御安産の読経《どきよう》などもあり、諸寺諸社の御祈禱《ごきとう》もおさせになります、源氏はかつての夫人葵《あおい》の上《うえ》をお産でお亡くしになった苦《にが》い経験から、ことに御心配で、紫の上がついにお子さまをなさなかったのは、物足りないとはお思いになっても、お産の苦痛を味わせなかったことをむしろうれしく思召すくらいでしたから、まだいたいたしい年齢の姫が女御となられ、こんな子供らしいお身体で御出産なさるということはどんなかと、いろいろお案じになって、はては陰陽師《おんみようじ》の進言でお産室を移すことになり、以前明石の上のいらしった北の御殿の対《たい》をそれにあてて、外には御祈禱の壇を築かれるという騒ぎです。

明石の上の母、あの明石入道の妻の老尼《ろうに》は、自分の孫の明石の姫君が女御となられたの

を一度拝みたいと言い暮していたのが、今、皇子を生み奉《たてまつ》る時になって思いがけなく近づくことが出来て有頂天になり人少なの折には御病床に近づいて昔のことを思い出して、いろいろと須磨《すま》明石《あかし》からの話や、明石の姫の出生のことまでくどくどと言い出すのでした。

実母の明石の上はわが子の傍についていても古い身上話などはまだお聞かせしなかったのに、この老尼《ろうに》から、さまざまの話をきいて女御《にょうご》は驚かれました。自分の祖母とも知らず、初めは妙な尼君だと思われたのですが、かねて自分にお祖母《ばあ》様のあることだけは御承知だったので、ようやく、それとわかりました。

今まで、明石の姫は御自分が、遠く都を離れた田舎《いなか》の明石の海辺で生れたなどということは御存じなかったので、今お聞きになるにつけ、自分の身分や出生に欠点がないわけではない、こうして入内《じゅだい》して人に優れた位置にあるのも、養母の紫《むらさき》の上《うえ》の愛に磨《みが》き育てられたお蔭だとお思いになるのでした。それにしても若いお心は思い乱れ、わが祖父がひとり世離れした仙人のように生活しているということも悲しいのに、耄碌《もうろく》をした祖母の老尼はそんなことはわからず、ただもう孫を見ることで嬉し涙にくれて居ります。

弥生《やよい》の十日あまりに女御は安産をされました。

それまではどうなることかと神仏に祈りがささげられていましたのに、なんのお苦しみもなく、やすやすと男の皇子をお生みになりました。この上の幸福はないと源氏もお喜びになりました。

紫の上も産室に出て来られました。まだいたいけなお年齢《とし》なのに、白い衣《きぬ》を着て、いかにも母らしく若宮をお抱きしている女御のお姿は可憐《かれん》なものでした。紫の上はかつて御自分に母としての経験のないことだけに産屋《うぶや》の有様も珍らしく、幼い皇子がお可愛らしく、なんとなく危なかしい御様子ながら、始終お抱きになっていられるのでした。なんと若々しい祖母君でしょう。そして実祖母になる明石の上は、万事紫の上にお任せして自分は皇子の湯浴《ゆあみ》のお支度などに気を遣《つか》っていられるのでしたが、どこまでも気高く立派な明石の上だけに、人々はそういう姿も侮《あなど》るどころか、やはり当然未来の天子の外祖母になるべき因縁の方であったというような尊敬の眼でそれをみるのでした。

七夜《しちや》のお祝いからはまた正殿に戻って、宮中からのお祝いを始め、眼も眩《くら》むほどの産《うぶ》養《やしな》いのお祝いがつづきましたが、これは省略いたしましょう。

この皇子の生れた知らせは、あの明石の入道のところにも届きました。彼は喜ぶと同時にもうこれで現世から心おきなく、ほんとうに出家することが出来ると、弟子どもにも言い、明石の邸宅を寺にし、近くの領地はすべてこの寺領《じりょう》とし、自分は播磨《はりま》の奥に、人もなかなか通い難い深山《みやま》の奥の草庵《そうあん》に引籠《ひきこも》ることにいたしました。

そして、いよいよ明石をたって山に入る前に娘の明石の上に手紙を送りました。

――この年月は、生きながら父は他界にいるような気がしていた。特別のことのない限り文の往復もしなかった。看経《かんきん》にのみなれた眼には、仮名書の文をよむにも暇《ひま》どり、念仏

を怠《おこた》ることになり無益のことと、此方《こちら》からは便りも上げなかった。姫が東宮《とうぐう》の女御《にょうご》となられ、今、皇子を生み申されたそうで、その喜びを申上げる、僧の身としてこの世の名利《みょうり》を望む心はないが、過去の私は恩愛の念から離れられずにいた云々《うんぬん》……とあり、父のかけた願《がん》が叶《かな》ってあなたは幸福な人となった、この父の子でなく、あなたは別の命を享《う》けているものと思って、父の命の終る日も知る必要はない、父のために喪服を着ることも要らない、ただこの父のためには、人の功徳《くどく》になることをなされればよろしい、後の世で父と再会の得られることを思っておいでなさい――と。

　入道が娘のために住吉《すみよし》の社へ奉《たてまつ》ったたくさんの願文《がんもん》を封じた沈香《じんこう》の箱を添えて、やがて姫君が国母《こくぼ》となられた折には神々への願《がん》はたしをなさるようにと書き添え、老妻の尼君への手紙には細かなことは言わずに、――この月の十四日、家を離れて深山の庵《いおり》に入る、つまらぬこの身は、熊や狼の餌食《えじき》に与えよう、しかしそなたは将来なお永生《ながいき》して、娘や孫の栄華を御覧なさい、やがて極楽浄土《ごくらくじょうど》でまた会いましょう――とありました。

　明石の上と尼君は、父と良人《おっと》の文をみて、涙にくれました。源氏もふとある折にこの入道の手紙のことを知って、涙を拭《ぬぐ》いながら読まれました」

　――いつも大人《おとな》しい容子が珍らしく言葉をさしはさんだ。

「その明石の入道って人私好きですわ、面白い哀れ深いお爺《じい》さんですね」

「ほんとうに入道のその気持がわかるような気もし、また入道の老妻のその時の気持も察

しられます」

楓刀自《かえでとじ》も同感を表された。

「ところでお話はまた変ります。いつもよく六条院にも来られる太政大臣《おおきおとど》の息子の柏木《かしわぎ》は童子の頃から朱雀院《すざくいん》に始終お出入りして親しくお仕えした人ですから、朱雀院が、女三《おんなさん》の宮《みや》を殊更《ことさら》大切に遊ばすお気持もよく知り、いつかその三の宮をぜひわが妻に戴《いただ》きたいという心持になって居りました。朱雀院も別にそれを怪《け》しからぬことのようには思召《おぼしめ》されなかったのですが、宮がああして思いがけず源氏に降嫁《こうか》されてしまったことは、柏木にとってはまことに残念でいまだにあきらめることが出来ません。

源氏がいつもおっしゃるようにやがて、御出家のお志《こころざし》をお果しになった暁《あかつき》にでも、女三の宮を改めてわが妻に戴くことが出来ようかなどとまで考え、宮の乳母子《めのとご》の小侍従《こじじゅう》という侍女は柏木の乳母の姪《めい》であるところから手なずけて、柏木は降嫁されてからの宮の御近況も時折《ときおり》伺って居りました。

この小侍従の伝えるところによれば、宮はやはり紫の上には叶わないでいられるらしい御様子に、柏木は、自分だったら、けっしてそんな物思いはおさせしなかったのになど、残念に思うのでした。

三月の空のうららか日に、源氏のお住居に、兵部卿《ひょうぶきょう》の宮や柏木などもまいって物語をして居りました。源氏が近頃は退屈で、気が紛《まぎ》れない、そう言えば今朝は夕霧《ゆうぎり》が来ていたが

どこへ行ったろう、とおっしゃると、花散里《はなちるさと》の方で、大勢で蹴鞠《けまり》をさせて見ていらっしゃるとのことで〈蹴鞠は不行儀な遊びではあるが、活潑《かっぱつ》で面白い、そうだ、此方《こちら》へ来て、それをしないか〉とお使いをおやりになって、若い公達《きんだち》らを庭前にお呼びになりました。

蹴鞠とは、今のラグビーというほどではないでしょうが、つまり当時の美しい大きな毬を足で蹴って遊ぶ競技です。

毬を持っているか——誰々が仲間か——などいう問答があって、蹴鞠は始まりました。

丁度《ちょうど》、桐壺《きりつぼ》の女御《にょうご》は若宮をおつれして東宮の御所へお帰りになった後で、ひっそりした、その寝殿の東面《おもて》で、蹴鞠のメンバーはお庭の水の流れを避けて、都合のいい庭先を競技場にいたしました。

風采《ふうさい》のいい貴公子らが時の経《た》つのを忘れて、風のない日を幸いに夕暮になるまで、蹴鞠の遊びをつづけています。

柏木《かしわぎ》が加わると、なかなか上手でこの人に叶うものはありません、顔も美しく風采もよく、身の取りなしも鮮やかで、自然に乱れる姿さえ艶《えん》にみえます。夕霧の大将もこんな競技に加わるにはもう重々しい身分ながら、眼で見た感じはたれよりも若く美しく、指貫《さしぬき》の裾《すそ》のふくらんだのを少し引上げていられる形も美しい。雪のように落花のふりかかるのを受けて縁の階段《きざはし》の中途に休んでいられるところへ柏木も寄って来ました。

風も桜をよけて吹けばよいのに——など言って落花を惜《お》しみながらも、そのあたりが三

の宮の御座敷だと思えば柏木はつい見ぬような見るような風になります。そのお座敷の中ではこの暮れゆく春の庭の貴公子たちの蹴毬をそっと御簾《みす》越しにみようとする侍女たちの派手な褄《つま》や袖口《そでぐち》が仄《ほの》みえて、人の気配もよくわかり、几帳《きちょう》なども横に引きのけられているようです。

その時、原文には——唐猫《からねこ》のいと小さくをかしげなるを、少し大きなる猫の追ひつづきて、俄《には》かに御簾のつまより走り出づるに、人々おびえさわぎて——と書いてございます。

この唐猫というのは中国や朝鮮から来た猫のことですね、その小さく可愛《かわい》いのを、大きな猫が追いかけて出た騒ぎです。唐猫はまだなつかないとみえて、長い綱《つな》につながれていたので、この綱が御簾の裾《すそ》にもつれて、横に斜《ななめ》に御簾が引上げられてしまったのです。

その時、几帳から少し奥のところに、袿姿《うちぎすがた》で立っていられる人影が見えました。紅梅《こうばい》襲《がさね》なのか、淡いのと濃いのと、裾の方は草紙《そうし》でも重ねたように華やかにうち重なって、その裾まで鮮やかに黒髪が垂れてあまって居ります、小柄なほっそりとした身体つきの、横顔も﨟《ろう》たけた美しさ——猫の鳴き声の激しさにふと見返られたこの佳《よ》き人の面《おも》かげを、柏木は、昏《く》れかかる落花の庭にいて、胸轟《とどろ》かして見守りました。

唐猫の綱はやっと引戻され、御簾もまた元に戻りました。天津《あまつ》乙女《おとめ》の姿が雲に隠れたように、美しい人の面かげもまた見えなくなりました。

呆然《ぼうぜん》として佇《たたず》んだ柏木の胸は、何ともいえぬ思いでいっぱいでした。あの袿《うちぎ》は侍女の姿

ではない、女三《おんなさん》の宮《みや》だと柏木《かしわぎ》は確信いたしました。庭で競技に夢中だった大勢は気付かなかったのですが、柏木と同じに夕霧《ゆうぎり》もまたそれに気付いていました。

夕霧もまた結婚していなかったら或《あるい》は妻に戴《いただ》いていたかも知れぬ三の宮だと思うと、不思議な気持になって、傍に寄って来た猫を抱き上げました、その猫もよい香の薫《かお》りを持っていました。可愛い声でなくのさえ、さっきの面かげに通う気がいたします。

その帰り、夕霧と柏木は、道の分れめまで同車いたしました。

春の日の退屈を紛《まぎ》らすのは六条院へ伺《うかが》うのが一番だ、花の散り切らぬうちに今一度とおっしゃったから月のうちにまた伺おうなどと二人は語りますが、柏木の話はつい三の宮のお噂さになってしまいます。

源氏の君はやはり紫の上の方にお住いになっているようだが、宮はどんなお気持だろう、朱雀院《すざくいん》があのように愛していらしった三の宮が源氏の寵を他の夫人に譲って同じ屋根の下においでになるのはお気の毒だ――などと。すると夕霧は父のために弁解いたします。

〈少女の頃から自分でお育てになった方だから紫の上には特別の親しみがおありになるのは仕方がないでしょう。しかし三の宮はなんといっても第一の夫人として立てて居られますよ〉

柏木がまだ父太政大臣《おおきおとど》の邸に独身でいるのは結婚に高い理想を持っているからで、それが女三の宮に思いをかけていたこと、ことに今日は自分と同じようにそのお方を垣間《かいま》見て

気持を昂《たかぶ》らせていることは夕霧も察しています。

柏木は家に帰っても更に宮への恋心が募って、なんとかして自分の意中を三の宮にお伝えする機会はあるまいかとばかり考えるようになりました。かねて手なずけてあるあの小侍従に――あの夕から心がみだれて正気もなく一日鬱々《うつうつ》として居りますなどと書き、歌を一首――

よそにみて折らぬなげきはしげれども
なごり恋しき花の夕かげ

と添えてお届けになりました。歌の意味は、よそながら宮を見たのみで、近づき得ぬ歎《なげ》きはいよいよ切なく、あの日の夕暮のお姿のみ恋しく思われます。ということですね。

小侍従は唐猫《からねこ》のいたずらで柏木が三の宮のお姿を見たとは知らないので、ただいつもの失恋の思いを述べたものとだけ思って宮のお傍に人のいぬ時を見計らって、

〈お気の毒なほど思い込んでいらっしゃるこの方を私は見ぬ振りが出来なくなりそうです、とんだお手引などするようになったらどう致しましょう〉と冗談めかしていうのを、

〈いやなことをいうのね〉とお気にもとめず、ひろげた文に眼をおやりになると、宮にはあの蹴毬《けまり》の日に猫の騒ぎで御簾《みす》の端が上って御自分の姿を見られたことが思い当って、お

顔をお染めになりました。

つねづね源氏があなたはあまり子供らしく、うっかりしていらっしゃるから夕霧などに見られぬようにと御訓戒《ごくんかい》だったのを思い出されると、柏木に見られたということより、それが源氏の君にわかったらとその方が御心配なのも子供らしい幼いお心と申すべきでしょう。

小侍従はいつもより黙り込んでおしまいになった宮の御様子に、とても御返事など戴けそうにはないのでそっと持って引退りました。そして代りに、とても手の届かぬ高嶺《たかね》の花の三の宮に思いをかけていらっしゃるなど素振りにもお出しになりますなという歌に添えて、〈なんと思召《おぼしめ》してもかいないことでございます〉ととどめをさしたような御返事を書きました。可哀想なお話ですが、これで若菜《わかな》の巻の上は終ります。あまりながくなりますから下の巻はこの次に致しましょう、お疲れでしょう」

皆も息をつめて聞いていたが、小侍従のひどい返事にはいささか柏木にも同情してセンチメンタルになっていた。

若《わか》菜《な》 下

雨の多い秋も過ぎて、落葉を誘う風が鎌倉山の家の庭に吹きわたる。

雨戸を早く閉めた座敷の灯は濃く暖かく、楓刀自《かえでとじ》の机の脇には瓶掛《びんかけ》の銀瓶も湯気を立て……お年寄にはなにより風邪の用心である。刀自に寝込まれたらお講義が延びるのだから……生徒は鮎子が渡米して以来、藤子容子と大貝夫人の三人だけ、淋《さび》しいせいか、先生の机近く膝《ひざ》を揃《そろ》えている。

「ええと、若菜《わかな》の巻は長いんで困りますよ、でも、あまりごたごたさせずに、これをすっきりと私の白髪《しらが》頭で料理しておきかせしたいものですね」

という刀自の言葉を受けて容子が、

「どうぞそうお願いします。私たちの頭の消化しやすいようにして下さいまし先生」

日頃のおばあ様も今宵《こよい》だけは源氏のお講義の大先生である。

若菜 下

「さて、柏木《かしわぎ》は女三《おんなさん》の宮《みや》を見染《みそ》めて恋文のようなものを差上げると、おつきの女房の小侍《こじ》従《じゅう》から、高嶺《たかね》の花をみそめるなど、無駄なことはお止しなさいとばかりの手ひどい返事が

きたところでこの前はおしまいでしたね、さてその後どうしたなりゆきになるか、この下の巻でお話するわけですが、この下の巻はなにしろ源氏四十一の春から七年後の年の終りまでの物語というのですから、たいへん長いのです。まあまあ前置はこれくらいにして、本題に入りましょう。さて柏木は小侍従の返事をひどいとは思いながらも道理だから致し方もありません、とはいえけっしてその恋を諦《あきら》めたというのではなく、折があったらどうか一こと二ことでも恋しい人と直《じ》かに言葉を交《かわ》したいという野心を抱いて居りました。その三月の末には六条院で、弓の競技が催されました。いずれも御常連《ごじょうれん》の公達《きんだち》が、今日を晴れと身仕度して参加いたします。夕霧《ゆうぎり》も柏木もその中に加わって弓を射ました。しかし、柏木には叶《かな》わぬ恋の三の宮への煩悶《はんもん》がありますから弓を射ても、とかく物思いに耽《ふけ》ってスポーツ精神が鈍っているようです」

　みな笑い出した。刀自は時折、スポーツ精神などと新しがりをおっしゃるので生徒たちは恐縮してしまう。

「夕霧の大将はかねて、従兄弟《いとこ》同志でもあり妻の兄である、柏木に強い友情を持っていますから、どうも柏木の様子がおかしい、何か悩みを持っているのだろうと思いやると、自分まで何か物思わしい気持に囚《とら》われてしまいます。柏木にとっては、この邸《やしき》の主《あるじ》源氏の面《おもて》を見るにつけても、すでにれっきとした源氏の第一の夫人である女三の宮に道ならぬ恋を抱いていることが反省され、なんとなく後めたい気持になるのでした。

柏木はまた妹の弘徽殿《こきでん》の女御《にょうご》をお訪ねして、日頃の悩みを紛《まぎ》らそうとしたりしますが、妹とはいえ、すでに女御となられた方だけに貴婦人らしいつつしみをもって、その兄上にさえあらわに顔をお見せになるようなことはありません。

長く朱雀院《すざくいん》に愛されてきた柏木はまたその皇子の春宮《とうぐう》の許《もと》へもよく伺候《しこう》いたします。柏木のかの恋しい方とは御兄妹のことですから、似ていらっしゃるかと思うのさえなつかしく春宮のお顔をじっとお見上げしたりもいたします。

その東宮のお傍に、宮中の飼猫が生んだ仔猫たちがあちこちに配られた中の一匹可愛《かわい》らしげなのが居りました。それを見てすぐ柏木が思い出したのは、あの女三の宮を見染めた日に御簾《みす》の端に走り出た唐猫《からねこ》のことでした。

〈六条院の宮の御手許に、それは珍らしい唐猫が飼われて居ります、私も一寸《ちょっと》拝見しましたが、それはいい顔をした猫でございます〉と、猫のお好きな春宮が、それを欲しくお思いになるような言い方でほめちぎりました、それがなんと効果百パーセント……」

これだから刀自のお講義は恐れ入る、紫式部も吃驚《びっくり》しているだろう。

「春宮もぜひその唐猫を見たいというお気持になられ、明石《あかし》の女御を通じて、みごとにその女三の宮の唐猫をお手にお入れになりました。なるほど柏木の噂したようにまことに美しい猫であるというので御殿の中の人気者になりました。柏木は自分の言ったことが効果を奏したことを知って、四五日後素知《そし》らぬ顔で参上いたしました。

〈お猫がたくさん集りましたね、どれでしょう私のいつかお話申上げたのは――〉とさりげなくいいながらも、恋しい人の手《て》飼《がい》だった猫を見忘れることはありません、すぐ見つけてしまいました。春宮は〈実に縹緻《きりよう》のいい猫だが、どうも私にはなつかないようだ、人見知りをするのだろうか〉とおっしゃると〈そんなことはございますまい、でも、私がお預かりいたしてみましょうか〉と、言葉巧《たく》みにお預りして邸《やしき》へ下ってしまいました。

　愚かなことだとは思いながらも恋しい人の手許に愛撫《あいぶ》されていたものと思えば、その人に逢《あ》えもせず言葉も交せぬ淋《さび》しさを、その猫に紛らすかのように、傍を離さず、夜も身近く寝せ、眼が覚めればまたその猫を愛撫するのに時を費《ついや》すというような有様《ありさま》なので、唐猫もよくなついて、柏木の衣裳《いしよう》の裾《すそ》にじゃれつき、身をすりよせたりする様子に柏木もいよいよその猫が可愛いくなるのでした。時には物思いをしている柏木の顔を案じて眺《なが》めるようにして猫はにゃおにゃおと可愛い鳴声を立てるのでした」

　猫と恋人――なんだか童話のようにほほえましく生徒たちはきいている。

「柏木のおつきの女房達は、あまりに御主人が、猫を懐《ふところ》に入れてまで愛撫なさるのに不思議がって首をひねりました。

〈へんなこともあるものね、あまりああしたものをお構いにならない方だったのに、急に猫をお可愛がりになって〉などと言い合ってます。

　春宮の方では、折角《せっかく》お手にお入れになった唐猫を、柏木がいつまでもお返ししないので

御催促《ごさいそく》があるのですが、柏木は恋人の身代りとも思うその猫を手放したくなく言を左右にしてお返しいたしません。

さて御存じの玉鬘《たまかずら》はどうしているでしょう。玉鬘は髯黒《ひげくろ》の大将の許に恋女房として輿《こし》入れしてからは、良人《おっと》にはまたなきものと愛されてすでに男の子を二人ももうけてまず平穏無事の生活をつづけ、夕霧とは兄妹でないとわかってからもかえって親密な恋人とも兄妹とも違う親しみを交して居ります。

髯黒には時々気のへんになる先妻がいたわけですが、そちらとはもうさっぱりと手を切って玉鬘一人を大切にして居ります。ただ先妻が連れて帰った姫の真木柱《まきばしら》のことはなつかしがっています。玉鬘も男の子ばかりなので手許に引取って育てたいと思うのですが、先妻の父である式部卿《しきぶきょう》の宮がどうしても承知なさいません」

真木柱——といえば、生徒たちも思い出す、父と母の悲しい別離、母の物狂わしい嫉妬《しっと》で祖父の式部卿の宮の邸に連れ去られる時、別るる父を慕った歌一首を、真木柱に挿し込んでいったいたいけな姫のことを——

「祖父の式部卿の宮はその薄倖《はっこう》な孫をあわれんで断じて継母《ままはは》の手には渡さず、御自分の手でどうかよい結婚をさせてやりたいと思っていらっしゃいました。年頃になった真木柱は、実父の髯黒の大将も将来のある方だし、祖父の式部卿も相当権勢がおありになるのでなかなか大勢の求婚者がいろいろの伝手《つて》を求めてきています、式部卿の宮は、心ひそかに柏木

が申込んで来たらやりたいと思っていらっしゃるのに生憎当《あいにくとう》の柏木は、近頃飼い出した唐《から》猫《ねこ》に夢中になって人間の姫には気もつかないらしいのは、まったく困ったものだと歎《たん》じていられます」

大貝夫人は愉快そうに声をあげて笑う。

「真木柱の姫は実母がどうも気がへんで陰気な暮しなのを悲しく思い、継母ながら弟たちのなついている玉鬘が整のった方らしいと慕わしく思っているのでした。さて源氏の弟の兵部卿《ひょうぶきょう》の宮は思い合った夫人を先年亡くされて独身でいられます。妻を喪《うしな》われた傷心からもなんとなく世の中もつまらなく、玉鬘や女三の宮にかけた思いも果されず、体裁悪いことに思っていらっしゃいましたが、いつまでも独身のままというのも困るのでこの真木柱の姫にふと求婚なさいました。

祖父の式部卿の宮はかねがね心にかけていらしった柏木に望みがなさそうなのでこの宮の求婚をあっさりと容《い》れて御承諾になりました。兵部卿の宮はあまり無造作なきまり方にかえって物足りないような気持もなさいましたが、ともかく婿《むこ》として式部卿の宮家の真木柱に通い初められました。

式部卿の宮もこの婿君は鄭重《ていちょう》にもてなされます。

〈この姫の母は、時とともに頭がへんになった女だし、父の髯黒は娘が手許に残らなかったので構いつけないし可哀想な身の上だから〉とおっしゃって孫娘の真木柱のために、わ

ざわざその新婚の部屋の装飾を御自分でお指図《さしず》なさるほどのお心配《こころくば》りなのでした。

兵部卿の宮は、再婚するなら亡き妻に面影《おもかげ》の似た人をと思っていたのに、真木柱《まきばしら》は美しくはあっても、生憎《あいにく》似たところはおありにならないのでなんとなくがっかりなすって、つい新しい妻の許に通うのもおっくうなような、ついつい足が遠のくような有様です。祖父の式部卿の宮はこの結婚は失敗だったかなと落胆《らくたん》なさいました。実母の人も時々は正気に返るので、そういう時は娘があまり愛されない結婚をしていることがわかって悲観して、母の自分といい娘といい良人《おっと》運が悪いと、世をはかなむ有様です。

離れ住んでいる実父の髯黒《ひげくろ》の大将もその噂《うわさ》に心配して自分はどうもあの結婚には賛成ではなかった、困ったことであるとこれも歎息して居ります。妻の玉鬘《たまかずら》も薄倖な継娘《ままむすめ》が薄情な良人と結婚したときいて気の毒に思うのでした。その兵部卿の宮は自分にも懸想《けそう》していらっした、もしその人と結びついていたら、やはり自分が真木柱と同じ歎きをしていたろうと、今更に髯黒の大将の妻になったことを、平凡な結婚ながらかえって仕合せだったと思うのでした。しかしその兵部卿の宮が真木柱を妻になすってその継母にあたる自分の噂さなども耳に入ろうかと気にもかかるのでした。

玉鬘は真木柱の新婚の御衣裳なども贈られたり宮の方へ弟君達を伺《うかが》わせたりもなさるので兵部卿の宮として真木柱を捨てるようなお気持はないのです、ただあの少し意地の悪い式部卿の宮の北の方は、例の如く婿君に辛辣《しんらつ》な蔭口をきかれます、〈華《はな》やかな宮廷へ差上

げない代りせめて浮気などせずに、可愛がって下さるのが取柄《とりえ》でしょうに……〉と。
これを伝え聞いた婿の宮はこの姑《しゅうとめ》の小言が不愉快で、つい妻の許へ行くより御自分の邸に閉じ籠《こも》りがちになられるのですが、さりとて縁が切れたというわけではなく、こうして二年も経つうちには、うとい仲ながら、やはり夫婦とはこんなものといったような淡白《たんぱく》な間柄としてそれはそれなりにつづいてゆくのでした。

さて年月が移って、やがて冷泉帝《れいぜいてい》が位につかれてから十八年になりました。かねがね御自分に皇子のないことを淋しく思われ、この上は早く御位を離れて一個人として自由にのどかに過したいと思召《おぼしめ》していらしったのが、いよいよ春宮《とうぐう》に御譲位のこととなりました。

春宮は前の朱雀院の皇子で御生母は承香殿《じょうきょうでん》の女御と申し上げる髯黒の大将の御妹御《いもうとご》でした。春宮はすでに御成長になっていらっしゃるので、すぐに御後《おんあと》をつがれて、伯父に当る髯黒の大将が早速右大臣に昇進しました。春宮がみ位につかれるのも見ることなくすでに世を去っていられたその御生母の承香殿の女御にはその時皇后の位を追贈されましたが世に亡き人ではかいないことでございます。

柏木の父の太政大臣《おおきおとど》は御譲位をしおに辞職いたしました。それで髯黒の大臣が右大臣の関白となり、一切政《まつりごと》を執《と》ることになったのです。

源氏の君はこうした世の移り変りを御覧になり、譲位された冷泉院に御世継ぎの御子のないことが深い御不満でした。しかし、この院こそは若き日の源氏と藤壺の秘密の恋の子

としてお生れになった方、その罪は隠されていたものの、それは末の世までは伝えまじき宿命であったのだろうと今更《いまさら》に思い当られるのでした。

新帝の即位と共に明石《あかし》の女御《にょうご》の御腹の一の宮が次の春宮として立たれ、次々にそのお腹に皇子《みこ》たちが生れて、帝《みかど》のお覚えもますます深くなるばかりでした。

女三の宮は新帝の妹君に当られるので、源氏の許《もと》でどうして暮しているかと帝がお心におかけになっていらっしゃるのを知れば源氏も三の宮をなおおろそかにはお扱いになれず、世間も次第にこの方を重々しく見るようになるのですが、といって紫《むらさき》の上《うえ》がそれに劣るということはけっしてありません。なんといっても年月長く連れ添っていられる源氏との間柄には御夫婦とも男女の友情ともわかち難いお気持がこまやかなのです。

しかし紫の上は〈私も今はこのような大がかりな生活を捨てて、静に仏道修業をしたいと思います。およそ現世の禍福《かふく》はこのようなものとわり切った気のする年頃にもなりましたし〉と折にふれて言われます。源氏の君は〈それはとんでもない考え方です。私自身こそ出家の望みがありながら、妻のあなたを淋しい境遇に残すのが心がかりで今までたゆたっていたのです。やがて私が出家した後で、あなたはどうなりと思うようになさい〉とばかりお許しにならないのでした。

さて、明石の女御は今も紫の上をまことの母として慕っていられまして、生母の明石の上は、ただ女御の後見をするだけの人にへり下っていることはかえって床《ゆか》しく頼もしくみ

られています。その明石の上の母の尼君は思いもかけぬ娘と孫の幸福な立身《りっしん》を喜ぶ嬉し涙に、眼がただれていようという幸福な老婆《ろうば》でした。

以前、明石の入道が、娘や孫の将来の幸福を祈って、住吉明神《すみよしみようじん》にかけた祈願はほとんど果されたわけです。今はその願《がん》ほどきをするために、そして明石の女御のいやましての将来を祈られるために、源氏の住吉詣《もう》でが行われることになりました。

その御一行こそは、まことに華やかなものでした。いずれ劣らず風流に装った公達《きんだち》、容《よう》貌《ぼう》すぐれた将士が、今日を晴と一行に加わり、宮中からも左右大臣のほかはほとんど供奉《ぐぶ》に加わりました。その一行の高官らの馬も鞍《くら》も、お供の随臣たちの服装もきらびやかで、紫の上と女御と御同乗の御車を先に、後には明石の上と明石の尼君とが随《したが》いました。つづいては女房達の車が五つ五つ三つという風につらなりました。

尼君はこの住吉詣でにつけてもかつて、明石の浜で娘や孫を抱え、行末どうなり行くかと考えていた時のことなど思うと、今の幸福に泣きたいようです。

世の人々も当然そうあるべき人の幸福よりも明石の母の幸福をこそ意外な眼ざましいものに思い、一行のお供の者達も〈凄《すご》い運を持った女の人だ〉と噂しあい、世間でも思いがけない仕合せな運を〈明石の尼君〉という代名詞に使うような有様です。あの太政大臣家に引取られたすごろく好きの早口のとんきょうな性《さが》の近江《おうみ》の君《きみ》などは、すごろくの賽《さい》を振る時に〈明石の尼君、明石の尼君〉と縁起の呪文《じゆもん》を称《とな》える騒ぎです。

朱雀院《すざくいん》の法皇は一切もう政事《まつりごと》に関与なさらないのですが、ただ源氏にお托《たく》しになった女《おんな》三《さん》の宮《みや》のことは今も気にかけていらしって新帝にお会いになる折にはお頼みになりますので、新帝も三の宮の位を進め所領もお加えになり次第に重々しい御身分におなりになります。

紫の上はそういう女三の宮の華やかな御身分に対して、思えば御自分だけはなんの背景もなく、ただ少女の頃から良人《おっと》の源氏の愛情一筋に縋《すが》っていらしったことをお思いになるにつれ、こうした生活をべんべんと長くつづけているうちに、いつか源氏のお志《こころざし》の衰えることがあるかもしれない、そんな辛《つら》い思いをせぬうちに、自分から身を退《ひ》いて出家したいものと、そればかりをお考えになるのですが、あまりそんなことを口に出して賢《かしこ》ぶる女とみえるのもいやとひかえていらっしゃいます。源氏は、法皇も帝も女三の宮のことをお心にかけていらっしゃると思えば御安心させたいと思う心からも、ついつい女三の宮の方へもお泊りが重なります。

それも仕方がないと、紫の上は諦《あきら》めてはいられながら、やはり淋《さび》しいことでした。その淋しさを紛《まぎ》らすために、明石の女御がお生みになった姫の一の宮をお手許に育てられています。

源氏の君はお子様は少いようですが、次第に高貴な孫たちがふえて御満足です。玉鬘《たまかずら》の良人の鬚黒《ひげくろ》の大臣も源氏には親しんで、邸に伺候《しこう》しますが、玉鬘自身もいつしか落着いた

貞淑《ていしゅく》な中年の夫人となって子供達を伴って訪ねて来ては、紫の上とも親しくなってゆかれます。

紫の上や明石の上のお孫扱いを羨《うらや》ましく思った花散里《はなちるさと》は夕霧の外腹の子をむりに請《こ》い取って手許に育てています。可愛い子で源氏の君も愛していられます、こうした女性達の中で女三の宮だけが変らず若々しくまだ少女のような頼りなさでいらっしゃいます。でももう二十をお越えになったわけですが、源氏も、すっかり宮中の人になり切ってしまわれた明石の姫君の代りのように、幼い娘のように思って世話をなすっていられます。

朱雀院の法皇はやがてこの世を去る日も近づいたように万事を諦められ、ただその前に一度女三の宮に心残りなく会いたいというお気持をお伝えになりました。

源氏は〈お言葉がなくても、宮の方から進んで参上すべきでしたね、つい伺うきっかけがなくて——ついては何か趣向を凝《こら》してお迎えしましょう〉ということになりました。

幸い来年は、法皇の五十の賀にお当りになるので、その賀の宴を設けて三の宮から若菜を奉《たてまつ》るということにいたしました。朱雀院が音楽をお好みだったので、その宴には舞楽にすぐれた人々を集めようということになりいろいろお支度をおさせになります。ことに法皇が聞きたいと言っていらっしゃる女三の宮の琴を上手にお弾かせしたいとお思い立ちになって、源氏は、紫の上や明石の姫君にもお教えにはならなかったお琴の稽古《けいこ》を手ずから御指南《ごしなん》なさることになり、紫の上の諒解《りょうかい》を得て、ずっと女三の宮の御殿の方にお泊りきり

でお教えになっています。

十一月には女御《にょうご》もお里帰りをなすって、楽の音《ね》の面白さに六条院を離れ難くお思いになり、どうして自分には琴を教えて下さらなかったのだろうと父上を怨《うら》めしくお思いになったりもなさいます。

年末は紫の上はいろいろの心配りに忙しく、ことに女御や御孫宮たちの春のお支度などにも追われて、〈春になったらのどかな夕方などにこの琴の音をよく伺いたい〉などと言っていらっしゃるうちにその年も暮れました。

明けて一月の二十日すぎ、春めいた風に源氏の邸の六条院の苑《その》の桜が盛りになりました。

紫の上が、女三の宮のお琴をききたがっていらっしゃるので、丁度《ちょうど》その琴とみなの十三絃や琵琶《びわ》を合奏する催しをしてみようと源氏は急に思い立たれました。女三の宮のお琴はそのくらいにまで御上達になっていました。源氏にそうほめられて三の宮は無邪気に喜んでいらっしゃいます。

源氏は紫の上を三の宮の御殿にお誘いになりました。琴柱《ことじ》を調律するのにも中々力が要りますので、そのお役には夕霧《ゆうぎり》の大将が召されました。髯黒《ひげくろ》の大臣の公達《きんだち》や夕霧の大将の上の男の子が笛の役で縁に並んでいます。

紫の上の和琴《わごん》、明石の上の琵琶、明石の女御の十三絃がそれぞれの前に、やがて美しい合奏の会が始められました。

月が遅い夜で軒に下げた燈籠《とうろう》に灯がともされて、更《ふ》けゆくままに美しい音楽はつづけられます。夕霧の大将が拍子《ひょうし》を取って歌われました。源氏が時折《ときおり》扇《おうぎ》を鳴らしてお加えになる声は昔よりも更に面白く聞かれました。

源氏が無心に奏していられる女三の宮の方をお覗《のぞ》きになると、小柄なお姿が御衣裳の中につつまれて芽柳《めやなぎ》ののぞいたようなお姿にはやはり貴族らしいお美しさは備《そな》わっています。女御の方は今一段光るような美しさが添って朝明けの藤の花のようにもみえましたが、皇子を宿してかなり月も加わっていられるので悩ましそうにともすれば脇息《きょうそく》に倚《よ》りかかりがちにしていらっしゃいます。

その向うの紫の上は御身長といい、髪のゆたかな長さといい、あたりがその美しさで明るくなるようなお姿で、桜の花にたとえてもまだ足りないほどの容色、それに比べては見劣りしそうなものですのに明石の上もなかなか清麗《せいれい》な美しさをもっています。

几帳《きちょう》のうちのそうした貴婦人たちの気配に夕霧の大将は心昂《たか》ぶる思いでした。いつか野《の》分《わき》の夕べにかいまみたわが父の夫人紫の上の美しさに恋いわたったことが昨日のことのように胸をうずかせます。女三の宮は運命がも少し自分に親切であったら自分の妻であったかも知れない方、父帝の内々のほのめかしを承《うけたまわ》りながらつい御縁のなかったことを思い出されながらも、やはり父の妻である紫の上に惹《ひ》かれたほどの感情はなく、いまでも紫の上には自分の存在を認めて貰《もら》いたいような若々しい気持の起きる夕霧でした。

合奏が終って、源氏は今日笛の役を勤めた小さい孫たちを可愛いく思召《おぼしめ》して御自分の服を脱いで御褒美《ごほうび》にお与えになったりしました。

紫の上からも織物や袴《はかま》などが御褒美に出ます。夕霧の大将には、三の宮の御簾《みす》の中から酒器が出され、御装束《ごしょうぞく》一揃いも差出されました。

〈これはおかしい、まず琴の先生に御褒美をお出しにならないのですか〉とその先生格の源氏がお笑いになると、宮の御几帳の下から贈物の笛が出ました。それは非常によい高麗《こま》笛《ぶえ》でした。

夕霧の大将は御子達と一緒に月夜の道を帰られましたが、今宵の合奏の中でも紫の上の和琴の音が、いつまでも耳についてその面影《おもかげ》が恋しく思われるのでした。この人の恋妻の雲井《くもい》ノ雁《かり》は、祖母の大宮から琴の手ほどきを受けたのですが、そう熱心にもならないうちに父の邸に引取られたりして中途でやめてしまったので、良人《おっと》の前では恥じて弾くこともありません。今はつぎつぎに生れる子供の世話にかまけて風情《ふぜい》もないような妻ながら、時には嫉妬《しっと》して腹を立てたりする時はまた正直な可愛らしい人柄なのでした。

源氏はその夜は紫の上の方に帰られました。

〈昔、あなたを幼くて引取った頃には、なかなか忙しくて琴を教える閑《ひま》もなかったのに、貴女《あなた》の昨夕《ゆうべ》の和琴の音は実に巧《たく》みで、夕霧もひどく感心していたようだ〉とお得意顔でした。それにつけても、紫の上は、音楽の上でも家事の上でも女御達《にょうご》の母としてのつとめに

もまことに優れて至らぬところが少しもない、こうも完全無欠な人は長生《ながいき》しないのではなかろうかと、源氏は、丁度《ちょうど》紫の上の三十七という女の厄《やく》の年につけても不安なような気がなさり〈今年は祈禱《きとう》などもよくさせて、あなたは無理をせぬようにつつしむのですね〉とおっしゃいます。紫の上は前々からの志のように出家のことをお許し戴《いただ》きたいとお願いになるのですが〈あなたがいなくなった私の人生に何のかいがあろう、こうしてあなたと朝夕睦《むつま》じく暮していることの喜びだけで生きているのですよ。あなたを愛する私の心底を最後までお見届けなさい〉といってお許しになりません。そして、涙ぐんでいられる夫人をあわれにお思いになっていろいろと物語って紛《まぎ》らそうとなさいます。

〈私はまだ少年の時に夕霧の母の葵の上に逢うたが、立派な妻だとは思いながら、うまくゆかなかった。心に隔《へだ》てのあるままで終ったことは今思うと気の毒でならない。欠点のないあまり整のいすぎたのが頼もしくはあっても妻としては面倒な気詰《きづま》りな人だったのだね、中宮の母君の六条の御息所《みやすどころ》も見識の高い才女だったがそれだけに相対《あいたい》していると気が張って骨が折れた。朝夕親んでゆこうというのには気の置ける方だった〉と幾人かの女との交情のてんまつを正直にお打明けになり、そして、明石の上の今のつつしみ深い女御の生母としての態度などもお褒《ほ》めになるのでした。紫の上もむろんそれに御同意なさいました。

こうして一日を過してその夕方には〈三の宮のよく琴を弾かれたお祝いを言ってあげよう〉と宮の方へ行かれました。

いつものことながら、その後を淋しく、紫の上はいつまでも眠られずに起きていて、女房たちに、人の世の昔の物語を書き集めてある草紙《そうし》などを読ませていられました。

その古い物語をきくにつけても、どんな、多情な男でもやがて一人の女に落着いて行くような気がするのに、自分はこんな年になっても、源氏にとって、ただ一人の妻にはなれない、まことにそれが堪《た》え難い苦痛に思われてくるのでした。

そのせいでしょうか、その夜紫の上は身体の調子が俄《にわ》かにすぐれず、熱が出て、胸が痛んで苦しまれました。

おつきの女房達は心配して、早速源氏にお知らせしようとするのに〈それはいけません〉と、紫の上はとめてお許しになりません。

朝になって、偶然女御《にょうご》からお使があったので、御病気のことがわかり、女御の方から源氏にお知らせになったので、非常に驚ろいて急いでお戻りになりました。

〈どんな風なのですか〉と夜着の下に手を差入れて御覧になると、夫人の身体は火のように熱いのです。

昨日話した厄年のことも思い出されて源氏は空恐ろしい気がなさいます。女房たちが源氏の朝の食事などを整のえて持ってきますが見る気さえなさいません。

源氏は一日心痛されて病床につききりで過されました。ほんの水菓子《みずがし》さえ口にせず、起きも上れないままにそのまま幾日かたって、どうなることかと案じられて、さまざまの祈《き》

禱《とう》などもお始めさせになりました。

どこが悪いともなく夫人は非常に苦しまれるのです。胸の痛みが発作《ほっさ》的に起こります。さまざま手当養生のあらん限りをおつくしになってもさっぱりききめがありません。源氏の頭は心配でいっぱいになり、二月にと予定していらっしった法皇の御賀《おんが》のことさえ立消えになる有様でした。法皇のみ寺からも御見舞がまいりました。さて紫の上の御病気、源氏の御心痛、これからどうなるでしょうか、後のお楽しみにこの次までお待ち願います」

楓刀自《かえでとじ》もさっきから一気に語り疲れたのだろうか、声がかすれていた。

「若菜《わかな》の巻が長いので、これをよくおわかりになるようにして終りにしないと、うっかりすると今年が過ぎてしまいますからね」

楓刀自は、雨戸の外はもう木枯《こがらし》が吹き、そろそろ年末の師走《しわす》気分に、気が気でないような様子で、紫檀《したん》の机につくなり、息もつかずにお講義が始まった。

「随分長い巻ですけど、よく伺《うかが》うと面白うございますね」

大貝夫人のそういうのは必ずしも儀礼的のお世辞ばかりでもなさそうである、この人は一番年嵩《としかさ》の外部からの聴講生である。

「さて、先日は、紫の上が病気になって、源氏が御心痛のところをお話しいたしましたね、今日はその後の成行《なりゆき》でございます……源氏は気が気でなく、さまざま紫の上の御病気のお

手当をおさせになりますが、御病状は一進一退はかばかしくございません、それでは一つ処《ところ》を変えてみたらというので、以前源氏のお住居《すまい》になっていた思い出の二条院の方へ紫の上の御病床を移すことになりました。

夕霧《ゆうぎり》の大将にとっても、もし紫の上が亡くなられるような事があれば、必ず父の源氏は出家されるだろうと思われ、真心こめた御看護《ごかんご》でございます。紫の上はその御病床で少しでもお心持のはっきりしていらっしゃる時は、源氏に向って、

〈かねがねお願いして居りました出家の望みを、今までもお許し下さらなくて……〉

とお怨《うら》みになるのでした。けれども源氏にとっては、寿命のつきた死に別れよりも、もっと辛《つら》いのは、紫の上が生きて尼姿で御自分を遠のいてゆかれることでしたから、

〈私こそ、かねて出家の志がありながら、後に残るあなたの寂しさを思って、思い止《とどま》っていたのに、逆にあなたが私を棄《す》てて行こうなどとは……〉とこれもまた妻を怨まれます。けれどもまたあまりに病人が苦しそうで、これがもうこの世の別れかとさえ思われる時には、いっそこの人を出家させて尼姿にしたらこの病気も癒《なお》ろうかなどと、いろいろ迷われるのでした。

こんな騒ぎですから、源氏も女三《おんなさん》の宮《みや》の方へは、かりそめに足をお向けになる暇もなく、六条院の人々も二条院の夫人の病床につい集ってきて、六条院は火の消えたような淋しさでした。

明石《あかし》の女御《にょうご》も二条院へ参られ、育ての母君の紫の上を御看護なさいます。すると病床の苦しい息の下から、紫の上は、それをまたお案じになって〈御懐妊《ごかいにん》の御身で、私の病いの物怪《もののけ》など移ってはいけません、早く宮中へお戻りになって下さいまし〉とおっしゃるので女御も悲しくお泣きになります。

こうして、幾月も、紫の上は病床をお離れになることは出来ませんでした。さまざまの神仏への加持祈禱《かじきとう》は絶えず献《ささ》げられているのですのに――。

さて柏木《かしわぎ》は、その後中納言に進み、今の帝の御信任も厚く、順風に帆をあげるような位置に居りました。外面はこうして幸運な柏木も、心の中は遂げられぬ女三の宮への恋にいつも悩み苦しんで居りました。その悩みをよそに、皮肉なことに、その恋い慕う女三の宮の姉君の女二の宮が柏木の許に御降嫁《ごこうか》になることになりました。

御姉妹とはいえ三の宮の御生母とは違う御身分の低い更衣《こうい》腹の内親王なので、気楽な気もし、また柏木にとってはせめては恋しい人の姉妹というところになにかの慰《なぐさ》めをという下心もあってのことだったでしょうが、やはりそうなってみれば、それでは満足出来ないものがあったとみえ、柏木はその新しい妻よりも、やはりその妹君の女三の宮への恋心を更《さら》につのらせているのでした。

この愛されぬ妻となった薄倖《はっこう》な女二の宮は物語の中では、〈落葉《おちば》ノ宮〉という、なんとなく淋しい名がつけられております。

柏木は結婚後も、相変らず、女三の宮の侍女の小侍従を通じて、いろいろ宮に近づこうと運動しています。殊《こと》に、今はその絶好の機会のような気がするのです、なぜなら、紫の上の御病気のため、六条院は人少なで、源氏も女三の宮の許へお通いになる折もない時なのですから……恋に狂えば、こうして人の不幸にもつけ込むようになるものなのでしょう。

柏木は小侍従を呼んで、熱心に女三の宮への恋の橋渡しをかきくどかれます。〈私は命に懸けて宮を恋しているのだ、しかもお傍にいるあなたを手蔓《てづる》に持っているのに少しも近づけないのが残念でならない、法皇も、女三の宮を、幾人も妻があり紫の上を殊に愛していられる源氏にお遣《つか》わしになったことを今では後悔遊ばされているのだ、そこへゆけば姉宮の二の宮が私の処《ところ》へいらしったのはお仕合せのようなものだ、私がかつて女三の宮への熱心な求婚者だったことは、法皇も今の帝もよく御承知だ〉などと、盛んに小侍従に手引を頼むのですが、小侍従とて自分の立場を思えばうかつにその頼みを引受けるわけにはゆきません。殊に二の宮を妻になさりながらその上何を望むのかとばかり柏木をやりこめます……しかし柏木もまた小侍従をしきりと説得しようとします。

〈源氏が今、三の宮のお傍にあまり近寄られないこの時こそ、宮にひそかにお逢いして、宮をお慕いする心の一はしをでもお伝えしたい〉

〈ただお話をするだけでいいのだ、けっして不埒《ふらち》なことはしない〉というようなことも約束するのです、小侍従もそこはやはり賢こそうでもまだ若い浅はかな侍女だったものです

から柏木のあまりに熱心な願いにとうとう根負《こんま》けしてしまって、〈それでは、よい折があったらお傍へお手引いたしましょう〉と約束してしまいました。

一旦約束したとなると、柏木はどうだどうだと毎日のように小侍従を促《うなが》します、それで遂々《ついつい》ある人少なの隙《すき》をねらって、小侍従は柏木を手引して六条院の三の宮の御几帳《ごきちょう》の裾《すそ》の方まで忍んで入る便宜《べんぎ》を与えました。まことにそれは無法なやり方でございましたが……。

柏木の方でも、そこへ近づくまでは、ただ、あの春の夕べ、唐猫《からねこ》の騒ぎに、御簾《みす》の蔭にほのかに幻のように見たお姿に近づいて、心の丈《たけ》を歎《なげ》ききこえ、自分の変らぬ恋心に、あわれ、一ことのお文のお返しでも戴けたらというほどの、はかない望みをもって忍び込んだのですが、丁度《ちょうど》その時いつも几帳の裾に侍《はべ》っているしっかりした女房も他の部屋に呼ばれて行っていず、ただ小侍従だけがおつきしていた不用意さが、つい柏木の思いのままになって、柏木は御帳台《みちょうだい》に近づき、宮のお寝みになっていらっしゃるところにまで入ってしまったのです。

女三の宮は何も御存じなくおやすみのところへ男の近づく気配に、源氏の君がいらしったのかとお思いになっていると、恭々《うやうや》しく自分を抱き上げた男の顔が違って居ります。驚きに失神したようになっていらっしゃるその耳許に男はくどくどとかき口説《くど》きます。宮は人をお呼びになりますが、誰れもまいりません。水のような冷たい汗を全身に、慄《ふる》えていらっしゃるお姿も可憐《かれん》で、男の恋は堰《せき》を切った洪水のようにほとばしって、柏木は夢中で、

今までの恋心を打明けてかきくどきます。

宮もさてはこれが柏木《かしわぎ》だったかとお思いになると怖しくもあり無礼だともお思いになり、御返事をなさるどころではありません。

柏木も最初はたしかに、思いつめた心の丈《たけ》をお知らせするだけに止めておくつもりだったのでしょうが、こうして恋い慕うお方のお身体に触れることが出来、思いも寄らず、傍近く身を寄せると、彼の自制心も今はなくなってしまって、いっそこのまま、この宮をお連れしてどこにでも身を隠したい、これから出世してゆく官途など捨てても——とまで夢中になって取りのぼせてしまいました。

原文には露骨には書いてございませんが、男女のあやまちがここに犯されたのです。いつも受身な素直なだけの女性、御自分のはっきりした意志をお持ちにならない、いわば、あまりに深窓《しんそう》育ちの女三の宮がこうして心なくも過失を犯しておしまいになったわけなのです。

こうして、あろうことかあるまいことか、柏木が思いがけぬほどの望みを遂げて、ふとまどろむ隙に、その夢の中にあの手《て》馴《な》づけた唐猫《からねこ》の鳴くのをききました、〈ああ唐猫を宮にお返ししようとして今日連れてきていたのだ……〉と、夢の中にそう思い、はっとして柏木は眼を覚《さま》しました。

この物語の書かれた平安朝時代、動物の夢をみると妊娠の兆《きざし》があると言い伝えられてい

たのですから、これが後の物語で、女三の宮が柏木の胤《たね》を宿す伏線となって居ります」

ここで楓刀自《かえでとじ》が一息つくと、聴講生たちもほっと溜息《ためいき》をついた。なんとなく平安朝時代の深窓の女性も、今頃のアプレゲールの娘たちもいっしょくたに無軌道の気がしたのである、だが、ただ几帳の蔭で、十二単《ひとえ》でひそかに行われる男女の語らいは、薄絹をへだてたような優美さがあるように思えるから不思議だ。

「女三の宮もさすがにまったく思いもかけなかった契《ちぎ》りを柏木と結んだことには、深い後悔をお感じになっています。

〈これも前世の縁が深かったからでございましょう、私の犯した罪も、私自身さえ知らぬ不思議な力がさせたことでございます〉などと宮を慰め、その宮の悩む涙を拭《ふ》いたりしながら柏木は夜が明けたというのに帰る気にもなれません、なおもくどくどと宮の御愛情をおねだりして、ようやく身体は宮のお傍を離れても、魂はなお宮のお傍へまつわりつかせておくような思いで、柏木はやっと帰って行ったのです。

柏木はそうした夢のような一夜に犯した過失を思うとさすがに空恐ろしく、妻の許にも帰れず、父の邸に引籠《ひきこも》ってしまいました。三の宮にも申訳ないことであったし、源氏にも事がわかったらどんなに憎まれようと思えば、容易ならぬ気持です。女三の宮の方はまた世間知らずの単純なお気持で、柏木との取り返しのつかない秘密が、もう世間にも人にも発見されたように怖しがり、恥じ恐れて、明るいところへもお出になれないようなお気持

で、御自分を責めて、まるで御病気のように鬱々《うつうつ》としていらっしゃいます。

源氏の君は、紫の上の御病気で暫《しばら》く捨てておかれた三の宮がこの頃御気分が悪いとおききになって、まさかその原因が柏木《かしわぎ》との過失からとは夢にも御存じなく、あまり此方《こちら》にばかりいて宮を訪れなかったからだろうと解釈なすっていそいで宮の許へいらしって〈紫の上の御容態が悪く、もう最後かも知れないから、冷淡にはしていられないのです〉などと、打とけてお話しになります。

そういう源氏の前で、三の宮は、御自分が先夜犯した罪を源氏が少しも御存じないことが、お気の毒で、申訳なく、泣き出したいような自責の念にお顔も上げられません。

ところが柏木はいったん三の宮のお肌に近づいてからは、いやさらに恋心が募《つの》るばかりなのです。賀茂《かも》祭の今日も、友達に誘いに来られても出かける気になれず一人物思いに耽《ふけ》っています。

さすがに新婚の夫人の女二の宮にもそうした良人《おっと》の態度は淋《さび》しく思われ、理由はわからぬながらに女としての自尊心も傷つけられて、やるせないお思いです。その同じ賀茂の祭りに侍女達を出しておやりになったあと、お一人琴を取り出して、御自分の物足らぬお心を慰めていらっしゃるお姿も、あわれになまめかしいものでした。

良人の柏木もまた愛し得ぬ妻を持つ淋しい良人でした。彼はその歎きをこんな歌に現わしました。

もろかづら落葉を何にひろひけむ
名は睦《むつま》じきかざしなれども

この歌の意味は、姉妹とはいえ、自分はなぜ落葉《おちば》ノ宮をめとったのだろうというので、もろかずらとは両鬢《りょうびん》の意味で、桂《かつら》と葵《あおい》を意味しています、二つとも賀茂祭の挿頭《かざし》にするものです、柏木の妻の二の宮を落葉ノ宮というのはこの歌から出ているのです、こんなざれうたも、落葉ノ宮がお知りになったら、どんなにお悲しいでしょう。

こんな事があったとも知らず、源氏の君は、紫の上の御病床の合間には、三の宮も捨てておけずと時折、お訪ねになり、たまにいらっしゃればお泊りにもなります……」

楓刀自は声がかれたので、藤子のついでおいてくれた漢方《かんぽう》の煎薬《せんやく》を一口飲まれる、これは年寄の健康剤として刀自の信じていられる漢方の持薬《じやく》である。

「お忙しいことですね、源氏の君も――」

と大貝夫人が、少し皮肉そうにいうので、藤子も容子もおかしくなってしまう、こんな時、なにかおしゃまを言う妹の鮎子が遠くアメリカへ行ってしまったことは何となく淋しい。

「ところで、この三の宮のところへ久しぶりに泊っていらしても、とかく心は紫の上の方

に飛んでいらっしゃる時、二条院から紫の上がこときれたという使者が立ちました。源氏は眼の先が真暗になったお気持で、取るものも取りあえず、二条院へお帰りになりました。その途中の道でも、もう源氏の御愛妻が亡くなったというので人々が立ち騒いでいる気配です、源氏は夢中で御病室にお入りになると、まわりの侍女達は自分たちも一緒によみじのお供がしたいなどと泣き騒いで居ります。もう祈禱《きとう》もなんの甲斐《かい》もないと壇も取りこわそうというところです。源氏は悲しみにつぶれるような思いを堪《た》えて、これは物怪《もののけ》のためであろう、そんなに無暗《むやみ》に騒ぐなとおっしゃって、いかめしい御祈禱を更に続けるよう、周囲を励まされました。

　どうぞ少しでもお命をとりとめるようにとの祈願が更にこめられました。この源氏の一通りでない悲しみを仏も照覧されたのか、今まで眼に見えなかった物怪が形に現われ、それが祈り伏せられて、紫の上は息を吹き返されました。この物怪がなんと、六条の御息所《みやすどころ》の死霊《しりょう》だったそうです。六条の御息所は前にも出てまいりましたね、秋好中宮《あきこのむちゅうぐう》の御母、中宮は前に伊勢の斎宮となられた方ですが、その母君であるこの御息所と源氏とには以前恋心が交されて居り、その亡くなる時の御遺言で、源氏は秋好中宮を御養女のように後楯《うしろだて》となられたのです。

　その御息所の霊は、源氏の亡くなられた正妻葵《あおい》の上《うえ》の病床にも現われていますし、源氏の愛する女性にはやはり怨みがましく出ずにはいられない霊とみえます。物怪は源氏に対

して自分の娘に対する好意は感謝しながらもやはり恋の怨みごとを語られるのですが、それを法の力で封じ込め、紫の上の病床を他の部屋に移しなどしました。こうして紫の上は今一度よみがえられたのですが、何しろ一度御臨終《ごりんじゅう》と伝わったものですから、中にはお悔《くや》みに参上する客もあったりして中々の騒ぎでした。

でも幸いに六月に入ってからは紫の上はやや御病気が恢復《かいふく》され、源氏の御介抱の並ならぬを知っては、紫の上も今一度生きようという気になられ、薬湯や重湯《おもゆ》などもつとめて召上るようになりました。病みやつれつつもこうして恢復されてゆく御愛妻を御覧になるにつけ、源氏は尚更《なおさら》にいとしく、あでやかにもお感じになるのでした。

さて一方、女三の宮は柏木との秘密の契《ちぎ》りを結ばれて以来、ずっと心身ともに痛まれていた御様子でしたが、五月に入られてからは、なおさらにお食事も進まず、衰ろえてこられました、ですのに柏木はこの宮に逢えねば堪え難い気持で、時折はまた忍んで行ったりしました。同じ宮廷育ちでも、ほかの女性に比べて御気性の幼稚《ようち》な女三の宮にはそれをどうすることもお出来にならないのです、初めの過失もそれででした。

宮はただ源氏の君をひたすらに怖れていらっしゃいます。秘密の逢瀬《おうせ》を重ねる柏木も立派な風采《ふうさい》の貴公子には違いありませんが、しかしなんといっても、幼少の頃から馴《な》れ親しんだ源氏の君に比べれば、遥かに見劣りがするので、女三の宮としては、源氏よりも柏木がお好きなわけはないのに、あの一夜の過失ゆえに、仇《あだ》し男の胤《たね》を宿したということは、

まことにお気の毒な運命です。ところがお傍にいる乳母《めのと》や女房たちは柏木《かしわぎ》との秘密を知らず、宮が御懐妊の御様子だのに、源氏の君のお見えにもならぬことを不平がっています。

紫の上の御恢復に従って、源氏は尚更《なおさら》心をおつかいになって離れようともなさらないのですが、三の宮の御様子も悩ましげだとおききになって折をみてはお訪ねになります。

その源氏の君の前に出る女三の宮のお心こそ、いくら子供らしいといってもさすがに自責の念に苦しめられてお顔もお合わせになれません。お傍の女房たちの言葉によると三の宮の近頃の御不快の御様子はどうも御妊娠らしいというので、源氏は首を傾《かし》げて〈ホウ、今頃珍らしいことが起きたね〉とおっしゃいます。明石《あかし》以来、長らく御自分の傍にいる女達にもたえてそうした事はなかったのにと不思議にはお思いになりながらも、つわりに悩んでいる宮のお姿を可憐なものにお思いになります。

小侍従はこうして源氏のおいでになっている間、もしや露見《ろけん》はせぬかと胸騒《むなさわ》ぎが止みません。

ところが柏木は、源氏が三の宮の許に泊っていらっしゃることを、逆怨《さかうら》みして、三の宮の許へ、自分の思いの丈《たけ》をかいた文を届けてよこしました。

宮の許にお泊りになっていらっしゃる源氏が、ふと対《たい》の方に出てゆかれた隙《すき》に、小侍従が、よせばよいのに柏木の文をいやがる宮にお見せしようとします。ところへ源氏が何も御存じなくお帰りになったので、あわてた宮は、御自分の褥《しとね》の下にその文をお隠しになり

ました。

源氏は紫の上の病気にかまけて、宮に冷淡になるのをお気の毒と、その夜はそこにお泊りになり、翌朝涼《すず》しいうちにお帰りになろうとして、御自分の置き忘れた扇を探していらっしゃると、ふと宮の敷物の端が少しめくれているその下から、うす緑色の文の巻いたのがのぞいています、何の気もなく手にとってあけて御覧になると、それは紛《まぎ》れもない御存じの柏木の筆の跡だということがおわかりになりました」

「まあ！」と大貝夫人が一大事とばかりに歎声を発した。悪いことは出来ないものという顔である。

「源氏は、はっとされると同時に、ああ宮は子供だな、こんなものをここに落して、と今更に宮の不用意な御性格に失望なさるのでした、そしてそのままその文を懐中にしてお帰りになりました。そのあと、小侍従は〈昨夕《ゆうべ》の文はどう遊ばしました、けさ源氏の君が拡げていらした文の色に似て居りましたが〉と心配してお傍に寄ってききますと、宮ははっとして泣かれるばかり、もう間に合いません、褥の下の文はもうそこに影も形もありません。

源氏がお持ち帰りになった文をおよみ返しになると、長い間の恋が遂げられ、なお苦しい思いに悩んでいる柏木の秘密が一眼でわかるような露骨な文なのです、源氏はそうした柏木の心の用意のなさを軽蔑《けいべつ》なさらずにはいられません、女三の宮の御懐妊もそうしたこ

との結果であるとわかれば、どうしたものであろうかとお考え悩みになります。それにつけてもすぐに思い出されるのは、御自分が父帝の眼を盗んで、その寵姫《ちょうき》藤壺との間に犯したあの恐ろしい罪のことです。そうした自分の過去をお考えになると、今更《いまさら》柏木と女三《おんなさん》の宮《みや》をお責めになる資格もない気がなさるのでした。

　源氏はそうしたことは紫の上にもお打明けにはならないのですが、なんとなく御《ご》煩悶《はんもん》の様子を紫の上は察して、きっと自分の病気を御心配のあまり、三の宮の許へ通われることもまれなので、それを気の毒に思って悩んでいられるのであろうと思われ、〈私はもう気分がよくなりましたから、どうぞあちらへいらしって下さいまし〉と言われます。

　さて柏木が相変らず宮にお逢いしたいと小侍従にせがんでまいりますので、小侍従はそれどころですかとばかり、源氏に柏木の文の発見されたことを知らせてしまいます。今更に柏木は源氏が恐ろしく取り返しのつかない心持です。柏木は夕霧《ゆうぎり》とは従兄弟《いとこ》同志の親友で、長い間公私ともに源氏に眼をかけられていた貴公子ですのに、それがこんな不埒《ふらち》をして、もう源氏に合わせる顔もないというわけです。

　源氏は源氏で、柏木とそうしたことになった女三の宮を妻として思い切ってしまおうとはお思いになるのですが、一方あまりに幼稚で罪のない宮のことはやはり幼少から娘のようにお育てになっただけに御心配なのでした。悩んでいられる宮はやはりいじらしいお気

持がされ、御祈禱《ごきとう》その他も宮のためにちゃんと取り計らわれます。

御出家なすった朱雀院《すざくいん》は最愛の皇女が今源氏の許で病気だとおききになって御心配になり、源氏との間に物足らぬことがあっても我慢して暮すようにとのお手紙が参ったりします、源氏はその朱雀院のお文を御覧になるにつけ、もし三の宮のこの不祥《ふしよう》な事件がお耳に入ったらどんなにお歎きになるかと、それもお気の毒になります。

源氏は娘をさとすように、女三の宮に向われ〈父君の御在生中には御心配をおかけしないように〉と、暗《あん》にその幼稚な、あまりに前後の考えのない御気性を訓戒《くんかい》なさるのでした。今、髯黒《ひげくろ》の北の方として安定した生活をしている玉鬘《たまかずら》などのしっかりした気性に比べて、あまりに幼稚な弱々しい女三の宮に源氏はかえって痛々しいものが感じられ、その罪を責める気にもなれないのでした。

さて、月もたってその年の十二月、その上旬にいろいろの差支えでのびのびになっていた朱雀院の法皇の五十の御賀《おんが》が催されることになり、その試楽《しがく》が取り行われるので、まだ二条院にいらしった紫の上も六条院にお帰りになりました。六条院はそのために大勢の人が集りさまざまの舞楽《ぶがく》の演習が行われるのです、こういう折に柏木を招かないことは例のないことなので、人も不思議に思おうと、源氏は彼をお招きになりました。

しかし柏木はさすがに源氏に合わせる顔はないとみえ、病気といって辞退するのですが、その秘密を知らない柏木の父の大臣は、大病でもないのに何故お伺《うかが》いしないのだね、伺っ

たらいいだろうとすすめますし、事実大病でもないのですから再度のお招きには柏木《かしわぎ》も伺《し》候《こう》することになりました。

源氏は招いたものの、柏木の顔をみればあまりいい気持はなさいません、けれどもさりげなくいろいろお言葉をおかけになります、柏木は恥入って御返事も出来ないような思いに堪えて、恐縮しながら受け答えをしていますが、恐らく心の中は針の莚《むしろ》に坐《すわ》る心地だったでしょう。

その試楽《しがく》はまことに美しく堂々たるもので、大勢の幼い貴公子らの童舞《わらわまい》など、人々は感涙を催《もよお》すほどのものでした。そして酒宴が始まった時、源氏は酔ったふりをなすって思わず痛烈な皮肉を柏木に浴《あび》せてしまわれました。

〈柏木は私が年寄になって酔泣きをするのなど、眼をつけて笑っているようだが、老いということはたれも免《まぬが》れない、やがてあなただってそうなるのだよ〉

柏木はこの源氏の酔いに乗じた戯《ざ》れごとにもはっと胸を突かれ、やがて中座して邸《やしき》に帰るなり、病の床に臥《ふ》してしまいました。

初めは試楽の席での悪酔《わるよい》のせいかと周りの者も思っていたのですが、決してそんなものではなく柏木の病気は重《おも》ってゆくのでした。

柏木の両親は今息子の寝ついている落葉《おちば》ノ宮の許から、わが邸に引取って介抱《かいほう》したいと思いました。落葉ノ宮としてはそれでなくても愛の薄い良人《おっと》が病んで実家に帰ってしまう

ということはどんなに淋しいことだったでしょう、そのわが妻落葉ノ宮の悲しみを見た時、今まで道ならぬ恋に溺《おぼ》れて、折角《せっかく》めとった妻を忘れがちだった柏木の心にも妻を哀れと思う心が起り、なんとなくこれがこの世の別れで、このまま妻を未亡人にさせるのだという気がしてしきりに哀れに思えるのでした。

〈私のような者と結婚して下すったあなたのためには、せめて長生をして相当の官位にも進んでと思って居りましたのに、もうこんな病人になって命も助からないような気がします〉などと言って、俄《にわ》かに親の許に行くこともたゆたわれて、妻との別れを惜《お》しんでいられるのですが、柏木の母はやはりわが子の病気を気遣《きづか》って〈どうして親のところへ来て病気を癒《なお》そうと思わないのですか、大勢の子供の中でも長男のあなたは殊《こと》に気懸《きがか》りだのに〉とかきくどかれます。

柏木は落葉ノ宮に、〈もし私の病気が重くなったら、そっと父の邸に来て逢って下さい〉と、今更に結婚以来初めてと思うほど、妻に愛情のある言葉を残して、父大臣の邸に移ってゆきました。

父母の邸に引取られた柏木は、ここでも祈禱など大騒ぎで快癒《かいゆ》につとめるのでしたが、柏木の病気は今すぐ危いというのではないのですが、何しろ食慾《しょくよく》が少しもなくて、病人にはいい筈《はず》の果物、蜜柑《みかん》の汁さえ吸うのを嫌がるようになって、日に日に弱ってゆくのでした。

学問もあり、才能もあり、家柄もよくて宮廷人として申分のない筈の柏木《かしわぎ》がそんな病にとりつかれたのを世間の人も惜しがり、両親もどれほど悲しいか知れません。源氏からもお見舞が来、ことに仲のよかった夕霧の大将は、この気の毒な親友を毎日のように見舞ってくれます。

柏木が依然として病床にいる間に、朱雀院《すざくいん》の御賀《おんが》は十二月二十五日ときまりました。柏木のような高位の公卿《くぎょう》が病気で、親兄弟の歎いている時に、御賀というのもいかがとは思いながら、今更中止には出来ませんし、今年を過すわけにもまいりません、しかもその父の五十の賀を祝う主催者である女三の宮の御《ご》懐妊《かいにん》中のお気持こそはどんなかと源氏もそれを思いやられます、……まあこれで若菜《わかな》の巻の要点を呑《の》み込んで戴《いただ》くことにいたしました。長々と御退屈さま」

と、刀自《とじ》も重荷を下したように、ほっとお辞儀をされた。

みんなは柏木のこと、女三の宮のこと、落葉ノ宮のことなど考えて、そのまましんとしている時、門の方に足音のするのは、良英夫妻が、今東京から帰ってきたのであろうか。

柏《かしわ》木《ぎ》

年末とお正月の休講のあとで、初めて開かれたお講義だった。

熱心な聴講生の大貝夫人はもう年賀には来ていたから、お正月の挨拶《あいさつ》はぬきである。

ここの主《あるじ》の、姉妹の父良英はようやく東京のある会社の経理部に職を得て〈斎藤実盛《さねもり》ではないが、白髪を染めてもう一度若い者と一緒に働こう〉と、毎朝、婿《むこ》の彰と一緒に鎌倉山を朝早いバスで出かけて、夕方遅くなって、前後して帰ってくる。

そのためもあって、二人が帰ってくれば、夕餉《ゆうげ》だ、入浴だと、いろいろごたごたするので、それとまた冬の夜の寒さをいとって、午後から夕方までの間にお講義をすることに……高倉家における源氏のお講義の時間が改革されたのである。

たしかに、それは賢明《けんめい》だった。曇り日でなければ、暖い日差しが縁にさして、庭の隅に鶯《うぐいす》のささ鳴きも聞えて来そうである。

「さて、私も今年も生き延びて、こうしてまた源氏のお講義が出来ますことは、誰よりも私がうれしいのですよ」

刀自《とじ》は、自分の余生をこれに献《ささ》げるような気持で、聴講生は僅《わず》かでも、刀自は何百人もの生徒を相手にしているような意気込みである。

柏木

「この前の〈若菜《わかな》の巻〉でも申上げたように、柏木《かしわぎ》はずっと病気でいっこうに癒《なお》るけしきもありません。そうして新年になりました。つまり今から約千年前の平安朝の新年です。柏木は三十二歳の男盛りの筈《はず》ですが、女三《おんなさん》の宮《みや》との恋愛がこの人の生涯のつまずきとなって、はては病床に倒れることになったのです。大切な息子がこれからという年齢でそうした有様《ありさま》なので、父の前《さき》の太政大臣《おおきおとど》、つまり葵《あおい》の上の兄であり、頭《とう》の中将《ちゅうじょう》として物語の初めからよく登場した人ですが、ほかにも男の子も多いのですが、なんといっても柏木は正妻の長男であり、かけがえのないものとして両親の心配は一方《ひとかた》ではありません。それに子供の時からよく出来た息子で望みをかけていただけに大変な心痛です。それが病床の柏木にもよくわかって、親に対しては不孝《ふこう》と思うのですが、だが強《し》いて生きて、自分の不行跡の名が立ち、恋しい三の宮をも苦しめるよりも――道ならぬことをした自分を憎んでいられるだろう源氏に対しても、死によってすべてを償《つぐな》うことが出来るような気がしているのでした。

それにしてもその柏木がなお最後に忘れかねているのは女三の宮のことでした。もう弱って手が震えて思うことの全部は書けないのですが、彼はともかくこんな文《ふみ》を書きました。

――もう私の命も今日明日に迫っているような気がいたします。それはあなたのお耳に

も自《おの》ずと入っていることでしょうのに、どうしているかとさえお尋《たず》ね下さらないのは、ごもっともではありますが、やはり淋《さび》しく思われます。――そんなことを書いて歌を一首、

今はとて燃えむ煙もむすぼほれ
絶えぬおもひのなほや残らむ

私のいまはの荼毘《だび》の煙もいつまでも結ばれて、消えぬ恋のおもいにあなたにいつまでもまつわりつくでしょう――というような意味で、まあ執念深い哀れな歌ですね。それを例の小侍従、三の宮の侍女にせがんで持って行って貰《もら》います。小侍従もこういう文使いは今《いま》更《さら》困ることなのですが、このひとの伯母《おば》が柏木の乳母《めのと》なので、無下《むげ》に退《しりぞ》けるわけにもまいりません。それにもう柏木の余命いくばくもないと思えば同情もして、宮に、この文のお返しだけはして上げて下さいまし、きっとこれが最後になりましょうなどとおすすめします。三の宮の方は御自分もまた柏木とのことの苦しみに命さえわからぬほどに悩んでいるのに、とてもそんな文の返しは恐ろしくて書けないとおっしゃいます。それも宮御自身そういう立場の女性としての反省の自覚があってのことではなく、ただ気弱い御性質で、どうしていいかわからず悩んでいらっしゃるのですから、小侍従が、硯《すずり》や筆までお傍《そば》にひきよせてしきりとおすすめすると、気が進まないながらお返しの文を書かれるのでした。夕

闇にまぎれて、目立たぬように小侍従はそれを病む柏木の許《もと》に届けました。

さて病床の柏木は、父の大臣が、修験者《しゅげんじゃ》や高僧たちを呼び迎えては御祈禱《ごきとう》や読経《どきょう》をおさせになるのですが、その修験者達のかしましい読経の声が、かえって自分の罪を咎《とが》めているようで、弱っている心身には堪《た》え難《がた》い気持なのです。父の手前は病床に寝ているようにしていて、柏木はそっと小侍従に会って、女三の宮の消息を聞きます。

〈もう宮のことは一切お話すまい、私の一生はこうしてはかなく尽きてしまうのだが、宮への執着が成仏《じょうぶつ》の妨げになるかも知れない……心にかかる宮の御懐妊《ごかいにん》については、どうか御安産を伝え聞いてから死にたい〉などと悩ましく言われるので、小侍従もつい同情して女心に涙をこぼしてしまいます。

その小侍従から受けとった宮の御文は、〈御病気を蔭ながら伺《うかが》っていても私からお見舞の出来ないことはお察し下さい、私どもの道、同じ悩みで長く生きてはいないでしょう〉というような悲しい手紙にお歌が添えてありました。柏木はこのお手紙をたいへん有難《ありがた》く思い、今一度と、休み休み、鳥の足のような字で宮に文を書くのでした。

いつもなら少しでも長く小侍従をとどめて宮のお噂《うわさ》をききたがる柏木も今はもう話をすることも堪え難いように、もう帰るがよいとおっしゃって、病床にいざり入っておしまいになります。そのくらい身も心も衰弱していらっしゃるのかと小侍従も立ち去り難い思いです、小侍従の伯母の乳母も出てきて大泣きに泣いて居ります。

一方、女三の宮はその日の夕方から産気《さんけ》づかれて、安産の御祈禱などもつづけられ、一晩中、陣痛にお苦しみになりましたが、暁《あかつき》になって若君をお生みになりました。

尊い内親王《ないしんのう》を母として生れられた晩年の若君を源氏の君はどんなにお可愛《かわい》くお思いになるだろうと周囲の者は考えています。この時源氏は四十八歳でしたから、この若君が恐らく末の御子であろうというので家司《けいし》たちも仰山《ぎょうさん》な御誕生のお祝いの支度をいたします。源氏の他の夫人たち、第二、第三、第四――いろいろある皆様御存じの夫人たちからお祝品がいろいろ届き、宮中からもお祝いの御馳走《ごちそう》などがたくさんに届きました、この賑《にぎ》やかな若君誕生の祝いをよそに結ばれているのは源氏のお心でした。

因果というものは、不思議なものだ、自分の生涯の秘密、藤壺《ふじつぼ》への若き日の邪《よこ》しまな恋のその応報であろうか、そして自分が柏木の子をわが子として育てるのも、自分の過去の罪の償《つぐな》いになろうかなどとお考えになってもいます。

こんな風に心にわだかまりがおありになるものですから、人の考えるほど仰山な儀式や音楽のお催しなどもございません。三の宮はもともとかよわいお身体に恐ろしい出産の大役をなすって、もうこの儘《まま》死んでしまいそうなお気持です。

源氏は人前では御自分のお心の中は少しもお見せにはならず、上手に取りつくろってはいらっしゃいますが、生れたての赤ちゃんを、特に御覧になろうともなさらないので、

〈まあ、どうして冷淡にしていらっしゃるのでしょう、珍らしく今になってお可愛らしい

若君がお出来になったというのに〉などと、年取った女房どもが不足がっている様子は、女三の宮にもおわかりになるので、こうしてこの若君は次第に源氏の君に疎《うと》まれてゆくことだろうなどとお思いになると、行末《ゆくすえ》お心細く、わが身も恨《うら》めしく、尼《あま》になりたいというお気が起ってきたのでございます。

源氏は夜はお過しにはなりませんが、それでも昼は時々三の宮の御殿にお顔をおみせになり、〈私も老先が短い気がして仏前の勤《つと》めに浸《ひた》っていて、こういう産室の気分にはなじまないので、あまり度々も来ないのだが……〉などと言訳《いいわけ》をなさりながら見舞われます。

産後ですっかり弱られた三の宮はしおれて、〈お産で死ぬ者は罪が深いときいて居ります、尼になったら命を取り止めることが出来ましょうか、また死んでも、今生《こんじょう》の罪が消えようかと思われます〉と、いつもよりも大人びておっしゃるのでした。源氏は、〈それはとんでもないことです。そんなことは考えないで――〉と口ではおっしゃるのですが心の中では、もし三の宮がほんとうに御自分で尼になりたいと思われるならば、或《あるい》はその方がいいかも知れない、自分としても、あのことにこだわって素直によくお世話出来ないような事になれば、周囲も怪しむだろうし、父君の朱雀院《すざくいん》のお耳に入っても困る、いっそ病弱を理由に望み通りの出家をおさせするのも方便《ほうべん》だと考えていられるのでした。しかしまたお若いこの人の髪を切って尼姿にすると思えばそれもいじらしく、見れば、透《す》きとおるように蒼《あお》いお顔で力ない風に寝ていらっしゃる宮の、頼りなげな美しさはこの人によしどん

なあやまちがあろうとも許してしまえるような気持にもなるのでした。

さて山の寺院にお入りになっている朱雀院《すざくいん》はお心にかけられた女三の宮の初産《ういざん》がともかく無事だったとおききになり、その後のすぐれない御容態もお案じになって、一眼《ひとめ》お祝いやらお見舞のために、夜に紛《まぎ》れて六条院の産室をお訪ねになりました。

御父子の間柄ですから、三の宮の傍近くお坐りになってお物語りがあります。その時に三の宮は、〈この機会に私を尼にして下さいまし〉と泣いて父君にお頼みになりました。朱雀院は源氏に向って、〈あんなに熱心に出家したいといいますが、もし産後の容態が頼み少いようなら、ちょっとの間でも尼姿にしてやって、仏の冥助《みょうじょ》を得させたいと私は思います〉とおっしゃいました。こうおっしゃる父朱雀院のお心の内では、源氏なら宮を幸福にして貰《もら》えようと思ってお頼みになったのに、どうもお二人の間がしっくりしていないように思われるのがほんとうに残念なのでした。いっそ自分の生きているうちに宮の身の振り方をつけよう、源氏も良人《おっと》としては冷たくても、きっとお世話はすることだろう、と源氏の心のうちも見極めたく、〈私がここを見舞ったついでに、私の手から受戒《じゅかい》させてやりましょう〉とおっしゃるのでした。

源氏もいざとなれば三の宮の過去のあやまちも忘れて几帳《きちょう》の内にお入りになり、〈なぜ老先《おいさき》の少い私を棄《す》てて出家などなさるのです、産後の弱ったお身体《からだ》では仏前のお勤めも出来ますまい、ゆっくり養生《ようじょう》なすってから〉などとおっしゃいますが、宮は頭を振って、止

められるのが怨《うら》めしいという御様子です。今までなにもおっしゃらなかったけれど心の中には怨めしく思うことがおありになったのかとお気がつくと、源氏は宮が可哀想でならなくなります。いろいろと言葉をつくしていられるうちに夜が明けかかります。明るくなって人目に立ってはと、朱雀院は山のみ寺に帰るのをお急ぎになって、産後の御祈禱《ごきとう》のために侍している立派な僧たちをお呼びになって、宮のお髪《ぐし》を切らせて御出家の姿におさせになりました。若い盛りの丈《たけ》なす御髪を切って、受戒なさる有様はやはり物悲しいものでございました。尼といっても髪を剃《そ》るわけではなく、その頃は肩のあたりの長さに切るのです、ことにお美しい宮のお髪《ぐし》を惜しんで人々は長く切りました。

　源氏はそのお姿が痛わしくて涙をおこぼしになっています。朱雀院の法皇もまた一番愛していらっしゃったこの皇女を誰れよりも幸福にとお思いになっていたのにこの世でこんな姿にすることが、まことに物足らず悲しく涙をお落しになるのですが、明け切らぬうちにと六条院をお立ち出《い》でになります。

　一方柏木は、女三の宮の御出産がすんだときくと、すぐまた尼におなりになったということを伝えきいてどんなに力を落したことか、自分もまた頼み少い有様になりました。そうなるにつれて柏木はやはり御自分の夫人の落葉《おちば》ノ宮《みや》のことがお気の毒と心にかかるのでした。

　しかし宮がこの病床に来ることはその頃の習慣として軽々しいことに思われ、ことに柏

木の父も母も病床につききりなのですから、なんとかして自分から夫人の邸《やしき》を訪ねて今一度逢《あ》いたいと思うのですがそれが出来ません、柏木《かしわぎ》は、父にも母にも弟にも自分の亡《な》いあとの落葉ノ宮のことをしきりと頼まれます。

そのうち病中の柏木を慰《なぐさ》め力づけようと宮中のお心遣《こころづか》いから、柏木は、権大納言《ごんだいなごん》に位がすすみました、その昇進のお祝いとお見舞をかねて、真先に夕霧《ゆうぎり》の大将が訪れてまいりました。もう病床から起き上れない柏木は、従弟《いとこ》であり妹婿《いもうとむこ》であり幼い時からの親友であるこの人に逢いたい気持を抑えかねて、〈失礼ですが、ここへ来て戴《いただ》くことにします〉と、そういう高官の人を病床に招く失礼を謝して、傍についている平癒《へいゆ》祈禱《きとう》の僧などを暫《しばら》く遠ざけて夕霧を迎えました。

柏木があまりに衰弱しているので夕霧は胸がつぶれるようでした。折角《せっかく》昇進した喜びの気分さえないのです。〈昔の私ではなくなりました〉と柏木はいいます、そしてほほけた髪を烏帽子《えぼし》の中に押し入れようとする姿も哀れでした。その当時、貴族は病中でも人に会う時は、烏帽子を被《かぶ》ったのです。

柏木は夕霧の顔をみてもやはり、何かの時に落葉ノ宮のお力になってくれるようにとお頼みになりました。そしてまた、自分が、源氏のお心を害していることがあって、それを心にかけて苦しんでいるうちにこういう病気になったのだと、いかにもそれが心に重くのしかかっているように言われるのでした。そういう柏木の姿が、ひどくもの悲しく、夕霧

の心の中に、さてはと思い当ることもあったのですが、さりとて、それをはっきりと想像以上に見定めることも出来ないのでした。
〈それはあなたの誤解でしょう、源氏の君にはそんな御様子は見えず、あなたの御病気の重いのをひどく心配していられます〉と慰め、〈しかし、そんな煩悶《はんもん》がおありになったら、早く私に打明けて下すったら、源氏との間に立ってとりなしも出来たでしょうに〉と夕霧は残念がるのでした。

柏木は自分の言ったことは、誰れにも口外せず、ただ源氏にだけとりなして欲しいと頼みました。そしてもう長く話をするのにも堪《た》えられないような弱り方にみえるので、夕霧も病人の上に心を残して泣く泣く帰ってゆかれました。

柏木の病気にはお妹に当る弘徽殿《こきでん》の女御《にょうご》、異腹の妹の雲井《くもい》ノ雁《かり》（夕霧の夫人）、玉鬘《たまかずら》（髯黒《ひげくろ》の夫人）も非常に心配して、御祈禱などおさせになったりしたのですが、なんのききめもなく、そしてとうとう落葉ノ宮に最後の御面会をなさる機会もなくて、泡の如くに柏木は世を消え去りました。こうして両親の歎《なげ》き、弟妹の哀惜《あいせき》のうちに柏木は、恋の秘密を抱いて死んでしまったのです……」

「まあ……」

と一座に歎声《たんせい》が起きた。思うに柏木は今の世の女性にもどこか同情される恋愛の騎士《きし》かも知れない。

「未亡人となられた不幸な落葉《おちば》ノ宮《みや》の胸はどんなだったでしょう、良人《おっと》としての、柏木《かしわぎ》は、三の宮に心を奪われ、その姉君の落葉ノ宮を夫人として迎えながら深く愛することは出来なかったのですが、優しい気性からちゃんと一通りのお扱いはなすっていらしったので、夫人としては多少淋《さび》しくても、とりわけての御不満もなかったのです。けれども夫婦の語らいを良人がそんなに楽しんでいられなかったということは、かえってその人が亡くなってから、落葉ノ宮の心を悲しませて、まことにみるも痛々しい御様子でした。落葉ノ宮の母なる方も、わが娘の身の上が、はかない気がして深く歎かれます。柏木の両親は勿論《もちろん》、親に先立って逝《い》った息子が悲しまれて仕方がございません。尼姿になられた女三《おんなさん》の宮《みや》も、あのような過失の相手と思って怨《うら》んでいられたものの、亡くなったとお聞きになれば、やはり哀れはひとしおでした。

やがて三月になって空もうららかな日がつづき、源氏の若君、実は柏木の子である〈薫《かおる》の君《きみ》〉の五十日の賀となりました。これは出生五十日目にお餅《もち》を供《そな》える儀式です。この頃は源氏は毎日訪ねておいでになり、今になって、申分のないお扱いなのでした。若君は色白の美しい子で、もう声を出して笑ったりしますし、その母の宮も次第に快復《かいふく》していらっしゃいました。ただその母君が尼姿なのがお祝の儀式をどうしたものかと、とまどわせたりいたします。

当日は宮も起き出で、お切りになった髪が厚く肩にいっぱいに拡がるのをおうるさそう

に後にやったりしていらっしゃるところへ源氏が入っていらっしゃいました。以前よりもなお小柄にほっそりとして、受戒《じゅかい》の日に僧が惜《お》しんで長く切り残した髪は、一寸《ちょっと》みては普通の人とわからないくらい、まだ尼姿にはなり切っていらっしゃらず、美しい子供のようにもみえ、またそれが一番お似合いになる姿のように美しいのでした。

源氏は五十日目の若君をお抱き取りになり、〈こんな年とった父親を持って、これから大きくなるのは可哀想《かわいそう》だね〉とおっしゃると、若君は何もわからず、人なつこく笑って、まるまると肥《こ》えて色白の可愛いお子でした。その顔を御覧になる源氏には、やはり可愛い小さいものへの愛情がお湧《わ》きになるのでした。しかし気のせいかも知れぬがなんとなく亡き柏木に面差《おもざ》しが似ているように思われ、それにつけて、誰れも知らぬ秘密の父の柏木のはかない運命をお思いになり、人の世の無常をお考えになると、祝の席で思わず涙がこぼれるのをお隠しになる始末でした。そして白楽天《はくらくてん》が、五十八歳で一子を儲《もう》けた時の詩をお歌いになりました。

五十八翁《をう》方有レ後《まさにのちあり》、
静思堪レ喜亦堪レ嗟《しづかにおもひてよろこぶにたへたりまたなげくにたへたり》

と、但《ただ》し源氏はまだそれよりは十お若い年齢でしたが、どこまでも御自分の子としての

気持を見せて、そんな詩を朗吟《ろうぎん》なすったのでしょう。

源氏は、柏木と三の宮の秘密を女房たちの中には知っているものもいて、自分を愚《おろか》ものと笑っているかも知れない、しかし自分がそう思われることはともかく、その母の三の宮こそ可哀想な女と、お思いになると、どこまでも知らぬ顔に薫《かおる》の君の父親らしくお振舞《ふるまい》になります。

その薫の君の可愛いのを御覧になるにつけ、亡き柏木の両親がせめて息子が忘れ形見《がたみ》でも残しておいてくれたらと歎いているときいたのも思い出されて、実はここにこうして名乗れぬ子を残して行ったのにと、柏木に深い同情を催《もよお》されるのでした」

大貝夫人は、感に堪《た》えたように、

「さすがに源氏は、よく出来た方ですね」

と、今までの源氏の好色に対する咎《とが》めを忘れたかのようだった。

「夕霧の大将は、亡き柏木があの病床で自分に仄《ほの》めかしたことを考えずにはいられません。もう臨終《りんじゅう》に近く、深くきただすことは出来なかったのですが、親友の深い悩みを、あれこれと考えて行くと、女三の宮の尼姿になることを許された父の源氏の気持にも思い当るものがあり、柏木が女三の宮への断ち切れなかった恋ゆえに、自分の命と引きかえてしまったのかと、それはいかにも軽率な生き方だと歎かれるのでしたが、しかしそうしたことは、自分の妻である柏木の妹の雲井《くもい》ノ雁《かり》にも打明けられず、また源氏にも話を切り出す折

もなかったのです、一度そのことを語って父の心を探ってみたいとは思いながら……。

　未亡人の落葉ノ宮は、あのままもう良人《おっと》に対面することもなく永別された歎きはもとより、その邸《やしき》の淋しさ、亡き人の遺愛《いあい》の鷹《たか》や馬、それを世話する人々の、もう頼り所を失ったような侘《わび》しい姿、手馴《てな》れた居間の道具、奏《かな》でた琴の音《ね》を立てる糸も張られていないのをみるのもお苦しいのでした。この喪《も》にこもる落葉ノ宮の一条の邸にもやがて春は来て、花は咲き出しました。

　鈍色《にびいろ》の喪服に女房たちも打沈《うちしず》んでいる淋しい日々のある日、夕霧の大将の車が御門に止まりました。

〈お亡くなりになった御主人がいらしったような気がします〉と女房達は出迎えて泣いています。しかし、亡き人は永遠に訪れる筈《はず》はありません。

　その人の来訪には、女房達だけでは失礼だと、落葉ノ宮の母の御息所《みやすどころ》が御応対になりました。

〈臨終の際にも御遺言《ごゆいごん》がありましたので、此方《こちら》をおろそかには思いませせぬ、私も生きている限り、お力になりたいと思います〉そう語られる夕霧の人品はまことになつかしく優雅に頼もしいものです。亡き人の親友のすこやかな姿を見るにつけても、短命だった柏木のことが悲しまれて、御息所はお泣きになります。〈宮の悲しみに沈まれるのがあまりに激しくて、今にも後を追いそうな気がいたします〉などと言われ、〈もともとこの結婚には

私は賛成ではなかったのですが、こんな不幸になって……〉などと母らしい愚痴《ぐち》さえ混《まじ》ります。その御息所をさまざま慰めて帰られる夕霧の端正《たんせい》な美しい姿をみると、喪に沈んでいた女房たちも、悲しみが少しまぎれるような気がしてお見送りしています。その帰る時に夕霧が御息所と交《かわ》された歌。

時しあればかはらぬ色に匂《にほ》ひけり
かた枝《え》枯れにし宿の桜も

片枝枯れた桜も、時がくれば花が咲きます、お一人になられた宮の上にもやがてよい月日がまいりましょうというお慰めの歌でした。御息所の返歌は、

この春は柳《やなぎ》の芽にぞ玉は貫《ぬ》く
咲き散る花のゆくへ知らねば

今年の春は柏木の逝《い》ったために、花の咲いたも散ったも知らず、柳の芽に露《つゆ》の玉を貫くように、私どもも眼に涙を宿していますというのです。

夕霧はそれからまた柏木の両親の邸《やしき》にも慰めに寄られました。亡き友の父は自分の舅《しゅうと》で

もあるので親しく出て逢《あ》われましたが、その息子を失った父の顔は痩《や》せ細って、髯《ひげ》なども幾日も剃《そ》らせずに延び放題の悲しみに衰《おとろ》えた姿でした。亡き人の弟も出てまいりました。

夕霧は、落葉ノ宮の母君の歌を懐紙《かいし》に書きとめておいたのをお見せすると、涙で字も見えませんと言いながら、泣顔で御覧になる、その歌を見るにつけても胸がいっぱいになる様子で、〈あなたの母の葵《あおい》の上《うえ》が亡くなった時も悲しみの極《きわ》みだと思ったが……〉と、欠点もなく温和だった柏木、宮中の御信任も厚く望みを持った息子だけに、その悲しみは何をもっても償《つぐな》えないと歎かれるのでした。

夕霧はその後も柏木の遺言を重んじて、時折忘れずに落葉ノ宮を慰めに訪れました。花散った晩春のある日、やはり訪れてゆかれました。喪にこもる邸にも伊予《いよ》簾《すだれ》がかけられ、季節と共に替えられた薄鈍色《うすにびいろ》の几帳《きちょう》がそれを透《す》かしてもう夏めいた景色でした。いつも出て夕霧とお話をなさる御息所も少しお具合が悪くお寝《やす》みになっていられるとかで、今宵は宮のお居間の縁に夕霧の座を設《もう》けて、女房たちが何かとお相手をしています。青々と枝さし交《かわ》す庭の木々を眺《なが》めていた夕霧は御簾《みす》の内には宮がいられるのだと思うと、つと御簾の方へ近寄って、

ことならばならしの枝《えだ》にならさなむ
葉《は》守《もり》の神の許しありきと

と歌われ、まだ御簾の隔《へだ》てをとって下さらないのが残念ですとおっしゃいました。御遺言もあったことゆえ柏木と親しかった私にもう少しお打解け下さいというような歌の意味です。すると侍女に取りつがせて御返歌がありました。

柏木に葉守の神はまさずとも
人馴《な》らすべき宿の梢《こずゑ》か

この歌の文字〈柏木《かしわぎ》〉が、この巻の名となったのです。私は皆様に呑込《のみこ》みいいよう、巻の主人公をそのまま〈柏木〉と呼んでおきますが、原作ではその人の官位〈衛門《えもん》の督《かみ》〉で呼ばれて居ります。この巻だけでなく官位は始終変りますので、今までも、便宜《べんぎ》上物語中の人物の名称はわかりやすく申して居ります……。

さて、この夕霧への宮の返歌は――ぶしつけなお言葉で、御好意も疑われます――と厳然たる未亡人の態度でした、歌の意味はたとえ良人《おっと》はいなくてもむやみに人を近づける家ではございませんというようなことでしょうね。でも夕霧は別に気持を悪くもなさらず、まこと道理だと微笑していらっしゃいます、そこへ御息所《みやすどころ》も出ていらしった気配に、夕霧もいずまいを直されます。

〈淋しいこの世に月日を送って居りますせいか気分もすぐれず暮して居りますのにこうして度々お見舞下さるのが有難《ありがた》く、元気を出しておめにかかります〉と御息所はおっしゃるのです。

〈お歎きはごもっともですが、そうして閉じこもってばかりいらしってはいかがでしょう〉と夕霧はお励《はげ》ましになり、落葉ノ宮の近頃の御様子などを御息所にお尋ねになるのでした。

　夕霧は心からの同情をこの友達の世に残した未亡人に抱いているのですが、やがてこうして慰めに通《かよ》って来ているうちにいつか仄《ほの》かな恋心をさえこの淋しい宮に覚え初めたのでした。

〈もうこうしてお心安くなったのですから、私を亡き柏木のようにお取り扱いになって、他人と思わずお打解け下さい〉と恋心をあらわにするわけではないのですが、信頼して打解けて欲しいと熱心に夕霧はいうのでした。

　そういう夕霧の直衣姿《のうしすがた》のあざやかに男らしい背高い姿はまことに立派にみえました。

〈源氏の君は、なつかしく艶《えん》な御美貌《ごびぼう》ですが、夕霧の君は男らしく快活で、ああお綺麗《きれい》だと思う印象は誰よりもまさっていらっしゃるわ〉などと女房たちはいいます。帰る夕霧を見送りながら、〈出来ることなら宮の婿君《むこぎみ》になって始終通っていらしって下さればよい〉などと、はしたないことを考えている若い女房もいたようです。

夕霧はこうして友の死を忘れずに悼《いた》み、帝《みかど》も音楽のお遊びなどの時は、ああ柏木《かしわぎ》がいたらといつもおっしゃるのでした。源氏の君も亡き柏木をお憐《あわれ》みになるお気持がだんだんに深くなって、薫《かおる》の君をお心の中では故人の形見《かたみ》と思って追憶《ついおく》していらっしゃいます。

秋になると薫の君のはいはいなどをなさる様子が、いい様もなく可愛らしくて、源氏の君は心から寵愛《ちょうあい》なすって、いつも大事にお抱きになっていつくしんでいらっしゃいます……柏木の巻はこれで終りますが、私のお講義が至らぬのでどうかと思いますが、源氏物語の中でも、この若菜《わかな》から柏木とつづいて終篇に近づくにつれ、この物語の中でも、もっとも妙味《みょうみ》のあるところで、源氏が、過去の藤壺《ふじつぼ》との秘密の恋と同じことを柏木の上に見《み》出《いだ》し、自分が、かつて父帝にお負わせした役割を自分が受持つようになって、人生の苦《にが》い杯《さかずき》を呑《の》み干さねばならぬなど……だんだんと源氏の一生の終曲に近づくにつれて限りなく興趣《きょうしゅ》のある巻になっていると思います。源氏物語はあまり長いので初めのごたごたしたところで飽きてしまうと、なかなかここまでまいれませんでねえ」

刀自《とじ》はこう言って、自分もこれからあとの講義も楽しみのようにお茶を一服された。

「おかげさまで、私もその面白いところまで辿《たど》らせて戴《いただ》きました、ほんとになんだか源氏物語の面白さがわかってきたような気がいたします」

と大貝夫人はあらためてお辞儀をした。

もう冬の日は翳《かげ》っている。薄倖《はっこう》の貴公子柏木の死を悼むように、冬日はすでに傾いたのである。

横笛《よこぶえ》

夕霧《ゆうぎり》

鎌倉は東京より暖いとみえて、庭の老木の紅梅《こうばい》の蕾《つぼみ》が日に日にふくらんでゆく、その早春の日差しの縁からさし込んでまだ傾かぬうち、源氏の教室には先生の刀自《とじ》と三人の生徒が集まる。

横笛

「今日は〈横笛《よこぶえ》の巻〉に入ります。さて柏木《かしわぎ》の死を悲しむものの多い中に、源氏の君もまたそうでした。ふだんから六条の邸《やしき》に親しく出入りした貴公子であり、女三《おんなさん》の宮《みや》との間違いは別として、その人物才能を愛していらっしゃいましたから、優しい御気質からも哀惜《あいせき》して、その四十九日の法事には黄金百両を御寄贈なさるというお志《こころざし》でした。夕霧《ゆうぎり》もまたさまざまに布施《ふせ》を供《そな》え供養《くよう》をなさり、未亡人の落葉《おちば》ノ宮《みや》をよくお見舞になるので、故人の弟妹以上のお志を柏木の両親も、これほどまでとはと感激いたしました。

山の法皇は皇女の三の宮二の宮のこうした御不運をお悲しみになって居りますが、お勤《つと》めの折などは尼《あま》になられた三の宮も同じように仏を念じて居られるだろうなどと思召《おぼしめ》して、何かにつけて懇《ねんご》ろなお文をお遣《つか》わしになります。丁度《ちょうど》その頃山寺の近くの竹林に生え

た筍《たけのこ》や、あたりの山から掘り出された自然薯《じねんじょ》に山里らしい趣《おもむ》きをお感じになって尼宮の許《もと》にお届けになりました。

三の宮が涙ながらに父法皇のお文《ふみ》を読んでいられるところへ源氏が入っていらっしゃいました。お傍の台付の鉢《はち》には山の御寺からの贈物が載せてあります。源氏もそのお文を御覧になると、〈もう老先短い老の身で逢《あ》うこともあまり出来ないのが残念だ〉というようなお言葉がありました。法皇がそのようにお考えになるのも皇女をお預けになった自分を不誠実な者と思召していらっしゃるからであろうと、痛ましくお思いになるのでした。宮が父法皇へのお返しにお書きになったお歌を御覧になると、たよたよといかにも力のない字で、〈うき世の外の静《しずか》な処《ところ》が慕《した》わしく、私も父君のいらっしゃる山里を心の中で思い詰めて居ります〉という意味でした。

〈たださえ気懸《きがか》りなあなたの御様子だのに、この上山里に逃《のが》れたいなどとは私にとって辛《つら》いことです……〉とおっしゃりながら宮を御覧になると、きれいな額髪《ひたいがみ》やお顔つきも、まったく子供子供して可憐《かれん》なお姿なので、なぜ尼になどしたかと今更《いまさら》に源氏は惜《お》しいお気持がなさるのでした。しかし、少くとも今この尼となられた宮に、色めいた男心を起してはならぬと、お二人の仲には几帳《きちょう》を置いてお逢いになるのですが、さりとてうとうとしくなさるというわけではありません。

丁度その時宮を母とし、あの柏木を不義の父として生れた運命の子、薫《かおる》の君《きみ》が乳母《めのと》の傍

に寝ていられたのが、起きて這《は》い出て、源氏のお袖《そで》に可愛らしく縋《すが》られました。ここのところの原文を一寸《ちょっと》御参考に読んでみましょう。

――若君は乳母《めのと》の許に寝《ね》給《たま》へりける。起きてはひ出《い》で給ひて、御袖《おんそで》を引きまつはれ奉《たてまつ》り給ふさま、いと美し。白き薄物に、唐《から》の小紋《こもん》の紅梅の御衣《おんぞ》の裾《すそ》、いと長くしどけなげに引きやられて、御身はいとあらはにて、後《うしろ》の限りに著《き》なし給へる様は、例のことなれど、いとらうたげに白くそびやかに、柳《やなぎ》を削《けづ》りて作りたらむやうなり。頭《かしら》は月草《つきぐさ》して、殊更《ことさら》に色どりたらむ心地して、口つき美しう匂ひ、まみのびらかに、恥かしう薫りたるなどは、尚《なほ》いとよく思ひ出《い》でらるれど……

これは大体おわかりになる文章と思いますが、薫の君が、白い薄物に、中国風の小さい模様の紅梅色の上着を後に長く引きずって、小さい身体が着物からぬけそうになっているのですね、まことに色白で愛らしく、子供ながらすらりとして、柳の木を削って作った童《わらわ》形《がた》のようだという形容です、頭は月草して云々《うんぬん》というのは、月草は露草、または蛍草《ほたるそう》というあの青い花をつんで染めたようだ――と、小さい頭がきれいに剃《そ》ってあることです。恥かしゅう薫りたるは、はっとするような、床《ゆか》しい香《こう》の匂いが発して――なおいとよく思い出でらるれど――は、やはり柏木の面影《おもかげ》が思い出されるというのですが、源氏は亡き柏木

がこんなに際立《きわだ》って美しいということはなかったし、宮にも似てはいないなどと思っていらっしゃいます。

がんぜない薫が眼の前の鉢《はち》の筍《たけのこ》をとって口にあてたり投げたりなさいます。〈お行儀が悪いな、筍を隠しておしまい。口の悪い女房達が、食いしんぼうだって言いふらすよ〉とお笑いになりながら薫の君を膝《ひざ》にお抱きとりになり〈私は赤ん坊をあまりたくさん見ないせいか、子供の時はただ同じような赤ん坊の顔だと思っていたのに、この子は今から美しい貴公子の相がある。同じ邸《やしき》の中には内親王《ないしんのう》方もお育ちになるのに厄介《やっかい》なことにならねばよいが、しかしそんなに成長なさるまで、私は見届けることが出来るかな〉とおっしゃって見守っていられます。日のたつにつれて愛らしくなってゆくこの薫の君のためには、過去のいやなことも忘れておしまいになりそうです。

夕霧の大将は柏木があの最後の対面の時に言い残した言葉、源氏の君に心苦しい罪を負っているという暗示を思い出しては、一度は機会を得てそれを父に伝えたいとつねづね思って居ります。

さて、ある秋の夕べのもの哀れな一とき、夕霧は、落葉《おちば》ノ宮《みや》を訪れました。今まで琴など弾《ひ》いていらしったらしく、それを片づける間もなくお迎えしたとみえて、あわてて隠れる女房達の衣《きぬ》ずれの音や、薫物《たきもの》が床《ゆか》しく残っているけはいです。いつもの母の御息所《みやすどころ》が出て来られて夕霧と亡き人の噂さなど思い出話を交《かわ》されました。

夕霧の三条の邸《やしき》は人の出入りも多く、雲井《くもい》ノ雁《かり》との間にすでに七八人の子もあって、邸の中は賑《にぎ》やかを通り越しての騒がしさになれていられるので、この落葉ノ宮のお住居《すまい》のもの静かな気分がことさら身に沁《し》むのでした。以前ほどには手入は届かぬながら、秋草の叢《くさむら》には虫の音しげき庭の夕景色を夕霧はしみじみと眺《なが》めていました。

さきほどまで弾いていられたらしい琴を引きよせてみると、調子《ちょうし》もよく合わせてあり、弾きならした柏木の移香《うつりが》の残っているような手なれた琴でした。庭の虫の音、そして出されている琴、こうした美しい女住居に好色の男はつい妙な振舞《ふるまい》をして浮名《うきな》を立てがちなものなのだと思いながら、夕霧はその琴を掻《か》き鳴らしていられます。まことに妙《たえ》なる音を立てて、それはなつかしい魂のこもっているような琴でした。

〈私が弾きますよりは――〉と琴を御簾《みす》の中に押しやって、落葉ノ宮にすすめられますが、なかなかおひきうけになりそうもありません。御自分は琵琶《びわ》を取り上げて〈想夫恋《そうふれん》〉を弾き鳴らしていられますと、宮も引き入れられて、曲の末の方だけを合わされました。

〈秋の夜を風流にふかしすぎて、亡き人に咎《とが》められる気が致します。もうお暇《いとま》致さねばなりますまい、また参上する時まで、琴や琵琶をこのままにお待ち下さるでしょうか……〉

などと正面からではありませんが、意中を仄《ほの》めかして夕霧は帰ろうとします。母の御息所《みやすどころ》は、〈今夜のこの風流ぐらいはたれも咎《とが》めますまい〉と言われ、夕霧への贈物として笛を一管《いっかん》差し出されました。

〈この笛は古い由緒《ゆいしょ》があると聞いて居りますが、女ばかりの家にこのまま埋《うも》れさせるのも残念ですから〉といわれるのでした。その笛はありし日の柏木の愛していたもので、夕霧も故人が〈よい人に伝えたい〉と言っていたのを知っていただけに感動してそれを受けました。

その笛をもって夜更けてわが邸へ立ち帰られると、格子《こうし》はみな下されて、家中は寝静まって居ります。良人《おっと》が兄の未亡人の落葉ノ宮に想いをかけ、親切をつくして訪問されることを告口《つげぐち》した人があって夕霧の夫人の雲井ノ雁はすっかりすねてしまって、良人の帰ったのを知りながら、寝たふりをしているのでした。

〈こんな月のよい晩に寝ている人があるものですか〉と夕霧は、格子を上げさせ、御簾《みす》を巻かせて雲井ノ雁に言われるのですが、奥様は一言も返事もいたしません。大勢の子供達はそのうちに眼をさまして何か言っている声があちこちにし、女房達も大勢近くの部屋部屋に寝て居ります。その満員の賑《にぎ》やかな家は、落葉ノ宮と母の御息所がひっそりと琴など弾いて住んでいられるあの邸とはあまりの違いなのを思い出され、自分の帰ったあとあの母娘が淋《さび》しく月明りの庭を眺めていられる様子なども思い浮べられて、きょう贈られた笛を月の光の下で吹き鳴らしていられます。そして自分達夫婦のようにあまりに少年少女の時から馴染《なじ》み合った仲の恋から結びついた長い年月の夫婦の間は、いつか妻の雲井ノ雁が強妻になってしまったのも当然だなどと考えています。

その夜夕霧《ゆうぎり》がうとうとと眠りますが、柏木《かしわぎ》がありし日の袿姿《うちぎすがた》で現われて、夕霧の貰《もら》ってきた笛を手に取り、〈この笛の調子を子孫の末にまで伝えたい、自分が伝えたい人はほかにあるのです〉と言われるのです。〈誰に伝えたいのか〉と聞こうと思った時、子供が目ざめて泣き出した声に、夕霧の夢はさめてしまいました。その子は、いつまでも泣いて、乳を吐いたりするので、乳母《めのと》も起き出し、雲井《くもい》ノ雁《かり》も灯を近寄せて、顔にかかる髪を耳の後に挟《はさ》みながら、泣く子を抱いてあやしたりしていますので、父の夕霧も、起き上って〈どうした〉などとのぞきます。

雲井ノ雁はつんつんして、〈苦しそうですわ、どなたかがお綺麗《きれい》な方にうつつを抜かして、夜更けてお帰りになるので、物怪《もののけ》が、ついて入ってきたんですわ〉そういう雲井ノ雁もまだ若々しい可憐《かれん》な妬《ねた》み妻でした。

夢に柏木が現われて笛のことを言ってから夕霧はそれが気にかかって、貰った笛は厄介《やっかい》なことになりました。といって御息所《みやすどころ》から形見《かたみ》として贈られたものを寺に寄進してしまうというのも本意《ほい》ないことに思われ、夕霧はある日、父の源氏の許《もと》を訪れました。丁度《ちょうど》里帰りした女御《にょうご》の御殿の方にいられる時で、夕霧はそちらに伺候《しこう》しました。そこで夕霧は初めて、皇子方と遊んでいる薫《かおる》の可愛い姿を見ました。まことにその光るような美しさは皇子方にも優《まさ》って居りました。しかもその眼差《まなざ》しのあたり、亡くなった柏木によく似ていると思われたのです。そうなるといつか臨終の際の柏木の言葉も思い出され、源氏が心中どう

思っていられるのかと知りたくなりました。この美しい薫の父が柏木だとしたら、柏木が子を残さずに逝《い》ったことを悲しんでいるその老いた両親に知らせないのは罪のことのようにも考えられましたが、果して自分の想像が当っているかどうであるかはわかりません。小さい薫の君は夕霧にもなじんで傍を離れず遊んでいられるのでなお可愛くなりました。

女御の御殿を辞してから、夕霧は父にふと落葉ノ宮と想夫恋《そうふれん》の曲を合わせたことなどを話しました。

〈柏木との友情を重んじるのは結構だが、どこまでも潔白な心でつき合って問題を起さないように〉など源氏の君は訓戒《くんかい》なさいます。なるほど人に対する御教訓はしっかりしていらっしゃるが、御自身はそういう場合、どうであろうかなどと夕霧は考えます」

――生徒たちは、くすくす笑う。

「夕霧はなお笛の話と、昨夕の夢の話をなさいますと、源氏はしばらく黙っていられましたが、〈その笛は私が預っていいわけがある。亡き式部卿《しきぶきょう》の宮――（これは紫の上の父君です）が秘蔵していられたのを柏木が子供の頃から笛の名手だったので、ある時贈物とされたのだ、御息所は女心でそんな由緒《ゆいしょ》を御存じなくてあなたに渡されたのだろう〉源氏はそう言われながらお心の中では、柏木が夢の中で譲りたいと言ったのは薫のことに違いないとお思いになるのでした。

この時夕霧は思い切ってたずねてみました。〈柏木がいよいよ亡くなります少し前、見

舞に行った私に、死後のことを遺言しました中に、かようかように源氏の君に対して恐縮いたして居ることがあると申しましたのが気に懸《かか》っております。いったいそれは何のことでございましょう、不思議でなりません〉源氏はそれをお聞きになって、夕霧《ゆうぎり》が内々察しているのだとおさとりになりました。しかしおっしゃるべき事ではないので、さりげなく、〈いつ私がそんな風に柏木が気にかけるような顔をしたか思い出せない……それはそうとその夢の話はいずれゆっくりと考えて話し合おう〉とそらしておしまいになったので、夕霧は自分がそんな問題を持ち出したことが極《きま》り悪く思われるのでした。これで〈横笛の巻〉は終ります。次は〈鈴虫《すずむし》の巻〉ですが、これは略してあらましだけを申上げてもよろしいと思います。源氏の五十歳の夏から秋にかけてのことで——お住居の六条院の池の蓮《はす》が花盛りの頃、女三《おんなさん》の宮《みや》の御持仏《ごじぶつ》の供養《くよう》が催《もよお》されました。帝《みかど》からも父の法皇からも、御使《ごし》僧《そう》や供物《くもつ》が遣《つか》わされて盛大に行われました。秋になると宮のお住居のお庭には虫をたくさん放ちましたのでまことに風情《ふぜい》がございました。十五夜の満月に源氏はそこで月を賞《め》でて琴をお弾きになりました。蛍兵部卿《ほたるひょうぶきょう》の宮、夕霧、その他多くの貴公子も集って風流に秋の夜を明かされたりしました。

今は譲位された冷泉院《れいぜいいん》の上皇と静かにお暮しになる秋好中宮《あきこのむちゅうぐう》は、御母六条の御息所《みやすどころ》がまだ成仏《じょうぶつ》なされずに、死霊となって紫の上についたという噂さを悲しまれて、供養のために法華《ほっけ》八講を行われました。——こういうことが美しい文章で書いてございます。次の夕霧

の巻は長いし、また私の新しがりのようですが、ここには良人《おっと》の恋に悩む妻雲井《くもい》ノ雁《かり》も出てきて、いわば婦人問題があり、なかなか面白いと思います。つづいてお講義いたしましょう」

夕霧

「この物語は鈴虫につづいて、源氏の五十歳の秋から冬にかけての出来事ですが、もう源氏は脇役にまわり、若い人々の恋愛が主眼になって居ります。主人公はその巻の名の通り夕霧、女主人公は彼の恋い焦《こが》れる柏木の未亡人落葉《おちば》ノ宮《みや》、そして良人がそれに心を奪われるのを歎《なげ》く妬《ねた》み妻の雲井ノ雁というわけでございます。

　今まで夕霧は模範的な良人という評判でございました。幼馴染《おさななじみ》から恋に陥《おちい》ってやっと結婚の出来た雲井ノ雁と夫婦相《あい》和し、すでに八人の子供もつぎつぎと儲《もう》けて、そのままだったら何事もなかったのに、夕霧の男盛りに妻以外の恋人が出来ました。それはもう皆様よく御存じのあの柏木の未亡人落葉ノ宮でございますね。

　夕霧は雲井ノ雁とせかれていた悶々《もんもん》の間に、例の惟光《これみつ》の娘と馴染《なじ》んだことはありますが、それ以外には、雲井ノ雁一人を守っていたのですから、当時としては珍らしい品行方正の良人でした。それが柏木が世を去ってからその残した妻に想いをかけて、それも浮気とい

うよりはたいへん深い激しい恋となってゆくのですから不思議なものです。

落葉ノ宮の母の御息所《みやすどころ》がその秋の頃から物怪《もののけ》がついて――と原文にはありますが、当時は病気にかかるとみな物怪のせいになってしまうので、医薬よりも高僧の祈禱《きとう》をたのむという風でした。まあ科学的精神がなかったわけでございましょう。その帰依《きえ》しているさる高僧の祈禱を受けるために御息所はわざわざ比叡山《ひえいざん》の近くの山荘に移ることになりました。叡山にこもっているその僧にそこまで下りて来て祈禱して戴《いただ》くためです。物怪がのり移ったらいけないからと御息所はおとどめになったのですが、良人《おっと》に別れ、子供もなく母一人娘一人の淋《さび》しい御境遇の落葉ノ宮は、たってその山麓《さんろく》の別荘まで母御息所についていらしってしまいました。


母娘が山荘に移られたときいて、夕霧の大将は僧たちへのお布施《ふせ》のものとか、御息所の御衣料にまで気を配ってお届けになります。何かにつけてこうした細《こま》やかなお心遣《こころづか》いに対して御礼状を書こうにも、御息所は御病人ですし、さりとて女房達の代筆ですますのはあまりに失礼と、落葉ノ宮がどうしても筆をお取りにならなければならなくなりました。

簡単なお文《ふみ》ながら水茎《みずくき》の跡美《うるわ》しい恋する人のお文を手にして、いよいよ夕霧の心は引きよせられ、それ以来、なおしげしげとの御文通でした。こうした事から雲井ノ雁には、良人の心がよそへ傾《かたむ》いていることがよけいはっきりとしてきました。その妻の気持がわかるので、夕霧はその叡山の麓《ふもと》の山荘を訪れるのにもひどく気を遣って、〈ほかにぜひ用もあ

るので、ついでに御息所をお見舞しよう〉などといろいろいいわけをして、親しい五六人の家来だけを召連《めしつ》れてお出掛けになりました。

丁度《ちょうど》、秋の紅葉の頃で、山深い山荘というわけではないのですが、やはり京の街中の庭園とは違って、まことに風雅な趣《おもむ》きがございました。別荘の建物のその東屋敷に祈禱壇《きとうだん》が設《もう》けられ、その北側が御息所の御病室、西側のお部屋に落葉ノ宮がいられます。そんな風で、夕霧をお迎えする客座敷といって別にないので、宮の御居間の縁の御簾《みす》を隔てた小座敷にお通ししました。物なれた女房が出て、御病人の御息所との間のお取次をいたします。

お見舞の言葉などを申し述べていられると、簡単な山荘のこととて、御簾の中の静かな衣《きぬ》ずれの音も聞えてきて、そこに宮のいられることがわかると、夕霧の心はもうそちらへ飛んで行ってしまいます。

山の暮れは早く、やがて陽が落ちて、夕霧があたりを包んでまいります。蜩《ひぐらし》が鳴き、垣根の撫子《なでしこ》が夕風にゆらいで、水の音が松風にまじって微《かす》かに聞えてきます。祈禱の壇の方からは絶えず読経《どきょう》の声が聞えているのです。

これでは私の帰って行く道もわからなそうです、どうしたものでしょうか——という意味のことを夕霧がいうと、御簾の中から仄《ほの》かなお声が、

山がつのまがきをこめて立つ霧も

こころ空なる人はとどめず

霧が立ちこめていても心の浮ついている人はとどめません。すぐ霽《は》れてお帰しいたしますでしょうという意味ですね。ところが夕霧《ゆうぎり》はそんなお声をきくと、なおさら帰りたくなくなってしまいます。とうとう、夜の道がわかりかねますから、ここでお迷惑でも御厄介《ごやっかい》になります、どうか御簾《みす》のお前にいることをお許し下さいと、もう落着いてしまった御様子です。今までそんなに長居をしたこともなく、色めいたことを口にしたこともない方だのに困ったことと宮はお思いになりますが、隣の部屋へ逃げ出すのもわざとらしいと、身じろぎもせずじっとしていらっしゃいます。

いったんお心のうちを口になすった夕霧は、もう宮のお心の動くまでという風にいろいろに言葉をつくしていらっしゃいましたが、お取次にいざり入った女房のあとからふいと御簾の中へ入ってしまわれました。

落葉《おちば》ノ宮《みや》が怖《おそろ》しがって奥の襖《ふすま》の外へお出になろうとするのに追いついてお引止めしました。でももう宮のお身体は隣の部屋へ入ってただ御衣裳の裾《すそ》だけが此方《こちら》に残っているのです。襖を抑えて恐怖の冷たい汗をかいて宮はわなないていられます、〈こんな浅ましいことをなさる方とはあまりに意外でございました〉と侍女達も泣かんばかりに止めますが、夕霧は〈ただ近くでお話をしようと思うだけなのに、人並以上に疎《うと》ましく怪《け》しからぬと思《おぼし》

召《め》すのですか〉とおっしゃって優美なお姿、落着いた物腰で、〈あなたへの恋心に私はどれだけ苦しんでまいったでしょう。それを強《し》いて冷たくおあしらいになるものですから、私はこうでもいたすよりほか仕方がなかったのです〉とおっしゃりながらも、開ければあけられる襖をむりにあけようともなさらないだけの慎《つつし》みを夕霧は持って居ります。

　宮はどういう御返事をなすってよいか、ただ悩まれるだけです。やがてお傍《そば》に近づいて夕霧のいろいろとかき口説《くど》く言葉の中に、もう処女でおありにならない宮が男の心をわからぬでもあるまいに、というようなのがあって、宮は口惜しいとお聞きになります。

〈御安心下さい、御得心《ごとくしん》がない以上、けっして無礼な振舞《ふるまい》はいたしませんから〉と夕霧はきっぱりと言います。そんなうちにもう暁方《あけがた》近く、差し込む光の中に宮の御様子はたいへんお美しくみえました。

　宮はお心の中で、良人《おっと》の柏木さえ、自分をそう深く愛していたとは思えないのに、今こうして道ならぬ恋に落ちたら……殊《こと》に亡き良人の妹を妻にしている人と浮名《うきな》が立ったら、世間ではどう罵《のの》しるだろう、柏木の両親も父の法皇もどんなにうとましくお思いになるだろうと、ただ情けなくお思いになるのでした。

〈せめて夜の明けぬうちにお帰りになって――〉と、ひたすら夕霧をこの場から立ち去らせたいばかりなのです。

〈うまく言いくるめて帰してやったと、これで遠のかせようと思召すのでしたら、私はと

んでもなく捨鉢《すてばち》になりそうな気がいたします〉と夕霧はいって、それでも仕方なく山路を下りて帰られるのですが、朝露《あさつゆ》はその足先にも心にも冷たく思えたのでした……」

一座の生徒の中からは吐《と》息《いき》のようなものがもれた。落葉ノ宮の堅固な貞操《ていそう》に感心したのか、それともあまりにつれないと思ったのか、冷たい朝露に濡《ぬ》れて帰る夕霧に同情を催《もよお》したのか……。

「病床の御息所《みやすどころ》はそういう出来事は何も御存じなくその夜も病に籠《こも》っていられたのですが、御祈禱僧の一人が病床に来て、〈夕霧の左大将はいつ頃から此方《こちら》の宮へ通われているのですか〉と無遠慮に問いました。御息所はたいへんに驚きましたが、その僧は、今朝霧の深い中を帰られる夕霧の姿を見た弟《で》子《し》から聞き知ってもうそう思い込んでいるのです。〈あの方は立派な御身分の方ではありますが、これは困ったことです。私はあの方の子供の頃から、祖母の大宮からお頼まれして今も御祈禱などいたしますが、奥方の権力が強くてお子達も多く、とても此方の宮様が対抗なされる筈《はず》はありません。女の罪障《ざいしょう》はそういうところから生じるのですからよくないことです〉と、俗離れのした頑固《がんこ》な性格のこの僧は憤《いきどお》ったような物言いでした。御息所は、それを信じられない様子をおみせになりながらも、心の中ではやはりそんな事があったのかと心配で女房を呼んできかれます。隠すわけにもゆかず、昨夜一夜を夕霧がこの山荘で送られたことは打明けましたが、境《さかい》の襖《ふすま》が固く締められてございましたとそれを言い立てました。真相はともかくとして、それによって大切に

お守りしていた内親王《ないしんのう》に普通の女と同じような浮名が立つかと思うことは病床の御息所にとってはたいへんな驚きでございました。御息所は落葉ノ宮を病室にお迎えになります。わが娘ながら恭々《うやうや》しいお扱いです。

内気な御性質で思うこともはきはきおっしゃれず、うちしおれていられる宮には、御息所もどうもあけすけにはききかねています。折も折、そこへ夕霧の文が届けられました。

せくからにあさくぞみえむ山川の
ながれての名をつつみはてずば

流れる浮名を隠しきれぬとすれば、かくそうとすればかえってあらわれましょう――私になびいて下さるのこそ賢《かしこ》いという意味ですが、やはり御息所にはほんとうのところはわかりません。母の御息所の心中としてはやはり間違いの起きたことを想像され歎《なげ》き悲しまれるのですが、もしいったんそうなってしまったとしたら、このような文だけで夕霧の通って来ぬことは、単なる浮気心で皇女である娘が弄《もてあそ》ばれたように、身も世もなく歎かわしく怨《うら》めしいことに思われたようです。ともかく宮に代って、苦しい病床で御返事をおかきになりました。

女郎花《をみなへし》しをるる野辺《のべ》をいづことて
ひと夜ばかりの宿をかりけむ

宮がこれほど思い萎《しお》れていられるのに、あなたはたった一夜の慰《なぐさ》みものになされたのですかという意味です。

一方夕霧《ゆうぎり》は三条の邸《やしき》にいて、今宵《こよい》また宮の許《もと》へ通うことは、ほんとに契《ちぎ》りがあったように人に思わせるだけで、自分の恋にとってはよい結果にはならないだろうと、恋しい心を堪《た》えていられたのです。夜になって山荘から返しの文が届きました。なにしろ病人の御息《みやす》所《どころ》の文字はなかなかよみづらいので、灯を近よせて読み返そうとする時、雲井《くもい》ノ雁《かり》がそっと近づいて、後からそれを取り上げてしまいました。

〈何をするのです、これは恋の文ではない、そんなはしたないことをしては困る〉と言われましたが争ってそれを奪い返すことも出来ないのです。

〈派手なことをあなたがなさろうとしていらっしゃいますから、古いじみな妻の私は苦しいのです、今までそういう眼になれていませんからなお苦しいのです〉と怨《うら》む妻を憎むことも出来ない夕霧でした。夫人が寝入ってしまったあとで、あの文をどこへ隠したろうと探しますが見付かりません。平気を装《よそお》っていられても夕霧にとってその一夜は眠るどころではありません。

朝になって〈昨夕の手紙になんと書いてあったのです、あなたが見せてくれないから、これからお見舞を差上げるにも内容がわからないでは困る〉とさりげなくお探りになりますが、雲井ノ雁はほんとに恋の文ではなかったのかと思うと、かえってばつが悪くて、出しそびれてしまいます。

その日も暮れ方になって、夕霧はふとそれが敷畳《しきだたみ》の端に隠してあるのをお見つけになって、読んで御覧になると、重い病床の御息所が娘に対する悩みを伝えた文でした。これはいけない、すでに落葉ノ宮との間にことがあったように思われているところへ、次の夜通って行かなかったことはさぞ無情に思われたであろう、昨夜一夜をどんなに悩まれたかと思うと取り返しのつかないことをしたようで、今更《いまさら》にこの文を嫉妬《しっと》から隠した妻の強い素振りが怨めしいのでした。

夕霧は早速文を書きました。弁解するようですが宮様に対して御想像のようなはしたないことを私は決して致しません、と潔白《けっぱく》を示す長い手紙でした。そして使を山麓《さんろく》の小野の別荘へお出しになりました。

御息所はその夜も夕霧の来ないことで、ほんとうに宮が浮いた相手の弄《もてあそ》びものになったように大変な失望でした。

落葉ノ宮としてはただ皇女の身分の自分が異性をあのように近づけたという事を残念に思っていらっしゃるだけなのですが、御息所のお悩みはもっと深刻なのです。けれども御

息所としてはともかくも夕霧《ゆうぎり》の愛情が深かったら自然宮の御為《おんため》にもよいことがあろうと思われるのに、あの一夜きりでその後訪ねて来ないとはほんとうに無情な心だとお泣きになるのです。

もう宮と夕霧の間に契《ちぎ》りがあったと独断しているらしい母の前に、宮ははっきり弁解もお出来になれず、ただ泣いていらっしゃる御様子は、ほんとうに可憐《かれん》なものですが、その娘を眺《なが》めながら病床の母は、〈あなたはどういう宿命でこういう不運なめにばかりお逢《あ》いになるのでしょう〉などと歎《なげ》いているうちに、俄《にわ》かに容態が変って絶え入ってしまわれました。呼吸は止り、身体は冷えてゆきます。僧がいくら大声で祈禱《きとう》してももう何の甲斐《かい》もありません。宮は泣きまどうばかりです。その頃夕霧からの文の使が着いたのですがもう間に合いません。侍女達は泣き縋《すが》っていられる宮に、〈そのようにお歎きになってはお亡くなりになった方がお迷いになります〉と、その場を引き離そうとしますが、宮はくたくたとなってお動きにもなれないのです。

やがて御息所逝去《せいきょ》の噂さに方々からの御弔問《ごちょうもん》が来はじめます。夕霧も吃驚《びっくり》なすって早速お使をおよこしになりました。源氏からも、柏木《かしわぎ》の実家からもお使があって混雑します。父法皇から、御悲しみと皇女への御愛情をこめてお手紙がまいりました。——死は人生一般の道理だとお諦《あきら》めなさい——とあるのも宮は涙に眼がふさがれて読めないくらいでしたが、そうしたお文を力にようやく人心地がついたようでした。

その御葬儀は、御息所の甥《おい》に当る大和守《やまとのかみ》というのが万事取り計《はから》います。夕霧は一刻も早くと焦《あせ》りながらも、周囲の人々の思惑《おもわく》を気にして、ようやく駆けつけていらっしゃいました。

落葉《おちば》ノ宮《みや》に心から弔問を申上げるのですが、宮は侍女に、今の私の気持を察してどうでもいいように御挨拶しておいてとおっしゃるだけなので、仕方なく侍女の一人が、只今《ただいま》は宮様もまるで死んだ方も同然でございます。でもあなた様のおいで下すったことだけは申上げておきましたというあっけない御返事よりほか、聞くことは出来ませんでした。

〈宮のお歎きのもう少し落着いた頃参《まい》りましょう〉と、夕霧は、はたの眼もあるので帰ることには致しましたが、主のいないこの家では葬儀といっても盛大なことは出来まいと察しられて、近くにある御自分の所領《しょりょう》から必要な物を運ばせたり、手伝の人手を呼ばせたりなさったので、大和守は有難《ありがた》いことに思いました。そのために簡略の筈《はず》だった葬儀も立派に行われました。

葬儀の終った後に、大和守は、宮にこんな淋《さび》しいお住居ではなおさらお歎きは忘れられないでしょうから、京へお帰りになるようにとすすめるのですが、宮はわが母を火葬した山の煙の昇《のぼ》ったその近くにせめても長く住んでいたいとお思いになるのでした。

そうして朝も夜も母を喪《うしな》った悲しみに打たれていられるうちに、やがて秋は深んでゆきます。淋しさはいとど身に沁《し》みてまいります。夕霧からは絶えずお見舞の文が贈られてま

いります。冷淡な宮のお心を恨みながらも、御息所《みやすどころ》の死を悲しむ真心のこもっているその文を、宮は手にとってみようともなさらないのです。思えば根もない夕霧との関係を母君が病中の弱り切ったお心に誤解されてそれを苦にして亡くなられたことを考え出すと、悲しさが胸につまって、夕霧に関したことを人が言うのも怨《うら》めしいほどでした。そのために侍女達も何も言い出せず、従って一行のお文のお返しもないわけでした。いかほど宮が悲しみに沈んでいられるとはいえ、あれほどに心をこめて送る文にも取り合わぬ態度の冷たさには、あまりに人情を解さぬと夕霧は怨めしいのです。

しかしなんといっても宮のことが気《き》懸《がか》りで恋しくて、せめて四十九日を過してからの方が穏《おだ》やかなのだがとは思いながらも、我慢なされずにまたお出かけになりました。今となってはたとえ事実無根の浮名《うきな》にせよ一度立ってしまった以上逡巡《しゅんじゅん》することはない。いっそ浮名通りに目的を達しようとお考えになり、あの御息所の、一夜きりで捨てたと怨んでおよこしになったお歌がある以上、たとえ落葉ノ宮の心がまだ自分に傾《かたむ》いていなくとも、いずれはこの運命をお逃れになることは出来ないのだと、それをお心恃《こころだの》みにしていらっしゃるのでした。

叡山《えいざん》の麓《ふもと》の山里の秋の侘《わび》しさは、風の音に木の葉や葛《くず》の葉の舞う景色にも、心ない人々さえなにか人の世の淋しさを考えさせられます。御息所亡きあとの山荘の中は人の気もなく蕭条《しょうじょう》としたものでした。そこへ訪れた夕霧の姿はひときわ美しいものに際立《きわだ》って、心細

く暮す侍女達の心を引立てる眺《なが》めだったでしょう。

夕霧はおなじみの侍女の少将を呼び出して、〈こんな遠くまで訪ねてくる私の気持に対して隔《へだ》てをおかないで下さい〉とお訴えになるので少将は仕方なく几帳《きちょう》を少し御簾《みす》から押出して、色濃い喪服の姿を少し近寄せました。そこで少将の口から〈あなた様が次の夜にも訪れず、お文のお返しさえなかなか届かなかったので、御最期に近い御息所のお心には、あなた様を冷淡な方とお歎きになって……〉といまさら返らぬ話を聞くにつけても、その母の死をいつまでも歎いて自分につれない宮のことが怨めしく、〈今となっては、宮も誰れを頼りになさるのですか、女は一生孤独ではいらっしゃれないと思う、父の帝も俗界を離れていられるのだから、私よりほか誰れがお力になりましょう〉と、かきくどかれます。そう言われても少将も自分勝手な返事も出来ずそれこそ思案投首《しあんなげくび》です。

落葉ノ宮にもいろいろ夕霧のことをお取次してみますが、いずれ少しでも悲しみの薄らぐ時がございましたら、こう始終お訪ね下さるお礼も申し上げましょうとのみ、まことに一通りの儀礼的な切口上《きりこうじょう》の御返事なので、夕霧はがっかりして萎《しお》れて帰ってゆかれます。

その帰り途《みち》、十三夜の月の出ている京の一条の邸《やしき》、これは落葉ノ宮の邸です、そのほとりに車を止めて、その荒れた邸を前にして、かつてありし日の柏木が管絃《かんげん》の遊びをしたことを思い出され、今その友の残した妻を恋い佗《わ》びている自分を思うのでした。

自邸へお帰りになっても、そのまま縁で月に眺め入って、今日もつれなくあしらわれて

帰った恋人のことを考えていらっしゃいます。雲井《くもい》ノ雁《かり》はそうした良人《おっと》の姿を見るにつけ、妻のいる家に帰っても良人の心は外に飛んでいることが口惜しくてなりません。嫉妬《しっと》がましいことを言えばすぐ一人の源氏を守って大勢で平和に暮している六条院の妻妾《さいしょう》を例に、嫉妬の妻を嗜《たしな》みがないようにいう良人を無理非道だと思うのです。自分も初めから妻妾のある処《ところ》へ嫁《とつ》いで来たのなら今も平気で過されようが、天下にまれな純粋の愛を持つ良人として、親兄弟や世間から、世にもまれな幸福な妻といいはやされてきたものを今になって、やはりありふれたみじめな妻になってしまうのかと思うと残念でならないのです」

「ほんとにそうですわねえ、雲井ノ雁の気持わかりますよ」

と大貝夫人が大いにうなずいた。

「月の夜も明けそめるのにこの家の良人も妻もはなればなれの心で無言の行でした。翌日朝霧もまだはれやらぬうちに、またもや良人が落葉《おちば》ノ宮《みや》への手紙をいそいで書いているのを見ると、実に腹が立つのですが、もう今は、それを奪い取ろうとはせずに、良人がその文を低い声で読み返しているのに耳をすましている夫人でした……いつとかは驚かすべき明けぬ夜の夢さめてとかいひし一こと——これは落葉ノ宮がいつかこの悲しみの薄らいだ日にお礼申し上げようと言われた一言をあてに待っているという気持のお歌です。良人が使を呼んでその文を持たせてやるのを妻は見定めながら、いずれ落葉ノ宮から来る御返事をみれば二人の間柄の真相がつかめようと思っているのです。

やがてその御返事が届きました。それは紫色の紙に侍女の少将が書いたもので、宮に申し上げても今日もなんの御返事もなく、あまりにあなた様がお気の毒で、宮様が無駄書《むだが》きをなされたのを盗みとってここにお入れしますとあって、落葉ノ宮が書いたものの引き裂いたのが入っていました。それは——朝夕に私の泣いてばかりいるこの山では涙が音なしの滝となって流れるだろうというようなお歌によめました。

源氏の君も夕霧《ゆうぎり》と落葉ノ宮の艶聞《えんぶん》をおききになりました。源氏御自身青年時代浮気すぎたのが、わが子の夕霧が父に似ぬ品行方正な青年で、父の名をも恢復《かいふく》してくれそうなのを喜んでいらしったのに、今になってこんな事になるとは、落葉ノ宮にも雲井ノ雁にも双方の女性に気の毒なこととお思いになります。しかし柏木の両親たちがどう思うか、それらのことのわからぬ夕霧でもあるまいから今更《いまさら》自分が干渉しても仕方がないとお思いになるのでした。

落葉ノ宮は山荘にそのままいついて、世を捨ててしまおうというお志《こころざし》が動いたのですが、それをお聞きになった父法皇から、女三《おんなさん》の宮《みや》が出家し、今また貴女《あなた》が出家すれば子孫の絶える一家のようにもみられよう、それに一時の不幸などで出家するのは不体裁なことだとおとめになりました。法皇のお耳にも夕霧との噂さは入っていて、そんな事のいきさつから気を腐《くさ》らして出家なさるという評判をおいといになったもののようです。

さて夕霧は自分からいくら落葉ノ宮を口説《くど》いても素直になびかせることは難しい、仕方

がないから、母の御息所が万事を御承知だったという体裁にして押切ってしまおうと、いろいろ計画を立て、落葉ノ宮が京の本邸に帰られる日も御自分でいつとおきめになり、あの大和守を召して、家の修繕《しゅうぜん》やさらに美しい家具調度などもお調《ととの》えさせになりました。そしてその日は夕霧自身は一条の邸に来て待ち合わせ、車やお供を揃《そろ》えて山荘にお迎えに出しました。

宮は強情を張って帰らないとおっしゃるのを、大和守が〈そのお言葉は承知いたしかねます、私も出来るだけお世話をいたしましたが、もう任地の大和へも帰らねばなりません。どなたにお世話を頼んだものかと案じていましたところへ夕霧の大将があんなにもよくして下さるのです。皇女の御身分としてはこういうなりゆきに御不満もございましょうが、昔からその例のないでもございません、どれほどしっかりしたおつもりでも、やはり大切に世話してくれる男に頼ってこそ女は仕合《しあわ》せなのです〉など説きすすめます。侍女達もよってたかって口々におすすめするので、その上我《が》をお通しになることも出来ず、侍女がお着せ替えするお召物を召されねばなりません。切り捨てたいとおっしゃった黒髪も、万一のことがあってはと侍女達は鋏《はさみ》なども隠してしまって居ります。とうとうこうしてお引移りのことになりました。

亡き母の御息所の形見の螺鈿《らでん》の箱を経箱《きょうばこ》になすったのをお持ちになってお車は一条の邸《やしき》に着きました。あの物淋《ものさび》しい山荘とは事かわって、今このお邸はどこからどこまで華《はな》やい

で明るく宮をお迎えしました。夕霧はもう南の方の座敷をわが部屋にして御主人顔でした。
喪中のお精進《しょうじん》の夕餉《ゆうげ》がすんでお落着きになった頃、夕霧は宮のお居間に案内せよと言われるのですが、侍女の少将はそれを押し止《とど》めて、
〈真実末長く宮をお愛しになるのでしたら、今日明日だけはお控え下さいまし、元のお住居を御覧になればまた悲しみが新たになっていらっしゃるのでございますから〉と申上げます」

「その少将という侍女はなかなかしっかり者で取りしきっていますね」大貝夫人が言う。

「そう、この人は先に出た大和守の妹ですから、宮とも御縁つづきで親身のところもあり、またいったいにそういった上級の女房が万事取りしきる風習だったようですね。……夕霧はそれをきいて、〈子供じみた不思議な宮のお心だ〉と歎《たん》じて、宮のためにも自分のためにも世間の非難を許さぬ用意のあることなどを諄々《じゅんじゅん》とお説きになりますので、手をすり合わせてごようしゃを願っていた少将にも、事実もう主人であるこの人の命《めい》を拒《こば》むことは出来なくなります。宮だとていつまで逃れられるものとはお思いにならないのですが、その夜は塗籠《ぬりごめ》——納戸《なんど》のような一室で周囲が壁で、明りとりと出入口しかない、いわば内蔵《うちぐら》のような中へ入って、そこに敷物を敷かせて錠をかけておやすみになってしまいました。こんな非情なことをなさるのにさすがに夕霧も驚いてしまいましたが、さりとて自分の恋をあとに引こうとはなさいません。谷を隔《へだ》てて寝るという山鳥のような一夜を明し、このま

までは睨《にら》み合いになりそうだと夕霧は朝のうちに源氏の館《やかた》へ出て行かれました。母代りの花散里《はなちるさと》の部屋へ寄ると、この気のいい優しい花散里ももう恋の噂さを聞いていました。〈男の人にはありふれた事ですが、三条の姫君がお可哀想《かわいそう》ですね、今まであんなに安心し切っていらしったのに〉と雲井《くもい》ノ雁《かり》へ同情しています。〈姫君どころですか、今ではがさつな鬼のような女ですよ〉と、夕霧は腹立ちまぎれにそんな放言《ほうげん》をしています」

「まあひどい」容子がつぶやいた——恋に眼が眩《くら》むとそう見えるのであろうか、奥さんを鬼にするのはみんな良人《おっと》の心がらではあるまいか……。

「この鬼のような嫉妬に狂う妻のいる家庭へ帰ると、夫人は寝ていて良人を振り向こうともしません。〈ここをどこだと思っていらっしゃるのですか、私を鬼、鬼といつもおっしゃるからほんとうの鬼になってしまいたい〉といわれます。すると夕霧は〈心は鬼のように恐ろしげだが、あなたの顔は可愛《かわい》いから、とても嫌いになれそうもない〉などと宣撫《せんぶ》していらっしゃいます。

〈恋をしているあなたのお傍にはいられませんから、私はどこかへ行ってしまいます。ながく連れ添っていた事も、今は口惜しいばかりです〉

〈可愛い子供もこんなに大勢いるのだから、あなた一人の問題ではない、軽卒なことをしてはいけない〉——と夕霧も、恋の悩みと妻の悩みとの間に挟《はさ》まって苦しんで居ります。雲井ノ雁も子供の頃の恋仲から一緒になって、年毎《としごと》にこう大勢の子供を儲《もう》けた深い宿世《すくせ》を

思い返されるのですが、また香を焚《た》いた着物に着かえてその中を落葉ノ宮の許《もと》に出かけてゆく良人をみれば涙が流れてなりません。

さて落葉ノ宮は、依然として塗籠《ぬりごめ》の中にこもっていらっしゃるので侍女達も気を揉《も》んで、〈お部屋へ出ておいでになって夕霧の大将にいかようにも御返事を遊ばすのが宜《よろ》しゅうございます〉と、おすすめしますが、母の御息所があのことが原因で苦しんでお亡くなりになったと思うと、夕霧に会うお気持にはなれないのでした。

夕霧はとうとうこんなことを言い出しました。〈私がこのままふっつり来なくなったら、宮は私に捨てられたと、お名前にもかかわりましょう。宮のお心のすむまで待つとしても、せめて表面だけでも夫婦らしい語らいをしたい〉そのお言葉に侍女の少将は理《ことわ》りがあると思い、また夕霧のそれほどまでの恋にも同情されて、とうとう自分達の出入り口から夕霧を塗籠へ入れてしまいました。

宮は、侍女達さえ威勢のいい人にはなびくのだ、もう侍女も信頼出来ないと悲しくお考えになります。夕霧はさまざま宮の心を動かそうとなさるのですが、なかなかお打解けにはなりません。その塗籠の中には香の唐櫃《からびつ》やお厨子《ずし》などが感じよく置いてあるのです。やがて朝の日が少し差し込んできた時、夕霧は宮の掛けていられる衾《ふすま》を少し引きのけて、寝みだれたお髪《ぐし》を撫《な》でなどしながらお顔を仄《ほの》かに見ると、いかにも女らしいたおやかな風情《ふぜい》でいらっしゃいます。男君はまた御正装の時よりもなお美しく見えるのでした。

宮は亡き良人《おっと》の柏木さえ自分をそう美しいとは思ってくれなかったのに、この男ぶりの優れた夕霧がその頃より衰《おとろ》えたと思う自分などに長く辛抱出来ようかと恥ずかしくてならぬお気持なのです」

「やっぱり女は弱いものですね」

こうした歎声《たんせい》は大貝夫人の独壇場《どくだんじょう》である。

「その日からお二人の御夫婦の生活が始まり、立派な良人をお持ちになったというので昔の家司《けいし》なども戻ってきたりします。こうして思いの叶《かな》った数日を夕霧がそこで送っているうちに、雲井《くもい》ノ雁《かり》はもう自分は捨てられたと思い、とうとう大きい子達を残し、姫君と小さい子をつれて父の大臣の家へ帰ってしまいました。

夕霧が帰ってみると、父の帰りを喜ぶ子や母を恋しがって泣く子やらで、夕霧は早速、迎えの文やら車やらを妻の許にやりましたが、何の返事もありません。日暮を待って自身で妻を迎えに行きますと、雲井ノ雁は子供達をおきっぱなしにして姉君の女御《にょうご》の御部屋に行っていられるとかで、取次の侍女に言葉を伝えさせて、夕霧はそこに子供達を傍らに寝ました。

雲井ノ雁の父の大臣は娘と婿《むこ》の話をきいて、外聞《がいぶん》の悪いことだと心配なさいましたが、〈妻が反抗的に家を出ては人の同情を失なう、しかし出てきてしまったものなら、すぐ帰ることも出来まい、そのうちには夕霧の心もわかるだろう〉と言われ、柏木の弟をして落《おち》

葉《ば》ノ宮《みや》に文をお届けさせになりました。

契《ちぎ》りあれや君を心にとどめおきて
　　あはれと思ひうらめしと聞く

歌の意味は、あなたを忘れず柏木のことでは哀れと思い、夕霧のことでは怨《うら》めしいと思うのも縁あればこそ、という意味ですね。

落葉ノ宮は、かつての舅《しゅうと》からのその文を、ただ泣きたいお気持で御覧になりました。

何ゆゑか世に数ならぬ身ひとつを
　　うしとも思ひ悲しともきく

とだけ涙ながらにお返しをお書きになりました。数ならぬ私を心外《しんがい》に思召《おぼしめ》したり可哀想とお思いになるのはなぜでございましょう、という意味ですね。そんな事から宮のお悩みはまた深く、夕霧に対してのお気持も硬化しますし、夕霧はまたそのために煩悶《はんもん》せねばならず、雲井ノ雁もまた苦しいわけです。なんといっても二人の間には八人も子供がいるのですから……これで夕霧の巻は終ります。

作者自身でも、この三角関係はとても説明出来ないほど面倒だと書き添えています。千年も前の平安朝時代の夫婦仲のもめごとは、今だってまだ跡《あと》をたちませんね」

楓刀自《かえでとじ》はにっこり笑うと、

「ああ、ほんとうに」

と、これは生徒達の異口同音《いくどうおん》だった。

御《み》法《のり》

まぼろし

今日はその座敷の縁から、紅梅《こうばい》の咲き出したのがみえる。いつもの通りの生徒たちの集り、しかしきょうの刀自《とじ》の顔はひどく真面目《まじめ》だ、なんとなく厳粛《げんしゅく》な表情にみえる。だからだれもおしゃべりをしないでしんとしている。

御法

「――御法《みのり》の巻をいたしましょう。これは源氏五十一歳の春から秋までの間のことになります。

――さて紫《むらさき》の上《うえ》はいつぞや大病をされて以来、身体《からだ》が弱られて臥《ふせ》りがちになられ、どこといって重態というわけではないのですが、そんな状態が一年あまりもつづいた今では、目立って弱々しい御様子にみえるので、源氏の君はたいそう心を痛めていられました。前にも申したように紫の上には日頃出家したい望みがおありになったのですが、源氏のお許しがございません。源氏御自身にも同じ望みがおありになり、紫の上がそんなに熱心に望んでいられるなら、いっそその機会に一緒にと思われることもあるのですが、死んだあとでは御夫婦が極楽《ごくらく》の蓮華《れんげ》の半座《はんざ》を分けることが出来るとしても、生きている限りは、一度

出家した以上は、かりにもこの世を顧《かえ》りみるようなことは出来ない、この世ではもう御夫婦が谷を隔《へだ》てたような修業の生活に入らなければならないとすれば、この病弱な夫人と離れることはあまりに気懸《きがか》りで、心も散り、内からその生活を崩してしまうようなことになってはと、たゆたっていられるのでした。

紫の上は出家の望みが叶《かな》わなければせめてもと、かつて御自身だけの発願《ほつがん》で書かせてお置きになった法華経《ほけきょう》千部の法要を営もうと思い立たれました。御自分の家のように思われる二条院に、行き届いた供養《くよう》の準備が整のえられ、宮中からも春宮《とうぐう》からも中宮からもさまざまの寄進捧物《きしんほうもつ》が届けられました。またこの法会《ほうえ》に志《こころざし》を現わしたいと願わない者はなく、参列者も多くまことに大がかりな素晴らしい仏会《ぶつえ》となりました。紫の上は、明石《あかし》の上《うえ》や花《はな》散里《ちるさと》のためにもそれぞれの席を設《もう》けて招きました。

丁度《ちょうど》二条院のお庭は桜の花盛り、うららかな日和《ひより》で、御仏の世界の極楽もこれに大した違いはあるまいと思われるような日でした。

薪《たきぎ》こる讃歎《さんだん》の声――これは行基菩薩《ぎょうきぼさつ》の詠《えい》の〈法華経をわが得しことは薪こり菜摘み水汲み仕へてぞ得し〉――この歌を唱和しつつ人々が法華経を讃えて歩みめぐることですが、その唱和の終ったあとのしんとした供養の場のもの哀れさ、病気に弱られた紫の上の心には沁《し》みいるものがあったことでしょう。そうした心の内はともかく、供養は、お経の声に楽の音《ね》がまじり、賑《にぎ》やかに夜は明けて行くのです。

紫の上はこうしたたくさんの客を集めて、その人々の顔をみることもこれが見納めのような気がなすって、上から下まで歓喜をつくしていられる来賓《らいひん》の顔々を見渡していられるのでした。花散里や明石の上、同じ良人《おっと》の源氏をめぐっての幾人かの女性、何かの折にはそうした女同志の競う心はあったにしても、いつのまにやら養われたその間の友情といったようなものも思われて、永久に生きるという人はなくても、まず自分一人がその間から先に消えてゆくのだと、紫の上は悲しく思われるのでした。

供《く》養《よう》のあとの宴が果てて人々がそれぞれに帰ってゆかれる時、紫の上は縁あったその人々によそながら別れを惜《お》しまれました。花散里夫人に送られた紫の上の歌一首、

　絶えぬべき御《み》法《のり》ながらぞ頼まるる
　　世々にと結ぶ中の契《ちぎり》を

　結びおく契りは絶えじ大《おほ》方《かた》の
　　残り少き御法なりとも

というのがその御返歌でした。この二つの歌から〈御法〉というこの巻の名が出て居ります。

病身の紫の上がこの夏の暑中を過されるのは心許《こころもと》ないことに思えました。そんな風だったので、明石の中宮は宮中を御退出になって、実家へ下ってきて居られました。この方のますますお栄えになる日を見届けもせずに自分は世を去るのかと紫の上は悲しまれました。中宮は明石の上の実子で、紫の上に養い育てられた方ですが、今は実母実子のような濃《こま》やかな愛情が自《おの》ずと二人の間に湧《わ》いて居ります。

中宮は紫の上の御病気を案じてなにくれとなく心遣《こころづか》いされ、尊《とうと》い御身で御病室の傍に止《とどま》っていられます。

その中宮の大勢の御子《みこ》たちの中でも三の皇子《みこ》がとても愛らしく祖母君《そぼぎみ》紫の上になついていられました。紫の上はその方々の成長する末も見届けずに自分は世を去るのだという予感から、ほほえみながらも眼に涙を宿《やど》してその小さい方にお言いきかせになるのでした。

〈大きくなられてここへお住みになるようになったら、この庭の紅梅と桜を、花の時には可愛《かわい》がってみてやって下さい。そうしてその花を仏前にも供《そな》えて下さいね〉とおっしゃると、その供える仏前がなんであるかおわかりになるように小さい皇子はうなずいて祖母君のお顔をみつめていられるので、紫の上は涙がこぼれそうになります。この皇子と、一の姫宮とはお手許《てもと》でお育てになったために、お別れになることが特にお悲しいのでした。

やがて秋がきて、暑かった京都にも涼風《すずかぜ》が立ちました。宮中からもしばしばの御催促《ごさいそく》で中宮はもう御所《ごしょ》へお帰りにならなければならないのですが、紫の上の御病気がお気がかり

でついお延《のば》しになっていました。

紫の上は夏瘠《や》せのせいばかりでなく、たいへんおやせになりましたが、それがまたいかにも典雅《てんが》にきよらかに、哀れにも美しいお姿に見えました。いかなる場合にもその美しさは崩れずに、完成されている方だとでも申しましょうか……ここで私がよけいなことをいえば、物語の作者は、紫の上を典型的な理想の女性として、心も身も最上の美しさに描いているのです。お講義の時にもなんにもそれ以上の想像を加える余地はないような気がいたします。

それは秋風の吹く黄昏《たそがれ》でした。その初秋の庭を、かぼそい身体を脇息《きょうそく》にすがらせて紫の上が眺《なが》めていられる時――御病室には丁度《ちょうど》源氏の君も中宮もいらっしゃいました。〈今日は起きていられるのですね〉と、紫の上がそうして起き上って庭など眺《なが》めていられるということをひどく喜んでいられる源氏の御様子に紫の上は胸が迫ります。もし自分がこの世を去ったらどんなに、この愛していて下さる方に悲しみをお与えするのだろうと思うと悲しくて、

おくとみる程ぞはかなきともすれば
風にみだるる萩《はぎ》のうはつゆ

置くと起くとをかけて、折れ返った萩の枝に、とどまっているべくもない露《つゆ》にその身をたとえたのですが、時もまた秋風の立つ物悲しい黄昏でしたから、源氏も、

ややもせば消《き》えをあらそふ露の世に
おくれさきだつ程へずもがな

と詠《えい》じて涙をお隠しになるゆとりもなく胸ふさがる御様子でした。どうかあなたと前後することなしにこの世を去りたいというお気持ですね。

傍《かたわ》らの中宮もまた、――

秋風にしばしとまらぬ露の世を
たれか草葉の上とのみ見む

誰れか秋風にこぼれてゆく露を草葉の上の現象とのみみましょうか、人間の命もそれと同じことでございますとおっしゃったのですね。

紫の上と明石の中宮――お二人ともに非の打ちどころのない御美貌《ごびぼう》をみるにつけても、この儘《まま》に千年も万年も睦《むつま》じく過すことの出来ぬものかと源氏は、何の力でも止めることの

出来ない人間の命を悲しまれるのでした。

〈もう御座所へお引取り下さいまし、私はなんだか気分が悪くなってまいりましたから失礼いたします――〉と紫の上は几帳《きちょう》を引きよせて苦しげに横におなりになりました。いかにも細々と消え入りそうな御様子に中宮は、母君の手をお取りになって、泣く泣く打ち守っていられましたが、あのさっきの歌の中の露が消えてゆくように、もう紫の上のいまわの際《きわ》のせまって来たことが、はっきりしてきたのでございます。

読経《どきょう》のお使いが寺々に数知れず遣《つか》わされ、六条院の内は大変な騒ぎになりました。前にも紫の上は一時ほとんど息が絶えたかとみえて幸いにも蘇生《そせい》なすったことがありましたので、源氏はその夜も夜通し、読経や祈禱《きとう》をおさせになりましたが、もうその甲斐《かい》もなく、翌朝、それこそ露のひぬ間に、紫の上ははかなくなられました。

中宮は、御座所にお引取りにならずにいられた間にまことの母にもまさって慕う紫の上の御臨終《ごりんじゅう》にお居合せになることの出来たことを悲しみの中のせめてもの喜びとなさるのでした。

源氏は絶望のあまりに、どんなにしてもお心を静めることが出来ぬ御様子で、わが子の夕霧《ゆうぎり》の大将を几帳の傍近くお呼びになって、〈こうなった上は生前の希望のように、せめて髪を切って尼《あま》の姿にしてやりたい、相当の僧の手によって――〉などとおっしゃる御様子も、自制していらっしゃるのでしょうが、お顔の色もまったくなく、涙の止らぬ父の顔

を、夕霧はごもっともであるとかなしくみつめて言い宥《なだ》めて居ります。

　夕霧はいつか野分《のわき》の夕に隙見《すきみ》した美しい継母の紫の上を、大それた恋の心というのではなしにいつも仄《ほの》かに憧《あこが》れの心に慕って居りましたが、ついにその声を聞くことも出来ぬ運命であったとしても、今この永遠のわかれにせめて亡骸《なきがら》になった人をもう一度見たいと願いました。

　女房達が泣き騒いでいるのを静かに落着くようにと制しながら、夕霧は、紫の上の遺骸《いがい》のまだある几帳の垂衣《たれぎぬ》をそっと上げました。中はまだ暁《あかつき》の光の仄暗さに、源氏が灯を近寄せて御覧になっている紫の上のお顔は生けるが如き美しさです。その見飽《みあ》かぬまでのめでたさ美しさに源氏も、夕霧ののぞいているのをお気付きになってももうそれを隠そうとするお気持もありません。

　長く仕えていた女房達も意識のたしかなのはない有様《ありさま》で、源氏の君は御自《おんみずか》ら遺骸のお世話にまでも御自身の手をおかけになるのでした。昔から愛した女の死、先妻の葵《あおい》の上の死にもお逢《あ》いになったのですが、この度の悲しみほどに烈《はげ》しい御経験はおありにならないのでした。

　御葬儀の式場は広い野に隙間《すきま》もないほどびっしりと人の集まった荘厳な儀式で、美しい夫人の死はとむらわれました。先妻の葵の上を葬《ほうむ》った夜明けのことなども思い出され、その時の月の形が御記憶の底から浮びました。その時はまだ人心地があって月の形も見えた

のであろうか、今は心も目も暗闇《くらやみ》の中にいるような気のなさる源氏でした。紫の上は十四日に亡くなられたのでそれは十五日の夜明けのことでした。

夕霧は継母の忌中《きちゅう》は二条院にこもって悲歎《ひたん》にくれる父を慰《なぐさ》めようとなさいました。やがて秋が深み、野分の風の吹く夕方になると、夕霧は自分が独身で父の許にいて、あの美しい紫の上をふとかいまみた野分の夕のことなど思い出され、数珠《じゅず》を繰《く》って美しい人への念仏を涙ながらに唱《とな》えられるのでした。

父の源氏は、寝ても起きてもそれこそ涙の乾くひまのないお悲しみでした。亡き葵の上の兄君の太政大臣《おおきおとど》も古い親友を慰めるために友情のこもった懇切《こんせつ》な手紙をお届けになりました。

古《いにし》への秋さへ今のここちして
　濡《ぬ》れにし袖《そで》に露ぞおき添《そ》ふ

とお歌も添えてありました。葵の上の逝去《せいきょ》のことまでがまるで昨今の事のように思い出されて紫の上を悼《いた》む涙にぬれた袖に更に涙を落させます、という意味ですね。

露けさは昔《むかし》今《いま》とも思ほえず

大かた秋の世こそつらけれ

この御返歌の意味は、昔の悲しみ今の歎き、どちらがどうともいえぬ辛《つら》さ、そうでなくても秋は辛いものですのに、というようなことですね。しかし源氏の喪服は葵夫人の時にもまして色濃く悲しみも優《まさ》っているのです。その源氏の心中を押しはかってやんごとない方々からもお悔《くや》みのお文《ふみ》や歌がまいります。

源氏は紫の上の元のお居間の方にばかりいらして人にも会わず、仏像の前に小人数の女房達を侍《はべ》らせてゆっくりと仏勤めを遊ばすのが唯一のお慰めのようでした。こうして四十九日はいつしか悲しい夢のように過ぎて忌《き》は明けました。中宮は忘れる間もなく紫の上を慕って居られます。こうしてこの物語の中でも一番美しい理想の女性、紫の上はこの世を去っておしまいになりました」

刀自《とじ》の言葉が終った。全くここのところでは質問をするものもない、冗談もいえない、みんなつめていた息をそっと吐息に洩《もら》した。美しいものはこうして滅びた。あとに残されたものは歎いているのみだ。今も昔も変らない。

「それではその後の〈まぼろし〉に移りましょう」

紫の上が亡くなってからの悲しい源氏の姿をみつめるように、生徒達はまた耳をすますのだった。

「やがて新しい年がめぐってきて、新年の賀客《がかく》が六条院を訪れても、新春の光を御覧になっても、源氏の愛する者を失った悲しみは紛《まぎ》れるすべもありません。参賀の人々にも健康がすぐれないようにおっしゃって、御簾《みす》の中にのみ引籠《ひきこも》っていられます。ただ御弟の兵部《ひょうぶ》卿《きょう》の宮がみえられた時ばかりは、さすがにお居間に出て御対面なさる気におなりになりましたが……

紫の上は亡くなられても、源氏の君にはほかに今までお世話なされた女性も幾人かおありになるわけなのですが、もうそのような御気分もなく、ただ紫の上に長く仕えていた女房達をお集めになって、ありし日の紫の上の思い出を語られることがせめてものお慰めなのでした。もう今ではほかの女性に興味をお持ちになるような浮いた心からは源氏は、すっかり離れておしまいになったのです。そうして、こんなに純粋に紫の上にばかり愛をあつめる心持になれなかった昔が愚《おろ》かだったと悔《くや》まれるのでした。

時折はたしかに紫の上に淋《さび》しい思いをさせ、時折は怨《うら》まれるようなことがあの時この時あったと思い出されると、そんな苦しみを紫の上に与えたことが胸を嚙《か》むように後悔されるのでした。

そうした紫の上の悩みをみていた女房達もついそうした折々の話をしだします。今は出家された女三《おんなさん》の宮《みや》がお若くて源氏に降嫁《こうか》された時のことなど、つつしみ深い紫の上は表にこそその色をお出しにならなかったけれどお気持のうちには、どんな哀れな味気《あじけ》ないものがおありになったか、お傍の女房たちにはよくわかっていました。心では一夜中苦しまれても、夜明けには良人《おっと》を和《なご》やかな気持で迎え入れ、その下袖に湿《しめ》っている涙をかくそうとなすったことなど、源氏ははっきり思い出されます。その嫉妬《しっと》の思いを隠そうとしていられた紫の上の美しくいじらしい性質などを夜通し源氏は思いつづけて、夢にでもその姿を、束《つか》の間《ま》みることが出来たらと、なにかにつけて悲しい思いをくり返すのです。

中宮はもう宮中へお帰りになり、三の皇子《みこ》だけを源氏のお慰めにと、六条院に止めてお置きになりました。この幼い方が、〈亡きお祖母《ばあ》様が、この花を愛すようにおっしゃったから〉とお庭のふくらみかけた紅梅や、桜の樹を大事そうに見廻っていられるのも、源氏には涙をさそうもとでした。その紅梅も、そしてやがて桜も咲きましたが、去年の春まではそれを見て心を慰めた人が、もう永遠に去っていないのです。

源氏はあまり心侘《わび》しい折々は、出家された元の女三の宮をお訪ねになったり、また明石《あかし》

の上の棲居《すまい》などへお廻りになることもあるのですが、明石の上の今も変らぬ怜悧《れいり》さや美しさなどをもってしても、紫の上には代《か》え難《がた》く、悲しみはさらにまさってくるのでした。

〈人を一途《いちず》に愛することは恐しいことだと昔からよく知っていたが……〉とお歎《なげ》きになり、

〈年がいっても、いろいろと係累《けいるい》がふえたりして、今まで出家せずにいたことが悔《くや》まれる〉

などと仰《おお》せになります。世をはかなむ心が紫の上と別れたことからばかりではないように言いつくろっていられますが、明敏《めいびん》な明石の上には、源氏のお心の苦しみはよくわかって、いたわしく思い、

〈そのように、あまりにあっさりとしたお考えから世をお捨てになっての御出家はかえって軽卒なと批難されることもございましょう。なかなか決心がつきにくく、よくよくお考えになって後の方が道心堅固《どうしんけんご》に生涯を完《まっと》うなされるのではございますまいか。中宮《ちゅうぐう》の小さい宮様方が御成人遊ばして、なんの御心配もないようになるまで御発心《ごほっしん》を延ばして頂けましたら嬉しゅうございます〉と明石の上は熱心に申上げます。

〈いや、そんなになるまでゆっくり落着いているのが考え深いのだったら、浅はかの方がましのようだね〉

などとも言われ、若い時からさまざまの悲しみや歎きに逢《あ》った話などを打解けてなさるのでした。

　幼時からこの上なく立派な方と心に沁《し》み込んでいた藤壺《ふじつぼ》の中宮にお別れになった時の歎

きの深さ、幼女の頃から御自分の娘のようにお育てになり、後に妻として長く一緒に暮された紫の上を年取って失われた今の悲しみ、それは恋愛の深さ浅さのみにはよらない、残された自分も、残して逝《い》った人も哀れでならないと、明石の上の前には素直にそういう歎きをお見せになるのでした。そんなお話に夜が更けても、源氏はやはりお帰りになります。われながら怪《あや》しく変ってしまった心であるとお思いになるのでしたが。

初夏の更衣《ころもがえ》の季節には花散里《はなちるさと》が源氏のお召料《めしりょう》を歌を添えてお贈りになります。こうしてまわりの女性にいたわられながらも、源氏のお心にはなんとしても、はれまはないのです。

夕霧《ゆうぎり》は父の一人の生活を慰めるために時々六条院に泊ってまいります。紫の上の生前には近寄ることも出来なかった御寝所《ごしんじょ》に近く宿直《とのい》して、昔はこうして美しい方の傍に近寄ることは出来なかったなどと考えることすら夕霧を悲しませます。

夏になると、庭の池に蓮《はす》の花が今を盛りと咲きますが、その蓮の花にも蜩《ひぐらし》の鳴く音にも夕映《ゆうばえ》に美しい撫子《なでしこ》の花にも、なにもかにもみな亡き人の追憶《ついおく》をそそられます。

夜は蛍《ほたる》が飛び交うのを御覧になっても〈夕殿《せきでん》に蛍飛んで思《おも》ひ悄然《せうぜん》〉などとお口にのぼるのは、玄宗皇帝《げんそうこうてい》が楊貴妃《ようきひ》に別れた悲しみをうたわれた長恨歌《ちょうごんか》の一節です。

七月七日の七夕《たなばた》が来ても例年のような七夕の遊びもありません。星空を淋しく仰《あお》いでいられるばかりです。

秋風の吹き初める頃からは、御法事のお支度のためにかえって少し悲しみもまぎれまし

た。しかしあれから一年たったかとお思いになるとただ呆然《ぼうぜん》としたお心持なのでした。御命日には上から下まで六条院の人々は潔斎《けっさい》して曼陀羅《まんだら》の供養に列しました。

やがて十月の時雨《しぐれ》となればお心淋しさはなおさらで、夕方の空の色などもいいようもなくお心細く御覧になり、その空を渡る雁《かり》の翼を並べてゆくのも羨《うらや》ましく見守られます。

大空を通ふまぼろし夢にだに
見えこぬ魂《たま》の行方たづねよ

私の夢にすら見えない恋しい紫の上の魂の行方を探して欲しいという意味で、空飛ぶ雁から楊貴妃《ようきひ》の魂をたずねて玄宗皇帝に報じたという道士《どうし》を思い、大空を自在に通う幻術《げんじゅつ》の主に呼びかけたお歌です。この歌から巻の名のまぼろしは出ています。

何によっても慰められぬ月日がたつに従い、源氏の悲しみは深くなるばかりでした。

悲しみに呆《ほう》けた風に人から見られたくない、一生の末になって妻を喪《うしな》った悲しみで入道《にゅうどう》したという名の残ることを憚《はばか》っていらした源氏も今年を過して来年になれば出家を実現させてもよいわけであると少しずつその御用意をなさるのでした。

後に散らばって見苦しいと思うような女の文などは整理なすったのですが、まだ残っていたのもあらためて始末をしようとなさいます。あの須磨《すま》明石《あかし》にさすらっていらした時代、

京にあった紫の上と交《かわ》した手紙は別に一束《ひとたば》になっていたのを取り出して御覧になると、墨の跡は今もいきいきと眼に迫って、ああこれもついに永久《とわ》の形見となったのだ――といって、こんなものに心を残してはならぬ身の上になるのだ。こうした一切の感傷をふみすてて悟りを開く世界に入るのだとお思いになるにつけ、流れ落ちる涙は女房達の手前もはずかしく、

かきつめて見るもかひなし藻《も》塩《しほ》草《ぐさ》
　同じ雲井の煙《けぶり》とをなれ

とその古手紙の端に書き添えると、それもみな焼かせておしまいになるのでした。
そしてやがてその悲しみに閉《とざ》された年も逝《ゆ》こうとしています。

物思ふと過ぐる月日も知らぬ間に
　年もわが世も今日や尽きぬる

源氏のこのお歌は亡き紫の上を慕う物思いゆえ、月日の移り変るのも知らぬ間に、今年も今日で終り、自分の寿命も尽きるような気がするというはかないお歌ですね。

そして、元旦に、人々の参賀をお受けになるのもこの度限りとお思いになる予感からか、例年よりもいろいろと華《はな》やかなお支《し》度《たく》をおさせになり、中宮の宮たちや大臣達へのお年玉その他の人々への引出物などもいつもよりもさまざまお心づかいなすって用意おさせになるのでした……。

そのお気持の予感こそ正しく当って、この一代の美男、多情仏心《たじょうぶっしん》の源氏はやがて世を去られる時がきたのです。でもそれはこの巻には書いてございません。この次に〈雲隠《くもがく》れの巻〉という名前だけが残って居ります。つまり平安朝時代に書き伝えられた源氏物語の目録の中には、この巻の名が出て居りますが、その内容がどういうものであったかは、一字も伝わって居りません。巻の名から想像して、源氏が世を去られたことが書いてあるはずでしょうが……。

けれども、学者のお説によると、初めからおそらく紫式部は、その題名だけをつけて、何も書いておかなかったのだろうということです。

あるいはその題名さえなかったのに、後人が想像してつけ加えたのではなかろうか——作者はここに余韻《よいん》を残して、源氏の逝去《せいきょ》を記述することを省略しているのだとも申します。

この次の最初の巻〈匂宮《におうみや》〉の冒頭に——光隠れ給《たま》ひにし後——とございます。これが源氏の死をはっきり示しているのでございます。

この後の物語は、紫の上も源氏もその晩年に愛して傍にお置きになった御孫、あの明石

の中宮の第三の皇子《みこ》が匂宮として現われ、源氏と女三の宮との間の御子《みこ》、実は柏木《かしわぎ》の遺子《いし》の薫《かおる》の君が、薫の大将として登場して、若い世代の恋の物語になって居ります。この宇治《うじ》十帖《じゅうじょう》はまたある学者の説によれば、同じ作者紫式部のものではないといわれております。すると、源氏物語を愛惜《あいせき》した後人によって書かれた後篇ということになりますね。ともかく、この〈まぼろしの巻〉までで、源氏の君の生涯の記述は終っているわけなのです。

私は今までずいぶん長い間、みな様方に下手なお講義をおきかせし、またよく聞いて戴《いただ》いてどうやらここまで続けてまいりましたが、紫の上も逝《ゆ》き、源氏も亡くなってしまっては、私もこれでお役御免《やくごめん》になって、源氏物語のお講義はこれで一先《ひとま》ず終りにいたしたいと思います。

宇治十帖はこれはまたこれで面白いのですが、此方《こちら》の方はどうでしょうか、容子がたいへん勉強して、私に質問しながらノートを作っているようですから、あとで、大貝さんの奥様にもお眼にかけたら……ほんとうにそれこそ御退屈様でした。私もこれで重荷をほっと下しました」

楓刀自《かえでとじ》は感慨無量のように微笑してお辞儀した。

「まあお名残《なご》り惜しい！」

大貝夫人がまんざらお世辞だけでもない表情で、

「これからだって、私はいつでもお伺《うかが》い出来ますんでございますよ。今までだってほとんど欠席いたしませんでしたでしょう」

「ところが大貝の奥様、藤子たちは実はもう承知いたして居りますが、奥様には今日申上げることになりましたが、藤子の婿《むこ》の彰《あきら》も帰り、それから伜《せがれ》たち良英《よしひで》夫婦もお蔭《かげ》で無事に帰ってまいりまして東京でまた勤めるようになりましたので、ここから通うのもまことに不便で、元の牛込《うしごめ》の焼跡《やけあと》に粗末ながらも、どうやら住居を建てることに話がきまりまして、そのためにもこの家を手放して建築の費用も出さねばならず、買って下さる方も出来ましたので、今年の鎌倉山の花をお名残りに、若葉の頃には東京の家も出来て移るつもりに内々致して居りますので、なにやかと忙しく、これで一しきり、お講義も丁度《ちょうど》よいところで、けりをつけたいと思って居ります。奥様もまた東京へいらしって下さればお目にかかれますし……戦争以来ここに疎《そ》開《かい》して、源氏のお講義を始め、いろいろさまざまのことがあっても、この年寄が無事に今日まで過して来られました。そしてもう一度東京の住居のあとへ移ってゆけますことは有難《ありがた》いと思って居ります」

「まあ、左様《さよう》でございますか、ほんとうにおめでとうございます。しかし、此方様《こちらさま》がお移りになっては私も淋しくなります。東京の伜夫婦のところへまいりました折はぜひお宅へ伺わせて頂《いただ》きます。私も鎌倉山を引払って、伜のところへと思いますけれど——あちらも孫の光が可愛くなりましてね、私がお守りをしてやったらと思いますけれど、まあまあ若

い者たちを窮屈《きゅうくつ》がらせまいと此処《ここ》に我慢《がまん》しているわけでございますよ」

「奥様、まこと申せば、藤子がどうやら母親になってくれそうなのでございますよ」

藤子がさっと顔を赤らめたままいそいで座を立ったのは、あながち逃げたのではない、この源氏物語の終りの卒業式のお祝いに特別お茶やお菓子が沢山《たくさん》出るのを取りに行ったのだ。

その茶の間では、とうとうお講義の生徒にはならずじまいだったが、姉妹の母の雪子が、刀自や生徒たちのためにちらしずしまで用意していた。

容子はうつむいてお講義のノートの頁を繰《く》りながら、

「大貝の奥様、私ゆっくりノートを整理してお目にかけますわね。ホホ——」

と、これも近頃すっかり健康を恢復《かいふく》して、もう東京に移っても大丈夫そうな容子の顔色も明るかった。

宇《う》治《じ》十帖《じゅうじょう》

——容子のノート——

世に宇治十帖《うじじゅうじょう》というのは、橋姫《はしひめ》、椎本《しいがもと》、総角《あげまき》、早蕨《さわらび》、宿木《やどりぎ》、東屋《あずまや》、浮舟《うきふね》、蜻蛉《かげろう》、手習《てならい》、夢浮橋《ゆめのうきはし》の十巻のことで、その前に、匂宮《におうみや》、紅梅《こうばい》、竹河《たけかわ》の三巻があります。これは〈まぼろしの巻〉から八年ばかり経《た》ったところから筆を起して、今までの物語の後日物語のように、成長してゆく三の宮（匂宮）や薫《かおる》のこと、夕霧《ゆうぎり》の大臣と落着かれた落葉《おちば》ノ宮《みや》、柏木《かしわぎ》の弟と再婚された真木柱《まきばしら》、髯黒《ひげくろ》の大臣と死別された玉鬘《たまかずら》やその姫たちのことなどが描かれております。

宇治十帖になると、初めて登場する源氏の異母弟八の宮の三人の姫君たちが女主人公となります。初めの三巻は上の大姫君、次が中の君、東屋あたりから異母妹の浮舟を主にして、源氏の後継者ともいうべき若く美しい二人の貴公子を配して居ります。即《すなわ》ち一人は匂宮といわれる明石中宮腹《あかしちゅうぐうばら》の源氏の孫、今一人は女三の宮に生まれた薫の君、薫の君は生れつき身体に芳香《ほうこう》があって世の人からこう呼ばれているのですが、匂宮はそれを口惜しく思って特別にいろいろの香を常用され、美貌《びぼう》と高貴な身分と熱情でもって恋を漁《あさ》っていられます。薫はどちらかといえば厭世的《えんせいてき》な貴公子で、その出生に疑問をもち、遁世《とんせい》の志《こころざし》があり、恋にも深く入ることのなかった方です、この薫の君の二十歳から二十八歳までの間の物語になります。

橋《はし》姫《ひめ》

八の宮はやはり桐壺帝《きりつぼてい》の皇子《みこ》で、冷泉帝《れいぜいてい》が春宮《とうぐう》の時、反対勢力に擁《よう》せられたことがあり、源氏の盛《さか》んな世には容《い》れられず、最愛の北の方をも失われたので、ひたすら仏道に帰依《きえ》されていましたが二人の美しい姫君のために出家は思い止《とど》まっていられました。火事にあって都の家を失われた後は宇治の山荘に移って、そのままそこに棲《す》みついてしまわれましたが、殆《ほと》んど訪れる者もなく、宇治の山寺の阿闍梨《あじゃり》のみが唯一のお話相手なのでした。

この阿闍梨は冷泉院にも参ることがありましたので、いつか八の宮のお噂さをし、姫君達の琴の上手なども語ったことがありました。その席に侍《はべ》っていた薫中将はこの俗聖《ぞくひじり》と呼ばれる八の宮を敬慕《けいぼ》して阿闍梨をつてに宇治の宮を訪れるようになりました。

ある時残月の中に宇治を訪れた薫は、暁《あかつき》の霧の中に姉妹の姫が琴と琵琶《びわ》を合せていられるのを隙見《すきみ》しました。そして姉の大姫の落着いて重々しく、妹の中の君の華《はな》やかに美しいのに心を打たれました。丁度《ちょうど》父宮が山寺に籠《こも》っていられる時だったので薫は御簾《みす》を隔《へだ》てて姫君と初めて語りました。その折老女の弁《べん》というのが、柏木の乳母《めのと》の娘で、例の女三の宮の侍女の小侍従《こじじゅう》とは従姉妹《いとこ》だったと名乗り、長く秘めていた秘密を薫に語られる折の来たことを喜ぶのでした。その後薫は弁に会って、実父柏木の臨終《りんじゅう》の事情もきき、柏木と女三

の宮との間の古い手紙をも貰《もら》って初めて確かにわが身の上を知ったのでした。

椎《しいが》本《もと》

薫《かおる》は大姫君に憧《あこが》れ、美しい中の君は匂宮《におうみや》にと、宮にもお噂したので、匂宮も見ぬ恋に心を動かし、初瀬詣《はっせもうで》の帰途、薫の山荘に一泊して、川向うの八の宮の山荘へ文《ふみ》を送られました。けれども大姫君には少しも浮いたお心がないので、匂宮への御返事も妹姫にお書かせになるのでした、大姫は二十五、妹姫は二十三、父宮は一人でも早く縁づけたいと思召《おぼしめ》しますが、さりとてまたしかとした相手でない限りこの宇治の山荘に世を捨てた生活をする方がいいとも思って居られます。

そうこうするうちに八の宮はめっきりお弱りになって薫に姫君たちのことをお頼みになり、阿《あ》闍梨《じゃり》の寺にこもってやがてはかなくなられました。薫は亡き跡の万事のお世話をなさるにつれ、次第に大姫に対する心が切ないものになってゆくのでした。

総《あげ》角《まき》

やがて父君の一周忌も近づいて、宇治の姫君達には耳なれた宇治川の風音もことに侘《わび》し

いのでした。薫は宇治を訪れては胸のうちを打明けようとなさるのですが大姫は話を外《そ》らして受けつけようとはなさいません、すでに御自分の結婚を断念していられる姉姫は、薫に妹の中の君を托《たく》したかったのです、しかし薫にはそう器用に恋愛を移すことは出来ず、老女達もまた大姫君を薫に、中の君が匂宮にと望んで居ります。

ある夜、薫は姫君達の部屋に忍び入りますが、いつも心を置いていられた大姫はいち早くするりとぬけ出てしまわれ、薫は残された中の君と一夜をただ語り明かされます。

薫は中の君が匂宮に結ばれれば、大姫も自分になびかれると思い、ある夜匂宮にせめられるままに宇治に御案内し、匂宮が中の君の部屋に忍び入られるように計《はか》らいました。

大姫は思いがけない結果に歎《なげ》かれましたが、もう仕方もありません。匂宮は多情なお心にも似ず中の君を深く愛されましたが、御身分柄、そうそう宇治までお出かけになることは難しく、宇治ではさてこそと宮の無情をお怨《うら》みするわけでした。そんな御心労もあってか、かぼそい大姫はほどなく病を得て空《むな》しくなられました。眠るような大姫の死顔を灯をかかげて薫はじっとみつめられるのでした。

世の無常と思って恋の心の向かなかった薫の初めて恋した宇治の姫君はこうしてはかなくなられました。薫は自分も世を捨てたいお気持ですが、またこうなれば亡き人の形見《かたみ》の妹姫を匂宮に譲ったことが今更に妬《ねた》ましいのでした。

明石の中宮はこのような薫の歎きを御覧になるにつけ、匂宮の恋をも思いやられて中の

君を二条院の対《たい》に迎えることを許されました。

早《さ》蕨《わらび》

薫《かおる》の二十五歳の春になりました。亡き姉を慕われる中の君は思いに沈んでいられますが、薫の悲しみも中の君に劣《おと》りません。匂宮《におうみや》はやがて中の君を二条院の内にお迎え入れになりました。生きていられる間はそうも思わなかったのに、今となってはお声までそっくりと思われる中の君を匂宮に渡すことが薫には堪《た》え難《がた》い思いでした。

夕霧《ゆうぎり》は御自分の六の姫君を匂宮にと思っていられたのですが中の君が新夫人として迎えられたのに失望し、それではと薫君に、人づてに仄《ほの》めかされました。薫はもうそんな話に気が向かなく世の無常をかこつけて返事を濁《にご》してしまうのでした。

宿《やどり》木《ぎ》

帝《みかど》は女二の宮が母を失われたのを憐《あわれ》まれて薫にと思召《おぼしめ》すのですが、薫は例のようにはっきりといたしません。しかし結局は帝の仰《おお》せに背《そむ》くわけにはゆきますまい。

夕霧は薫を諦《あきら》めてやはり匂宮を婿《むこ》にとることにいたしました。匂宮は中の君への愛が冷

めたわけではないのですが、新しい六の姫の許《もと》に泊ることが多くなって、その頃妊娠していられた中の君はわが身の寄辺《よるべ》なさを歎き、薫の恋も斥《しりぞ》けて独身を通された大姫を今更《いまさら》に思って、宇治に帰りたいと薫に相談されます。薫の中の君への同情はようやく恋に変ってゆきます。薫はそれを中の君に打明けられますがさすがに中の君は匂宮を裏切ることはありませんでした。薫の恋を外《そ》らそうと思われたのか、ふと中の君はこの頃名乗り出た異腹の妹の浮舟《うきふね》が、大姫に生き写しであることを語ります。浮舟は八の宮と侍女との間に生れた娘なのでした。薫が宇治の八の宮の法事に赴《おもむ》いた時、そこに偶然墓参《ぼさん》に来合せた浮舟をかいまみて、亡き大姫にそっくりなのに驚き、浮舟に心を寄せるのでした。

東《あずま》屋《や》

浮舟の母は浮舟を生んで後、子をつれて常陸介《ひたちのすけ》の後妻になって居りました。近頃薫が浮舟にお心があるときいて喜びましたが、身分を考えて左近少将《さこんのしょうしょう》からの縁談を承知しました。ところがこの男は浮舟が常陸介の継子だと知ると薄情にも、幼い妹の実子の方にのりかえてしまいました。

母はそれを怨《うら》んで浮舟をしばらく二条院の中の君の許に預けたいと連れてまいりました。丁度《ちょうど》そこに来合せた薫の気高い姿をみて、ぜひこの方を婿にと思うのでした。

ところが、匂宮《におうみや》もふとこの西の対《たい》のうちに見なれぬ美女のいることをみつけて、怪《あや》しみ、近づいて名を名乗れと衣の裾《すそ》を捉《とら》えておせめになりました。

このことに不安を感じた母は浮舟《うきふね》を連れ出して三条あたりの小さい家に隠しました。

薫《かおる》は宇治へ行った折、弁《べん》の尼から浮舟の消息をきき、その助けを得て、その夜三条の隠家を訪れ、翌朝はわが車に浮舟をのせて宇治の山荘に隠しました。大姫君に似た浮舟の面《おも》影《かげ》と、おっとりと大様《おおよう》なもの腰に薫は愛情を覚えるのでした。

浮《うき》舟《ふね》

匂宮はなかなか浮舟のことを忘れず、夫人の嫉妬《しっと》から隠されたものと思って、いつか探し出すおつもりなのです。そうした宮の浮気は中の君には情けないのですが、また若君が美しく成長してゆかれるについて、宮は夫人をも大切になさるので、以前よりは少し落着いたお心持です。

翌年の正月、宇治の浮舟から姉君に便りがあったのをふと取り上げて御覧になった匂宮は、それが夫人の異母妹であったと覚《さと》り、薫の手でかくまわれている事を知って妬《ねた》ましく思われました。

薫は今は二十七歳大納《だいな》言《ごん》に大将をかねて重い御身分柄そうそう宇治へも行けぬ虚《きょ》に乗《じょう》じ

て匂宮は宇治に行き、薫を装うて浮舟の部屋に入ってしまわれました。浮舟がその人を薫でないと知った時は後の祭でした。

その後、薫が宇治を訪れた時は、浮舟は物も言わず思いに沈んでいるので、薫はそれを慰《なぐさ》めて京へ迎えることを約束しました。

またある雪の日、匂宮は秘《ひそ》かに宇治を訪れ、浮舟を連れ出して宇治川に舟を浮べて恋を語りました。浮舟は今は心が両方に引き裂《さ》かれて悶《もだ》え苦しんで居ります。薫が浮舟を京に迎えると知って匂宮はそれに先んじて浮舟を盗み出そうとします。浮舟は進退極《しんたいきわ》まって宇治川に身を投げたいと思うのでした。

ある時、薫の家来《けらい》と、宮の使が偶然宇治で一緒になって、薫は、宮と浮舟の仲を知りました。浮舟はいよいよ思いあまって死のうと思い、そっと文殻《ふみがら》を焚《た》き、経を誦《しょう》すのでした。

蜻《かげ》蛉《ろう》

ある朝、宇治の山荘では、浮舟が行方不明になったので大騒ぎとなり、母もかけつけました。浮舟の苦しみを知っていた侍女の右近はもしやと思いましたが、母は侍女が男に語らわれて隠したのではないかと疑います。遺書が出てきたので事はきまり、亡骸《なきがら》はないので、脱ぎすててあった衣を身代りに、泣く泣く葬《とぶら》いました。

石山寺《いしやまでら》に籠《こも》っていた薫《かおる》もかけつけ、侍女の右近から死因をきき出し、涙ながらに回向《えこう》いたしました。

明石《あかし》の中宮が六条院で、源氏や紫の上のために法要《ほうよう》を営まれました。その時、薫はわが妻となった女二の宮の姉君である女一の宮をかいまみて床《ゆか》しく思い、我ながらわが道心の危《あやう》いのを恥じました。

浮舟を失った悲しみに暫《しば》し呆然《ぼうぜん》としていられた匂宮《におうみや》はやがて、亡き式部卿《しきぶきょう》の忘れ形見《がたみ》の姫が宮《みや》の君《きみ》といって女一の宮の許《もと》に身を寄せていられるのに心を動かして言い寄っていられます。

手《て》習《ならい》

叡山《えいざん》の横川《よかわ》の僧都《そうず》の、母と妹の尼《あま》が初瀬詣《はつせもうで》の帰途、母が病気になって宇治の院で宿を借り僧都も山を下りて母を見舞いました。

その夜僧都の弟子が森蔭に怪しい白いものをみつけました。それが気を失った浮舟でした。手当をつくすとやっと蘇生《そせい》したので妹の尼はこれを失った娘の身代りと思い、母の病が怠《おこた》ると一緒に連れて叡山の麓《ふもと》の小野の里の庵室《あんしつ》へ帰りました。

〈世の憂《う》さに堪えかねて、夕暮毎《ごと》にながめ暮しているうちに、あの夜森蔭から怪しげなも

のが出て来て導くのについて行ったが、その後は何も覚えていない〉と、幾月かたってやっと浮舟は語りました。

その儘《まま》、小野の庵《いおり》で手習などをしながら、悲しい歌などを書いていました。

妹尼の亡き娘の婿の中将というのが訪ねてきて、浮舟に思いをかけ、文など送りますが浮舟は取り合いません。

妹尼がまた初瀬詣に出た留守中、来合せた横川の僧都に無理に請《こ》うて髪を切って貰《もら》いました。

薫はいつかこの話をきいて驚ろき、浮舟ではないかと疑います。召使っていられた浮舟の異父弟の小君《こぎみ》をつれて横川の僧都を訪れて事実を確めようとされました。

夢《ゆめ》の浮橋《うきはし》

薫は僧都の話によってそれが浮舟に相違ないと思いました。僧都は薫の恋人を剃髪《ていはつ》したことを後悔して居ります。薫は小野へ案内して貰いたいと頼みますが、僧都は仏罰《ぶつばち》を憚《はば》かって、ただ薫の訪ねてきたことを知らせる手紙を小野の庵あてに書いてくれました。薫は小君を使にしてそれを持たせて小野に遣《つかわ》しました。

小君を迎えた浮舟の心は千々《ちぢ》に乱れましたが、心強く思い定めて、手紙は取ろうともせ

ず、人違いと固く拒《こば》んで小君にも逢《あ》おうとはしないのでした。

小君は懐しい姉にも逢えず打ち萎《しお》れてすごすごと帰りました。情にもろい浮舟ゆえ、誰れかに小野の里に隠されたのではないかなどとも薫は考えますが、もう今は別々の世界に住む二人であることを悲しく認めるよりありませんでした。ここで宇《う》治十帖《じじゅうじょう》は終っています。

◆源氏物語（下） 人物関係図◆

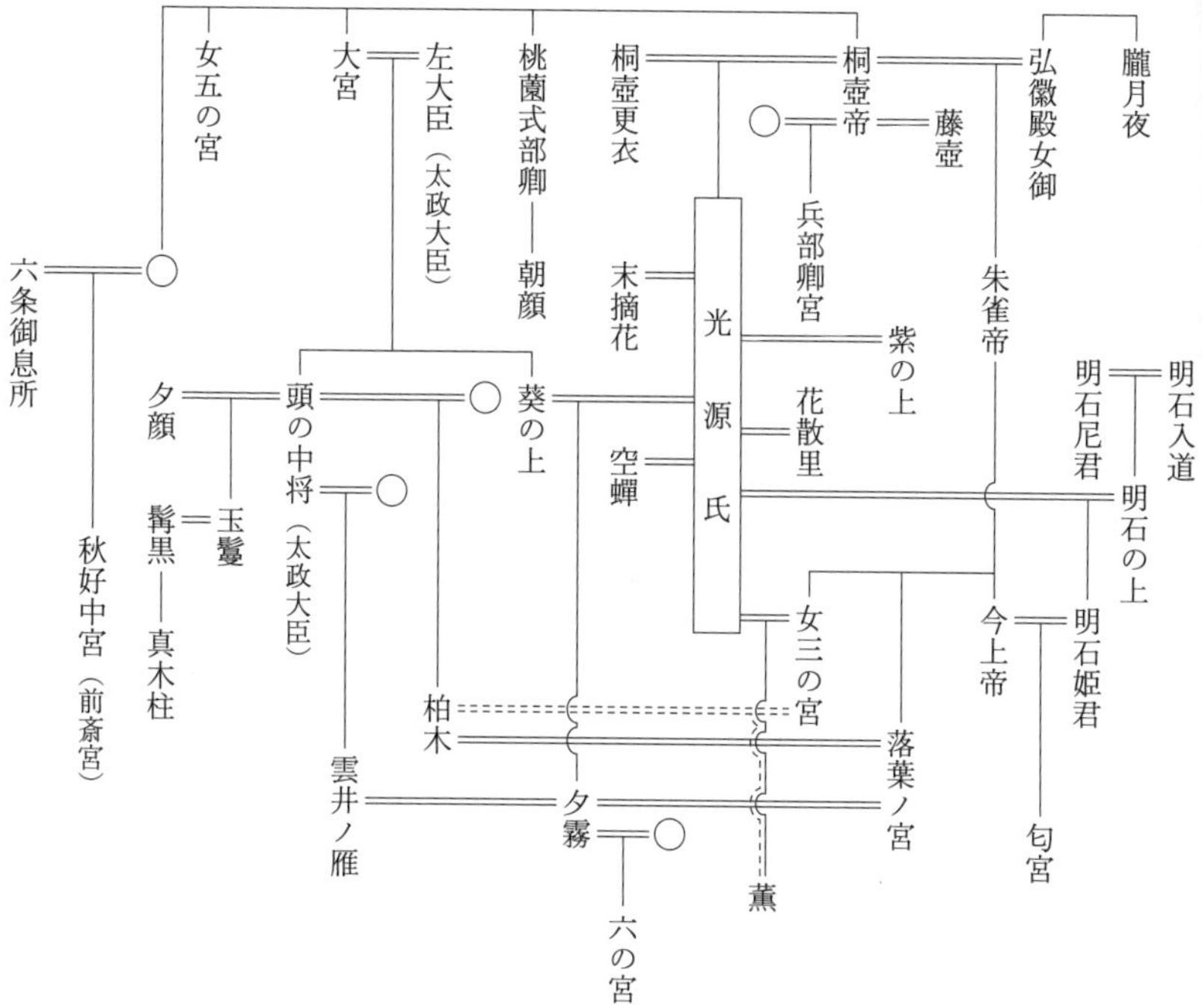
朧月夜
弘徽殿女御
桐壺帝
藤壺
桐壺更衣
桃園式部卿
左大臣（太政大臣）
大宮
女五の宮
兵部卿宮
朝顔
六条御息所
朱雀帝
紫の上
末摘花
光源氏
明石入道
明石尼君
花散里
空蝉
葵の上
頭の中将（太政大臣）
夕顔
明石の上
玉鬘
髯黒
秋好中宮（前斎宮）
真木柱
明石姫君
今上帝
女三の宮
柏木
落葉ノ宮
雲井ノ雁
夕霧
匂宮
薫
六の宮

◆宇治十帖　人物関係図◆

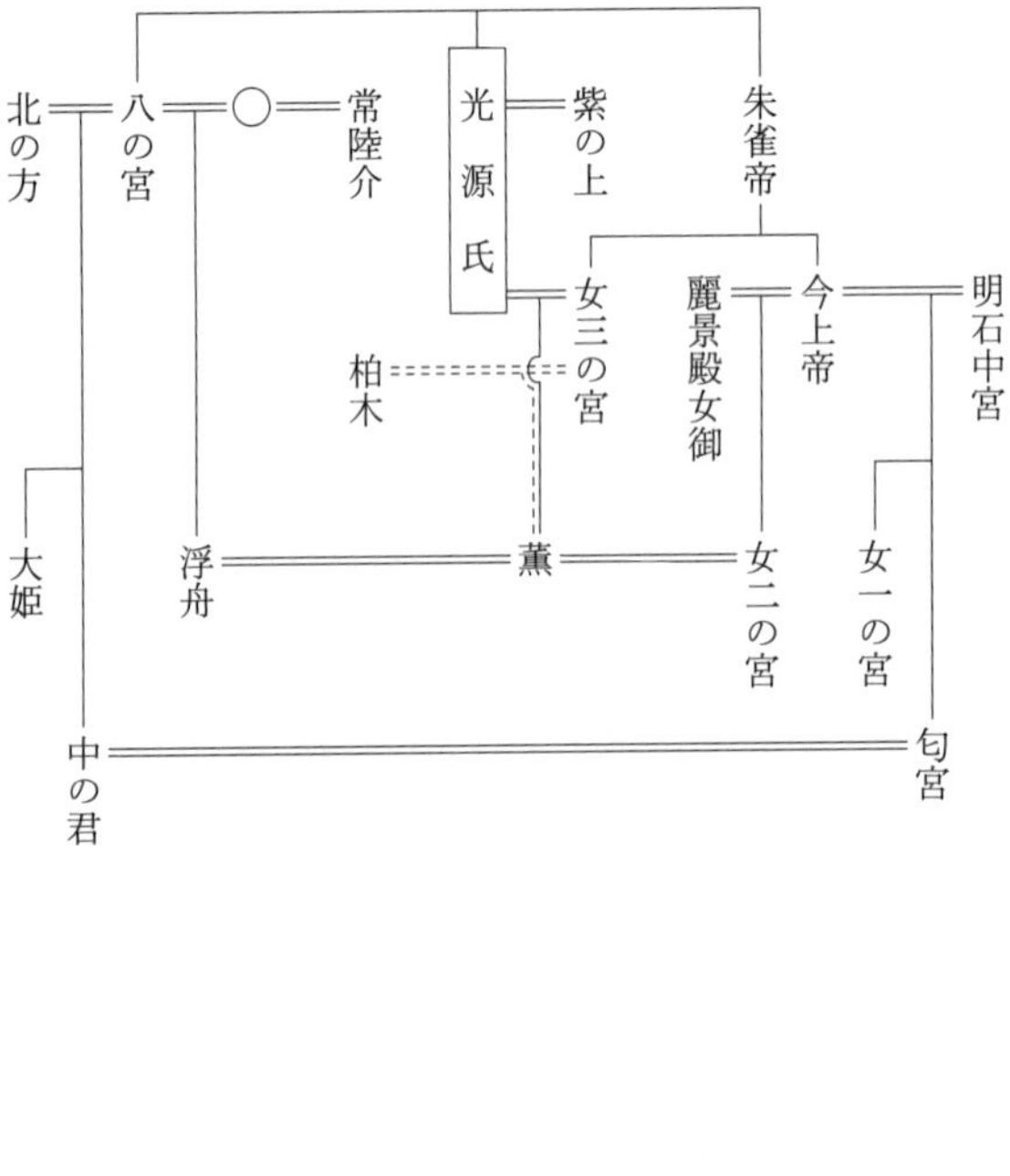
朱雀帝
光源氏
八の宮
北の方
常陸介
紫の上
女三の宮
麗景殿女御
今上帝
明石中宮
柏木
大姫
浮舟
薫
女二の宮
女一の宮
中の君
匂宮

明快さと気品の現代語訳

田辺聖子

吉屋信子は、あまたのロマンチック小説を世に送り出して、満天下の女性の紅涙を絞らしめた作家——と思われている。人の世のろまんを声調高く張ってうたいあげた、いわば〈ソプラノ作家〉とでもいうべき存在。——それが、現代での印象、そして評価であるらしい。

読者が思わずひきつけられる設定。

語りくちの巧みさ、語句撰びの強烈な個性。(晩年の作品にはかなり影をひそめたが、信子はときどき文語文を用いて、文章にいろどりや陰影をつけるのが好きだった)——そして、女人讃歌の甘やかな味つけ。

それ故に好き、という読者と、だからこそ辟易《へきえき》するんだ、という読者がいて、当然であろう。

ところが、仔細に信子の作品につきあってみると、この作家ほど、文学的振幅の大きい人は

少い。

信子はソプラノだけでなく、アルトも、更にはバスもバリトンも、テノールも、実に声域の幅が広いのだ。〈女性読者向けのロマンチック小説家〉と一言で片付けてしまうわけにいかない、端倪《たんげい》すべからざる異能のもちぬし、と気付かされるであろう。

たとえば文壇というより社会的に評価が高く、読者を面白がらせた『私の見た人』、――実見した有名人についてのエッセーや、『自伝的女流文壇史』――女流作家たち誰かれの思い出、などの文章を見るがよい。

冷徹な観察、犀利《さいり》な描写。しかしそれは決して冷くない。信子は人生で出会った人々に暖い共感をもつ。文章は感傷に溺れず、記録風な無味乾燥に走らず、それでいて描かれた人はあざやかに顕《た》ちあがり、読者は信子と感動を共有する。

つまり信子の根柢にあるのは一個の文学者としての魂である。読者はそれに触れることによって、作家に信頼と共感を抱く。

時代小説『女人平家』や『徳川の夫人たち』を書いた信子は歴史や史実に関心深かったものと思われるが、古典に関してのエッセーや文章は残していない。しかしその信子が『源氏物語』の現代語訳を物しているのは興ふかい。

この作品は「年譜」によると、昭和二十六年（一九五一）の七月から二十九年の六月まで雑誌「婦人倶楽部」に連載されたものである。原題は『源氏物語――わが祖母の教え給いし』となっている。

婦人雑誌への連載であるから、正面切っての古典の現代語訳ではない。読者が親しみやすいように、自然に、なだらかに『源氏物語』に入ってゆけるような趣向を凝らしてある。

つまり『源氏物語』を物語る枠組みがこしらえられる。

古典の語り手は、一家の老夫人、楓刀自《かえでとじ》である。刀自と呼ばれるのにふさわしい、教養と識見ある老夫人。ときは戦争末期。空襲をのがれて鎌倉に疎開した一家だが、主人夫妻は職務上、満洲（中国東北部）に赴任しており、留守である。祖母と孫娘三人、長女は夫が、それも外地にいるため、実家へ戻って妹二人と祖母を守って暮らしている。

東京の家から、父の蔵書を荷造りして疎開先へ送ろうにも、もう運送の手配もままならぬ時代だった。女学生の末娘がリュックでわずかに持ち帰ったのは、祖母の蔵書「湖月抄」で、それは祖母を喜ばせた。嫁入道具に持ってきたものという。これは北村季吟が延宝元年（一六七三）に著わした『源氏物語』の注釈書で、『源氏』の普及化に力あった本である。

やがて終戦、戦後の混乱で――女世帯の暮しは何かと不如意であるが、その怱忙の中で、老夫人は『源氏物語』を孫娘たちに、説き語りはじめる――という設定。

隣へ越してきた女性実業家も、聴講生の一人に加わり、この人が戦後社会のざわめきを時折りもたらして『源氏』の世界と現実のたたずまいを際立たせたりする。巧妙な舞台装置だ。若い世代と中年世代が聞き手となって、それぞれ『源氏』の受けとり方が違うところが面白い。

外は殺伐たる混乱の戦後。

老夫人がゆるゆると語りすすめるのは、王朝のみやびな世界、その中でくりひろげられる人間の永遠の喜び、苦しみ。生と死、愛と別れの物語。

『源氏』初心者にはとりつきやすい設定であろう。

そして講義がすすむにつれ、聞き手たちの身の上にも変化があり、やがて当主夫妻も、娘婿も日本へ引き揚げ、めでたく一家は揃う。物語二つが同時進行で進むわけだが、ことに、聞き手のヴァラエティに富んだ反応が面白い。

仕掛人たる作者は、周到に、さまざまな性格のメンバーをそろえる。

社会経験の浅い、若い潔癖な娘たち。

若妻で、世の陰影も知り初《そ》めた年頃の、大人びた長女。

会社を切り廻す女性実業家にして、わけ知りの社会人でもある中年の夫人。

それに世の風雪をくぐりぬけてきた老刀自。

この構成で以て『源氏』に対し、いろんな反応を引き出そうというわけである。読者はそこ

から自分と周波数の適《あ》う反応を探りあて、『源氏物語』に親しみを持つであろう。『源氏物語』の時代への理解が、まず説かれる。風俗も生活習慣も、人間関係も、あまりに現代とかけはなれているため、たいていの読者は、その入口でまず、とまどってしまい勝ちであるが、老夫人の語り、という設定なので、注釈書を字で読んでゆくよりも、やわらかく受けとられる。――部屋に香がたかれたり、老夫人がまず静かに茶を喫《きっ》したり、という〈お遊び〉があって楽しい。

文章は語り口調ながら流麗でこまやか、ときに絵巻物を示してその説明もゆきとどく。はじめの頃の巻々、光源氏の恋の冒険のかずかずに、孫娘の三女などは〈光源氏なんて大嫌い〉と断定して〈わけ知り〉の大人の女たちを微笑させる。

時折り挿入される現実生活のエピソードも面白いが『源氏物語』への興を削《そ》ぐほどでもなく、物語によく消化されている。

信子の語りは、元来、文章力のある人だけに読みやすく美しい。原文により添いつつ、付きすぎず、離れすぎず、〈現代〉の匂いを添えている。――〈ドンファン〉だの〈黙秘権〉〈アプレゲール〉などという言葉が、語りのあいだへ溶けこんで、読み手をくつろがせ、かつ、時代性もあってたのしい。

作者が、作家として思わず顔を出すくだりもある。紫の上の新床《にいどこ》のシーン、

「ここのところは紫式部はたいへん上品に、近代の文学手法によれば抽象的とやらに書いてあります」――実をいうと、見方を変えれば、そのため、このシーンは永遠の命を保っているのであるが――「女の作者でなければ書けないところを紫式部はよく穿《うが》って居りますね」

この批判は核心を衝《つ》いたもので『源氏物語』は女の筆になるなあ、とつくづく思わせる個所がいくつもあるのだ。

また、信子の〈好み〉が随所に出てくるのも面白い。信子は精神的に華奢《きやしや》な男が好きらしい。光源氏は恋の渉猟者《しようりようしや》の骨太さを持っているが、その異腹の兄・朱雀院《すざくいん》は、ひよわい心ながら、純情無垢な青年である。原作者・紫式部の男性観照のたしかな眼を感ずるが、信子は朱雀院に同情して、女性実業家の夫人にこういわせている。

「私はどうも女心のせまさから、その朱雀帝とおっしゃる若いお気弱い帝がお可哀想でなりません、何というい方なんでしょう」「私はこのお講義をきくごとに源氏がだんだん憎らしくなって……女というものは、そんな人に焦がれて、幾人も幾人も夢中になり、そして弱気の男の純情を持っている朱雀帝には、誰も夢中にならないなんて、どうして、こう女は馬鹿なんでしょう！」

――さればこそ、この物語はさまざまのシーンで玄妙なメロディを奏でるのだ。

さて、六条院の豪奢の中で歌われる歌の一首から歌唱曲「花」（作詞・武島羽衣）が作られた

と、私は思いつき、講演などで度々指摘して、私の発見のように思っていたが、すでに信子はこの作品の中で言っている。信子のほうが早いわけである。その歌は「春の日のうららにさして行く船は　棹《さお》のしづくも花ぞちりける」というのである。

そんな発見もあって信子の『源氏』講義は面白いのだが、彼女の解釈によれば（老夫人の言葉を借りて）信子はいう、

「物語の作者は、紫の上を典型的な理想の女性として、心も身も最上の美しさに描いているのです」

私も同感である。たくさんのヒロインのうち、幼い少女の日から、死顔まで書きとどめられたのは紫の上一人である。そして男の主人公はやはり光源氏であって、光源氏は女たちの狂言廻しではなく、紫式部がどうしても書きたかった男の典型であるのだろう。源氏は中年から老年になり、愛する紫の上を死なせ、苦渋《くじゅう》と悔恨を経て、新しい世界へ飛翔しようとする。

「宇治十帖」はひと筆がきにとどまり、『源氏』講義が本篇のみに終ったのは惜しまれるが、現代語訳でもっともあらまほしい、明快さと気品をそなえているのは、さすがである。文学者としての信子の魂に触れる思いがする。文学的振幅の大きい作家、という所以《ゆえん》だ。

吉屋信子　よしやのぶこ（1896－1973）

新潟県生まれ。新聞や女性向けの雑誌に数多くの作品を発表し、主に大衆小説および少女小説の分野で多大な読者の支持を得る。1920年に刊行された『花物語』は“女学生のバイブル”といわれベストセラーとなった。戦後は新たな境地をひらき、52年には『鬼火』で第四回日本女流文学者賞を受賞。67年、菊池寛賞を受賞。大正から昭和へかけての文学史上にひとつの地位を築いた。著書に、『花物語』『あの道この道』『わすれなぐさ』『徳川の夫人たち』『女人平家』その他多数。

乙女《おとめ》のための　源氏《げんじ》物語《ものがたり》　下

二〇二三年十二月十五日初版第一刷印刷
二〇二三年十二月十九日初版第一刷発行

著　者　吉屋信子
発行者　佐藤今朝夫
発行所　株式会社国書刊行会
東京都板橋区志村一－一三－一五　〒一七四－〇〇五六
電話〇三－五九七〇－七四二一
ファクシミリ〇三－五九七〇－七四二七
URL：https://www.kokusho.co.jp
E-mail：info@kokusho.co.jp

印刷所　創栄図書印刷株式会社
製本所　株式会社村上製本所
ISBN 978-4-336-07508-6 C0093
乱丁・落丁本は送料小社負担でお取り替え致します。

＊本書は二〇〇一年十二月刊・吉屋信子『源氏物語』（上・中・下）に
新たに解説を付し、新装版として刊行したものです。

新装版

あの道この道

吉屋信子 著
須藤しげる 画

金持の一人娘しのぶが
貧しい漁師の娘千鶴子と
取りかえられたことが発端となり、
二人の少女の歩む数奇な運命……。
少女小説の第一人者が描く、
少女倶楽部連載当時から絶讃を博した一大ロマン。

定価 2,750 円（10% 税込）

新装版

宝塚物語

葦原邦子 著
中原淳一 画

乙女心を魅了する秘密の花園《宝塚》。
伝説のスターをモデルに実話を織り交ぜて描いた
少女たちの夢と希望と友愛の日々——
中原淳一の挿絵と共に『花物語』を彷彿とさせる
花弁のように麗しい十八篇を収録。

定価 2,310 円（10% 税込）